KB083299

중국문학 속의 한국

엮은이

홍정선(洪廷善, Hong, JungSun) 인하대학 문과대학장이자 교수로서, 서울대학 학부 및 동대학원 석・박사 과정을 졸업하였다. '팔봉비평문학상' 위원장이며, 『문학과사회』와 『황해문화』의 편집위원이기도 하다. 편저로 『김팔봉 문학전집』(문학과지성사, 1988~1989), 비평서로 『프로메테우스의 세월』(역락, 2008), 『인문학으로서의 문학』(문학과지성사, 2008) 등이 있다.
h121802@naver.com

엮고 옮긴이

최창륵(崔昌竻, Choe, ChangRuk) 남경대학 한국어문학과 부교수로서, 연변대학 조선언어문학학부 및 동대학원 석・박사 과정을 졸업하였으며, 한국 근현대문학 전공자이다. 연구저서로는 『리얼리즘과 한국근대문학』(남경대학출판사, 2011)이 있으며 주요 논문으로는 「'신춘문예'의 근대성과 현재성」, 「서사와 재서사 사이: 『황야의 사나이』와 『우둥불』의 대비적 읽기」 등이 있다.
cuichangle@nju.edu.cn

동아시아한국학연구 번역총서 6

중국 문학 속의 한국

초판 인쇄 2017년 8월 20일 **초판 발행** 2017년 8월 30일
엮은이 홍정선・최창륵 **옮긴이** 최창륵 **펴낸이** 박성모 **펴낸곳** 소명출판 **출판등록** 제13-522호
주소 서울시 서초구 서초중앙로6길 15, 1층
전화 02-585-7840 **팩스** 02-585-7848 **전자우편** somyungbooks@daum.net **홈페이지** www.somyong.co.kr

값 17,000원
ISBN 979-11-5905-210-1 03820

이 책은 2007년도 정부재원(교육부 학술연구조성사업비)으로 한국연구재단의 지원을 받아 연구되었음
(NRF-2007-361-AM0013)

인하대 한국학연구소 번역총서 06

중국문학 속의 한국

홍정선 · 최창륵 엮음 | 최창륵 옮김

Korea in Chinese Literature

소명출판

| 간행사 |

인하대학교 한국학연구소는 2007년부터 '동아시아 상생과 소통의 한국학'을 의제로 삼아 인문한국(HK) 사업을 수행하고 있다. 상생과 소통을 꾀하는 동아시아한국학이란, 우선 동아시아 각 지역과 국가의 연구자들이 자국의 고유한 환경 속에서 축적해 온 '한국학(들)'을 각기 독자적인 한국학으로 재인식하게 하고, 다음으로 그렇게 재인식된 복수의 한국학(들)이 서로 생산적으로 소통할 수 있는 방법을 구성해내는 한국학이다. 우리는 바로 이를 '동아시아한국학'이라는 고유명사로 명명하고 있다. 따라서 동아시아한국학은 하나의 중심으로 수렴된 한국학을 지양하고, 상이한 시선들이 교직해 화성(和聲)을 창출하는 복수의 한국학을 지향한다.

이런 목표의식하에 한국학연구소는 한국학이 지닌 서구주의와 민족주의적 편향성을 극복하기 위한 방법으로 근대전환기 각국에서 이뤄진 한국학(들)의 계보학적 재구성을 시도하고 있다. 주지하듯이 한국에서 자국학으로 발전해온 한국학은 물론이고, 구미에서 지역학으로 구조화된 한국학, 중국・러시아 등지에서 민족학의 일환으로 형성된 조선학과 고려학, 일본에서 동양학의 하위 범주로 형성된 한국학 등 이미 한국학은 단성적(單聲的)인 방식이 아니라 다성적(多聲的)인 방식으로 존재하고 있다. 우리는 그 계보를 탐색하고 이들을 서로 교통

시키고자 한다. 다시 말해 본 연구소는 동아시아적 사유와 담론의 허브로서 동아시아한국학의 방법론을 정립하기 위해 학문적 모색을 거듭하고 있다.

더욱이 다시금 동아시아 각국의 특수한 사정들을 헤아리면서도 국경을 넘어서는 보편적 가치를 모색할 필요성이 절실해지는 이즈음, 상생과 소통을 위한 사유와 그 실천의 모색에 있어 그간의 학문적 성과를 가름하고 공유하는 것은 여러 모로 의미가 있으리라 여겨진다. 이에 우리는 복수의 한국학에 대한 계보학적 탐색, 상생과 소통을 위한 동아시아한국학의 방법론 정립, 연구 성과의 대중적 공유라는 세 가지 지향점을 중심으로 지속적으로 축적되고 있는 연구 성과를 세 방향으로 갈무리하고자 한다.

본 연구소에서는 상생과 소통을 위한 동아시아한국학 연구에 있어 연구자들에게 자료와 토대를 정리해 연구의 기초를 제공하고, 또한 현재 동아시아한국학 연구의 범위와 향방을 보여줄 뿐만 아니라 그 연구 성과들을 시민들과 공유하는 것까지 고려하는 방향으로 총서를 발행하고 있다. 모쪼록 이 총서가 동아시아에서 갈등의 피로를 해소하고 새로운 상생의 방법을 모색하는 데 일조할 수 있기를 기대한다.

인하대학교 한국학연구소

중국 작가가 들려주는 '아리랑의 노래'

우리는 미국의 저널리스트 님 웨일즈Nym Wales가 『아리랑의 노래*Song of Ariran*』라는 제목으로 기록한 김산의 생애를 기억하고 있다. 이 책을 통해 우리는 중국 대륙을 무대로 펼쳐지는 조선인 혁명가 김산의 그 험난한 삶을 생생하게 엿볼 수 있었던 까닭이다. 만주에서, 북경에서, 상해에서, 광동에서, 해륙풍에서, 그리고 마침내는 연안에서 김산이 조국 해방을 위해 매진했던 투쟁을, 아니 마주쳐야 했던 가혹한 운명을 님 웨일즈라는 기록자를 통해 비로소 확실하게, 또 좀 더 객관적으로 이해할 수 있게 되었던 것이다. 말로만 전해지던 수많은 우리 젊은 이들의 낭만적 용기와 현실적 고난을, 아름다운 희망과 고통스런 좌절을, 빛나는 승리와 피어린 희생을 김산이라는 상징적 인물의 생애에서 낱낱이 확인할 수 있었던 것이다.

그런데 우리가 소중하게 생각하는 그러한 기록은 『아리랑의 노래*Song of Ariran*』 뿐만이 아니었다. 당시의 중국작가들이 써 놓은 수많은 소설들은 서양인인 님 웨일즈의 기록이 오히려 예외적인 것이라는 사실을 우리에게 알려주고 있다. 1920년대와 1930년대 중국작가들이 쓴 몇 편의 소설을 골라서 『중국문학 속의 한국』이라는 제목으로 엮어내는 이 책이 바로 그 결정적인 증거이다. 우리나라 젊은이들이 중국대륙에 남긴 유랑의 역사와 진정한 용기에 대해서는 당연히 서양인의 기록보다 중국인의 기록이 훨씬 많을 것이다. 그럼에도 저간의 사정은 우리가 이러한 기록을 찾아내는 데 인색하고 소홀했다는 것을 말해주고 있다. 바로 여기에 『중국문학 속의 한국』이 가진 출간의 의미가 있다.

이 책에 수록된 소설들은 모두 중국작가가 들려주는 어떤 조선인에 대한 이야기이다. 이들은 우연히 마주쳤던 어떤 조선사람에 대해, 어린 시절에 함께 뛰어 놀며 자라난 조선사람에 대해, 대학의 모임 혹은 정치조직에서 만나 강렬한 인상을 받았던 조선사람에 대해, 중국인들 속에 회자되던 영웅적인 조선사람에 대해 회고하는 방식으로 소설을 전개하고 있다. 그래서 우리는 이 책 속에 들어 있는 소설을, 비록 소설의 형식을 취하고 있지만, 소설적인 측면보다도 당시의 우리나라 사람들에 대한 기록적인 측면으로 읽을 수 있다. 우리는 이 소설들을 자연스럽게 『아리랑의 노래*Song of Ariran*』와 마찬가지로 제3자가 기록한 조선인의 삶으로 받아들이게 되는 것이다.

그렇다면 이처럼 중국작가들이 조선 사람, 특히 항일투쟁에 뛰어든 조선 젊은이들에 대해 일종의 소설적 기록을 남기게 된 이유는 무엇일까? 거기에는 오랫동안 국경을 맞대고 살아온 이웃이었다든가 중국으로 망명한 사람들이 다른 나라의 경우보다 많았다든가 하는 이유도 작용했겠지만 무엇보다 당시의 중국이 동병상련의 처지에 있었다는 사정이 크게 작용했다. 만주사변과 중일전쟁을 거치면서 인구가 밀집한 중국영토의 대부분은 일본의 수중에 들어가 있었다는 사실이 이러한 소설을 쓰게 만든 중요한 요인으로 작용했던 것이다. 이 사실은 이 책에 수록된 작품을 읽어보면 잘 알 수 있다. 우리는 중국작가들이 쓴 소설에서 적국 일본에게 나라를 빼앗긴 민족이란 사실에 대한 연민과, 그러한 나라의 젊은이들이 온갖 고생을 겪으면서도 독립과 혁명에 대한 의지를 불태우는 모습에 대한 감동을 읽을 수 있다. 또 당시의 우리 민족과 처지가 크게 다르지 않은 중국인들이 조선의 젊은이들처럼 투쟁적 용기를 가지고 있는가 하는 반성도 읽을 수 있다.

이 책에 수록된 작품들은 상당수가 작품의 배경을 동북지방으로 설정하고 있는데, 그것은 소설과 실제 현실이 가지는 관계가 만들어낸 당연한 귀결이다. 우리 민족은 일본에 나라를 뺏긴 후 많은 사람들이 미국으로, 소련으로, 중국으로 망명의 길을 떠났는데, 다수의 사람들이 간 곳이 중국이었다. 특히 중국의 동북지방이었다. 동북지방은 두만강이나 압록강을 넘으면 쉽게 갈 수 있다는 지리적 이점과 함께 이백만 명의 동포가 농사를 지으며 살고 있다는 현실적 이점이 그렇게 만들었다고 할 수 있다. 이런 점에서 상당수의 중국작가들이 동북지방을 배경으로 삼아 조선인에 대한 이야기를 쓴 것은 당연한 일이라 할 수 있다. 이와 함께 이 책에 수록된 소설의 상당수가 프롤레타리아 문학적 색채를 어느 정도 지니고 있는 것도 당시의 시대적 배경을 감안하면 당연한 일이라 할 수 있다. 당시 한중 양국의 공통적 주제이면서 시대적 관심사였던 것은 항일투쟁이었고, 당시 항일투쟁에 가장 적극적이었던 중국작가들 대부분은 좌익문학에 공감하거나 좌익 계열의 잡지나 조직에 가담하고 있었던 사람들이었기 때문이다.

그건 제가 유랑인이기 때문이지요. 저는 이미 귀국에서 3년이나 머물렀답니다. 처음에는 T성에서 머물다가 후에는 S항으로 옮겼지요. 그곳에는 왜놈들에 의해 외국으로 추방된 많은 동지들이 있었습니다. 우리는 S항에서 조직을 하나 만들었지요. 저는 K 지방의 혁명 환경을 흠모하여 다른 이들보다 먼저 이곳에 왔답니다. 다른 이들도 이 곳으로 옮겨올 예정이랍니다. (…중략…) 우리는 중국혁명이 성공하기를 얼마나 간절하고도 열렬하게 희망하고 있는지 모른답니다.

이 책에 수록된 「유랑인」의 첫머리에 나오는 말이다. "우리는 중국혁명이 성공하기를 얼마나 간절하고도 열렬하게 희망하고 있는지 모른답니다"라는 말은 『아리랑의 노래*Song of Ariran*』의 주인공 김산이 가졌던 태도인 동시에 이 책에 수록된 소설의 주인공들이 공통적으로 가진 태도이다. 중국혁명의 성공이 우리나라의 독립을 가져올 것이라는 확신 속에서 수많은 우리 젊은이들이 중국대륙에 피를 뿌렸다. 상해에서, 광주에서, 연안에서, 동북지방에서 중국혁명의 대열에 동참하여 일본과 싸우고 국민당군과 싸웠다. 그리고 그러한 역사적 사실이 이 책에 수록된 소설의 주제를 만들어 내고 있다. 그런 만큼 우리 편자들은 여기에 수록된 소설을 성공적인 형상화라는 잣대로만 읽을 것이 아니라 지난 시절 중국과 우리나라가 함께 고난의 세월을 보내며 이해와 공감의 연대를 구축했던 사실에 대한 증언으로 읽어주기를 바라는 마음 간절하다.

이 책의 번역은 전적으로 남경대학의 최창륵 교수가 맡아서 한 것이다. 최창륵 교수는 중국어에도 능통하지만 정확한 한국어 문장을 구사하는 능력도 뛰어나다. 자신이 성장하고 교육받은 연변지역의 독특한

단어가 몇몇 눈에 띄는 사실을 제외한다면 거의 완벽하게 문법적인 한국어문장을 보여주고 있다. 이 점에서 최창륵 교수의 노고에 감사드린다. 그리고 이 책의 출간을 기획하고 연변지역의 단어를 한국표준어로 바꾸는 작업까지 감내해준 전 김만수 한국학연구소장에게도 감사의 인사를 드린다.

엮은이를 대표하여

홍정선

| 차례 |

압록강 위에서

鴨綠江上

장광츠蔣光赤

장광츠[蔣光慈, 1901～1931]로 많이 알려져 있으며, 본명은 장루헝[蔣如恒], 장광츠는 필명의 하나이다. 중국 근대 저명한 시인이자 소설가로서 안후이[安徽]성 훠치우[霍邱]에서 태어나, 1921년 모스크바 공산주의노동대학교를 다녔으며 1921년에 중국공산당에 가입, 1924년 귀국 후 상해대학교 사회학과 교수로 근무하였다. 1928년 좌익문학단체인 태양사 창립에 참여하였으며 『태양월간』, 『탁황자(拓荒者)』 등 다수의 문예지를 주간하였다. 1930년 3월, 중국좌익작가연맹 성립 당시 후보 상무위원으로 피선되었으며, 1931년 8월에 폐렴으로 작고하였다. 대표작으로는 장편소설 『포효하는 대지[咆哮了的土地]』(1930)가 있다.

그해 두 번째 학기, 우리는 학교의 명을 좇아 기숙사를 어느 한 비구니 절[1]로 옮기게 되었다. 모스크바에는 많은 교회당이 있었다. 물론 그 수를 정확히 조사해 본 적은 없지만, 다른 이들의 말로는 족히 천여 개나 된다고 한다. 혁명이 일어나기 전만 하여도 하나님의 거처인 교회당은 신성불가침한 곳이었고, 이는 공화共和가 이루어지기 전 중국에서의 사찰의 형편과 비슷하다고 할 수가 있다. 혁명 이후, 무신론자들이 집권을 하게 되면서 교회당들은 크게 존엄을 손상 받기에 이른다. 워낙 이교도들은 교회당 출입이 금지되어 있었으나, 이제는 우리와 같은 무신론자들이 비구니 절의 일부분을 차지하고 기숙사로 삼게 되었던 것이다. 이 뿐만이 아니라 우리는 절의 비구니나 성상聖像이 눈에 띌 때마다 몇 마디씩 농담을 주고받곤 하였는데, 그 태도에서 경건함이란 전혀 찾아볼 수가 없었다. 실로 이는 이른바 '하나님'으로서는 참기 힘든 일일 것이다.

우리가 머문 비구니 절은 트베르스카야가街에 자리하고 있었는데, 건물이 많을 뿐더러 정원도 아주 널찍하고 나무도 많아 흡사 작은 공원과도 같았다. 나는 매일 아침 일찍 일어나거나, 혹은 특히 할 일이 없을 적이면 정원을 여러 바퀴 돌며 산책을 하곤 하였다. 교회당에는 40여 명의 비구니가 있었는데 그들은 한결같이 검은색 옷을 입고 있었다. 머리에는 검은색 수건을 두르고 얼굴만 내어 놓았는데, 그중 태반이 얼굴이 누렇고 야위었으며 그 모색이 초췌하여 그들을 만날 때마다 나는 왠지 모를 비애를 느끼곤 하였다. 그러나 간혹 나이가 젊고 예쁜

1 작가는 수녀들이 거주하는 수도원을 중국의 풍토에 비추어 '비구니 절'로 칭하고 있다.

비구니도 있어서 우리 동창생 중에는 그녀들을 꾀고 싶어 하는 작자도 적지가 않은 듯하였다. 어느 하루인가는 밤에 밖에서 정원으로 들어서는 길에 동창생 중 한 명이 큰 나무 아래에 서서 스무 살 남짓 되어 보이는 비구니랑 마주하여 담소를 나누고 있는 장면을 목격하게 되었다. 그들은 나를 발견하자마자 바로 다른 곳으로 피하고 말았다. 남의 재미에 방해가 된 것 같아 나는 스스로 자책을 하게 되었다. 그러면서도 한편으로는 '그것 참, 옹졸하기도 하군. 피할 것까지야……'라는 생각이 들었다. 그 뒤로 나는 각별히 조심을 하게 되었는데, 다른 사람의 재미에 도움을 주지는 못할망정 방해가 되지 않기 위하여 노력하였다. 하물며 비구니의 삶이란 그 얼마나 부자유하고 적막하며 슬픈 삶인가…….

마침 그날 밤 여덟 시경 큰 눈이 내렸는데, 엄청 추운 날씨였다. 나와 같은 방에 기거하는 친구는 모두 셋, 그중 한 명은 페르시아[2]인이었고, 한 명은 고려인이었으며 나머지 한 사람은 중국인 C군이었다. 우리는 청소부를 따로 쓰지 않았기 때문에, 바닥을 쓸거나 화롯불을 지피는 등등의 잡역을 모두 우리 스스로 해결하곤 하였다. 말하자면 노동주의를 실천하고 있었던 셈이다. 엄청 추운 밤이었는지라, 우리들은 다함께 움직여 화롯불을 지폈다. 연료는 러시아 특유의 백양나무 장작을 사용했는데, 백양나무는 쉽게 불이 당기었고 불길 또한 아주 세었다. 화로에 불을 지핀 후, 우리는 빙 둘러앉아 한담을 나누기 시작하였다. 우리 또한 여타의 젊은이들과 마찬가지여서 몇 사람만 모여 앉게 되면

2 '이란'을 지칭함.

자연히 여인에 대한 얘기를 빼놓을 수가 없었다. "표드르, 자네가 보기에 안나는 어떠한가?", "오늘 거리에서 한 아가씨를 만났는데 얼마나 예뻤는지 모른다네. 아, 진주와도 같은 눈동자를 하고 있었지", "자넨 결혼을 하였나?", "자네가 누구를 사랑하는지 알 만하네", "마누라를 얻는다는 건 좋은 일이자 성가신 일이지", "……" 이렇듯 우리는 주거니 받거니 하면서 대개는 여인과 관련된 얘기를 나누곤 하였다. 이런 화제는 페르시아인 친구가 가장 열성이었는데, 말할 때마다 손과 발을 함께 흔들어대곤 하였다. 그는 마치 큰 보물이라도 얻은 성 싶었다. 그러나 고려인 친구는 묵묵히 말을 아꼈는데, 다른 사람들이 연애에 관한 얘기를 나눌 때면 늘 얼굴에 슬픈 표정을 그리곤 하였으며 가끔 눈시울을 적시곤 하였다. 그때마다 나는 그에게 "자네, 혹시 무슨 슬픈 일이라도 있는 건가?"라고 묻곤 하였지만, 그는 아무 말 없이 억지로 웃음을 지어 보이거나, 혹은 "아닐세. 그런 일 없네"라고 답하곤 하였다. 비록 그가 솔직한 얘기를 꺼내기 싫어하였지만, 나는 그에게 무엇인가 슬픈 일이 있음을, 마음속에 아주 큰 상처를 지니고 있음을 느낄 수가 있었다.

고려인 친구의 이름은 이맹한李孟漢이었는데, 스무 살 남짓한 미소년이었다. 그는 여성스러운 데가 있어서 다른 사람과 말할 때 늘 얼굴이 빨갛게 물들곤 하였다. 나는 자주 그에게 농을 걸곤 하였으며, 동창생들 앞에서 그를 나의 마누라라고 부르곤 하였다. 내가 그를 마누라라고 할 때마다, 그는 계면쩍게 웃으며 얼굴이 조금 붉어지곤 하였으나 화를 내거나 나무라는 법은 없었다. 실로 나는 가끔 그에게 방자하게 구는 경우는 있었으나, 내심 그를 좋아하였으며 가까이 하고자 하였다. 마치 그가 지닌 여성스러움이 나에게 즐거움이라도 되는 듯이. 게다가 나는 몹시도 그를 존경하였는데 이는 그가 공부에 노력하며 마음이 넓고 과묵하였기 때문이다. 그는 나로서는 부족한 많은 장점을 지닌 친구였다. 그도 날 싫어하지 않았으며, 그가 나를 대하는 태도가 은연중 나에게 위안이 되기도 하였다.

친구들이 화롯가에 둘러 앉아 담소를 나누게 되자, 페르시아인 친구(그의 이름은 수단 사들이다)가 앞장서서 오늘 밤은 모든 사람이 각자의 연애사를 털어 놓자고 제안을 하였다. 누구나 반드시 가장 적나라하며 조금의 감춤도 없어야 한다는 것이었다. 이때 C군이 친구를 찾아 나가고 없었기에 다들 나보고 먼저 말하라고 하였다. 참으로 난감한 일이었다. 나는 연애한 적이 없으므로 딱히 할 말이 없다고 고하였다. 그러나 수단 사들은 "안 돼! 아니 되지. 웨이자維嘉, 거짓말할 생각이랑은 집어치우게! 자네처럼 잘생긴 소년이 중국에서 여인을 사랑한 적이 없거나 여인의 사랑을 받아 본 적이 없다니. 하물며 자네는 시인이 아닌가! 시인이란 여인을 가장 사모하고, 여인 또한 흔히 시인을 사모하는 법이 아닌가! 이맹한, 그렇지 아니한가?"라고 우기었다. 그는 이맹한을 향해 이렇게 물었으나 이맹한은 웃기만 할뿐 아무 말도 하지 않았다. 그러자 수단 사들은 다시 고개를 돌려 나를 향해 말하였다. "말하게, 어서 말하게나. 거짓말을 해서는 안 되네." 나로서는 말을 할 수도 하지 않을 수도 없는 형국이었다. 말하지 않자니 이들이 곧이들을 리 없고, 말을 하자니 워낙 재미나는 연애사라곤 없는 처지인지라 무엇을 어떻게 말해야 할지 난감하였다. 부득불 거짓말을 할 수밖에 없었다. 나는 아무렇게나 이야기를 지어냈다. 나는 내가 학생회장을 할 때, 많은 여학생들로부터 편지를 받곤 하였는데, 편지에는 내가 얼마나 훌륭한 일들을 하고 있는지, 글을 얼마나 잘 짓는지 씌어 있었다고 하였다. 그중 특히나 예쁘게 생긴 여학생이 있었는데 그녀는 나에게 여러 번 구애를 하였으나 당시로서는 내가 하도 백치와도 같아 결국 그녀의 사랑을 저버리고 말았다고 하였다. 계속하여 나는 어느 적인가는 여객선에서 천사와도 같은 아가씨를 만난 적이 있었는데, 그녀의 아름다움은 실로 말로 형용키 어려울 정도였다고 하였다. 나는 애써 모든 방법을 동원해 가까스로 그녀에게 접근하여 말을 걸 수가 있었는데, 그녀는 더할 나위 없이 아름다웠을 뿐만 아니라 지적인 여성이었다고 하였다. 그리고 대화를 나누면서 나는 그녀가 나에게 표하는 따뜻한 동정의 마음을 느낄 수가 있었다고 하였다. 말이 여기에 미치자, 수단 사들은 흥분을 감추지 못하고 웃으며 물었다.

"그처럼 아름다운 아가씨가 자네를 사랑하다니. 자네는 참으로 행복한 사람이군. 그럼 그 뒤에는 어떻게 되었나?"

"그 뒤? 그 뒤라, 젠장. 별로…… 별로 좋지가 않았다네……."

"아니, 왜?" 수단 사들은 크게 놀라며 물었다. "설마 그녀가 자네를 사랑하지 않았던 것인가……."

"그게 아니고, 내가 하도 바보스러운 인간이어서."

"웨이자, 자네가 바보스러운 인간이라니, 말도 안 되는 소리를 하는군."

"수단 사들, 내 얘기를 마저 듣고 나면, 자네도 내가 바보인지 아닌지를 알게 될 걸세. 그녀와 나는 여객선의 난간에 기대어 유쾌한 대화를 나누었다네. 장담컨대 그녀의 마음속에서는 나를 향한 사랑의 움이 트고 있었을 것이네. 나야 물론 두말할 것도 없었지. 그런데 말일세. 배가 부두에 닿고 나서, 그녀는 오빠의 재촉에 황급히 배에서 내리고 말았다네. 나는 말일세, 그녀의 주소와 연락처를 묻는다는 것을 잊고 말았다네. 그렇게 우리는 헤어지고 말았지. 자네들 한번 생각해 보게. 내가 바보인지 아닌지를. 한동안 나는 상사병에 시달렸지만, 별다른 방법이 없었다네……."

"거 참, 안타까운 일이로군, 안타까운 일이었어!" 수단 사들은 이렇게 말하며 탄식까지 하였다. 나를 향해 자신의 무거운 마음과 동정의 뜻을 전달하고자 함이었다. 그러나 이맹한은 뭔가 다른 생각에 잠겼는지, 침묵을 지킨 채 우리 둘의 대화에 주의를 돌리지 않고 있었다.

"자네, 말이 없는걸 보니 무슨 일이라도 있는 겐가?" 나는 이맹한을 향해 물었다. "자, 자, 내 연애사를 다 털어 놓았으니 이젠 자네 차례일세. 난 늘 자네의 마음속 깊이에 뭔가 큰 비애가 자리하고 있음을 느끼고 있었다네. 헌데 자넨 예전부터 털어놓지 않았지. 이제부터는 자네가 우리에게 이야기해 주었으면 하네. 내 사랑 이맹한이여!(나는 평소에도 그를 이렇게 호칭하곤 하였다) 만약 자네가 이 청을 거절한다면 단연코 용서치 않을 것이네!" 그럼에도 그는 나를 쳐다만 볼뿐 아무 말이 없었다. 이에 나는 다시 말을 중복할 수밖에 없었다. "내 얘기는 끝났네. 그러니 자네 차례란 말일세. 내 사랑이시여, 알겠나이까!"

이맹한은 한숨을 내쉬며 고개를 떨어뜨렸다. 그리고는 아주 나지막한 목소리로, 극도의 슬픔을 자아내는 목소리로 말문을 열었다.

"자네들이 기어코 얘기하라면 얘기해 봄세. 생각해 보면 나야말로 연애의 세계에서 가장 슬픈 자가 아닌가 싶네!"

"그렇다면 오늘 밤 자네의 슬픔을 우리에게 모두 털어놓게나." 수단 사들이 한마디 끼었다.

"올 3월에 확실한 소식을 전해 들었다네. 그 소식은 서울에서 러시아로 도주해 온 한 고려인이 나에게 전해준 것일세. 나의 사랑, 불쌍한 그녀가 설움의 도시 고려의 도성에서 일본인에 의해 감옥에서 옥사하였다고." 이맹한은 거의 울 듯한 표정이었다.

"저런, 세상에 이토록 비통한 일이!" 수단 사들은 크게 놀라 한마디 하였다. 나는 잠자코 있었다. 딱히 뭐라고 하면 좋을지 몰라서였다.

"이맹한, 무슨 죄로 말인가?"

"무슨 죄라니? 수단 사들, 아마도 자네는 우리 고려의 상황을 잘 모를 걸세. 고려가 일본에 병탄된 후, 고려의 인민들은—아아, 실로 불쌍하기 그지없지!—종일토록 극도의 도탄 속에서, 종일토록 일본인들의 무서운 압박하에서 허덕이며 생활하고 있지. 죄라니! 굴복을 하지 않는 것이, 고분고분 일본인들의 말을 듣지 않는 것이 죄라면 죄일세! 그 자체가 목이 날아가거나 피감되는 이유가 되지. 일본인들에게는 고려인의 목숨 따위는 닭 한 마리의 목숨이나 다름이 없어 언제든지 마음만 먹으면 죽일 수 있는 존재라네. 죄가 있고 없고는 종래로 따지지를 않는다는 말일세. 헌데, 가엾은 나의 그녀, 나의 운고雲姑조차 극악무도한 일본인의 학대 끝에 죽임을 당할 줄이야……!"

이맹한은 가까스로 비통을 참고 있었다. 나 역시 마음이 한없이 비통해졌다. 다들 한동안 침묵을 하였다. 이맹한이 다시 입을 열었다.

"나는 망명객일세. 조국에 돌아갈 수가 없다는 말이지. 만약 내가 귀국하여 일본인에게 잡힌다면 아마도 목숨을 부지하기가 힘들 걸세. 아아, 나의 친한 벗들이여, 고려가 만약 독립하지 못한다면, 일본제국주의자들의 압박하에서 해방되지 못한다면, 나는 영원히 고려에 돌아갈 가망을 잃고 말 걸세! 내가 그 얼마나 귀국하여 내 연인의 무덤가에 자란 풀들을 더듬어 보고 싶은 줄을 아는가? 그녀의 무덤 위에 엎드려 내 맘속의 비애를 깡그리 털어놓고 싶다네. 조국에 있는 가엾은, 고난 속에서 허덕이고 있는 동포들을 만나보고 싶다네. 아름다운 나의 고향을 마음껏 둘러보고 싶다네. 허나, 난 그럴 수가 없다네, 그럴 수가 없지…….”

이맹한은 눈물을 흘리고 있었다. 수단 사들은 워낙 말이 많은 사람이었지만, 이때만큼은 바보가 되어 침묵을 지키고 있었다. 나 역시 이맹한의 슬픔에 가득 찬 표정을 읽으면서, 지옥 속에 처한 고려 인민들을 떠올리면 치가 떨렸다. 이맹한은 손수건으로 눈가를 훔치고 나서 나를 보며 말하였다.

“웨이자, 자네 말이 옳았네. 자네는 평소에 나더러 무슨 슬픈 일이라도 있는 게 아니냐고 묻지를 않았나? 그렇다네. 조국을 빼앗기고, 동포들은 고통 속에서 허덕이고, 연인은 억울한 죽음을 당하였지. 이 세상에 이보다 더 슬픈 일이 어디 있겠나! 웨이자! 내 만약 조국을 해방하리라는 희망과 그 언젠가는 운고의 무덤가에 자란 풀들을 돌아가 볼 수 있으리라는 기대가 없었더라면 아마 일찍 자결하고 말았을 걸세. 나는 내 자신이 의지가 아주 강한 사람이라고 믿고 있네. 내 비록 무한한 비애에 빠져 있다고는 하나, 열렬한 희망 또한 품고 있음일세. 운고가 고려를 위해 죽었음을 알고 있는 까닭이네. 내 기어이 고려를 해방하여 운고의 영혼을 위로해주고 그녀를 위해 복수할 것일세. 웨이자, 자네 내 말 뜻을 알만 한가?”

"이맹한, 내 자네 뜻을 알만하네. 그리고 자네 비록 희망을 버리지 말아야 하나, 그 비애를 적당히 줄이는 것이 좋을 듯하네. 자, 그럼 운고와의 연애 과정이나 마저 얘기하세. 내일 오전에 수업도 없지 아니한가. 라지예프 교수가 병환에 걸렸으니 우리가 조금 늦게 잔들 어떤가. 수단 사들, 자넨 무슨 생각을 하고 있나? 왜 말이 없는 겐가?"

"난 저 친구의 말에 놀라고 만 걸세. 이맹한, 그럼 어서 연애사나 들려주게."

이맹한은 자신과 운고와의 이야기를 들려주기 시작하였다.

"아아, 친구들. 나는 운고와의 연애사를 얘기하고 싶은 생각이 별로 없다네. 아니지, 얘기하고 싶지 않은 게 아니라 차마 얘기를 못하겠네. 그 얘기를 꺼내면 내 마음이 너무나도 아프니깐. 눈물이 날 것만 같네. 이 세상에는 우리 운고처럼 아름답고 사랑스러우며 충직하고 존경스러운 여인은 아마 없을 것일세. 실제로 그러한 이가 있다 하더라도, 나 이맹한에게 있어서는 운고뿐이라네. 아아, 운고뿐이지! 가끔 자네들은 이 여인이 좋다니, 저 여인이 아름답다니 하지만, 전혀 내 흥미를 돋우지 못하였던 것은 운고 외의 다른 여인이 내 사랑을 차지할 수 없었기 때문이네. 내 상상력을 자극할 수가 없었기 때문이네. 이미 오래 전부터 나의 사랑은 파란 잔디가 되어 운고의 무덤 위에서 무성히 자라고 있었다네. 피 토하는 두견이 되어 운고의 무덤가 백양나무 가지 위에서 우짖고 있었다네. 이미 옥석이 되어 운고의 백골 옆에 묻혔으니 영원히 사라지지 않는 장례처럼 천년이 지나도 썩지를 않을 것이네. 이미 흩날리는 푸른 연기가 되어 운고의 향기로운 넋과 함께 뒤엉켜 감돌고 있다네. 그러니 친구여, 내 어디 여인에 관한 얘기를 나눌 심정이겠는가? 어찌 다시금 아름다운 연애를 꿈꿀 수 있겠는가……?"

"고려는 바다에 닿아 있는 섬나라[3]라네. 자네들이 지리를 공부한 적이 있다면 대충 알 수도 있을 것일세. 우리 고려로 말하자면 기후가 온화하고 자연이 아름다운 곳이지. 3면이 바다와 마주하여 있고, 온대에 위치해 있는지라, 건조하지도 춥지도 않은 나라일세. 바닷바람이 산과 강, 수목樹木을 적셔주어 지극히 아름답고 수려하다네. 이러한 지리환경에서 태어나 자란 고려의 국민들은 타고난 성정이 화평하고 온순하지. 말하자면 점잖고 예의바른 국민일세. 그러나 애석하게도 고려가 일본제국주의에 의해 병탄된 이후, 점잖고 예의바른 고려의 국민들은 끝없는 고통 속에서 허덕이게 되었다네. 더는 아름다운 강산을 즐길 수도, 따스한 바닷바람 속에 가득 실려 오는 공기를 호흡할 수도 없게 되었지. 일본인 때문에 고려는 비애와 고통, 잔인함과 암흑, 학대와 눈물로 가득 찬 곳이 되고 말았다네. 해와 달이 빛을 잃고 강산은 어둠에 휩싸이게 된 것이네. 강에 넋이 있거늘, 수천 년 동안 주인공으로 살아왔던 이들이 하루아침에 큰 재난을 당하였으니 어이 분노하지 않을 수 있겠는가! 아아, 애달픈 나의 고려여!"

"웨이자, 자네도 아마 압록강이 천연적으로 이루어진 고려와 중국 사이의 국경선임을 알고 있을 것이네. 압록강 하구, 그러니까 강물이 바다로 흘러드는 곳에 위치한 C성城은 비록 작지만 지극히 아름다운 곳이라네. 압록강 하구에 위치하여 교통이 편리하기 때문에 아주 번화한 곳이지. 한쪽은 강을 등지고, 다른 한쪽은 바다와 마주하고 있어, 나

3 원문에 '섬나라[島國]'로 되어 있음.

무와 풀이 무성하고 산과 들은 기복을 이루고 있지. 실로 풍광이 아름다운 곳이라네. 아아, 그러고 보니 아름다운 C성의 품속을 떠난 지도 어언 6년이 되었군. 나는 고려를 특히는 고려의 C성을 사랑한다네. 그곳은 내가 나서 자란 곳이기 때문이지. 무엇보다 그곳은 나와 운고의 집이 있는 곳이자 우리가 어려서부터 함께 자란 고향땅이기 때문이네. 그러네 친구여, 나는 너무나도 C성이 그립네. 운고와 함께 뛰놀던 그곳을 가보고 싶네. 지금은 어떤 모양인지 너무나도 보고 싶다네. 허나, 지금 나 이맹한에게는 이야말로 공상이 아니겠는가!"

"C성 외곽에는 버드나무와 소나무가 어우러진 숲이 있다네. 시내에서 불과 1리쯤 떨어진 곳이지. 그 숲은 마침 해변에 자리하고 있어 배를 타고 C성을 지나게 되면 우중충한 모습을 똑똑히 볼 수가 있다네. 심지어 바닷물에 비친 숲의 그림자까지 볼 수가 있지. 숲속에는 평평한 잔디밭이 많고, 여기저기 널린 큰 바위들이 가끔 눈에 띄곤 하였지. 그 바윗돌들이 어디서 온 것인지는 나도 잘 모른다네. 겨울이 되면 숲의 버드나무가 앙상해지지만 그래도 무성한 소나무가 짙푸르러 별로 황량해 보이지가 않았다네. 봄이 오면 버드나무의 하느작거리는 가지들이 초록의 파도를 만들어 내고, 온갖 새들이 제각기 자연의 노래를 부르곤 하였지. 매미는 한껏 목청을 뽑고 바다에서 불어오는 부드러운 산들바람은 그때그때 사람의 기분을 상쾌하게 하였지. 실로 그 숲은 자연의 묘미를 만끽할 수 있는 좋은 장소였다네!"

"그러고 보니 이젠 이미 10여 년 전의 일일세. 비가 오지 않는 날이면 사내와 계집 두 아이가, 온종일 그 숲에서 뛰놀곤 하였지. 둘은 같은 또래였는데 나이가 예닐곱 살 정도였다네. 그들은 표정만 보아도 인간

세상에 내려온 한 쌍의 천사와도 같았다네. 잠시 사내아이는 관두고 천사와도 같은 계집아이부터 말하기로 한다면, 그 아이는 장미와도 같은 꽃다운 얼굴에 가을 호수와도 같은 눈빛을 하고 있었지. 야들야들한 입술은 주홍빛이었고, 옥으로 조각한 것 같은 작은 손에, 구름같이 물결치는 까만 머릿결을 하고 있었지. 게다가 양쪽에 보조개가 파여 있어 더할 나위 없이 온순하고 예뻐 보였지. 난 도무지 형용할 만한 말을 찾을 수가 없네. 그냥 하늘에서 내려온 꼬마 천사라고 할 수밖에. 자네들은 내가 과장된 표현을 쓴다고 할 수도 있네만, 실제로 나의 재주로는 그녀의 아름다움의 만분의 일도 형용할 수가 없다네. 그녀의 모습을 마음속에 떠올릴 수는 있지만, 제대로 형용할 수는 없다네."

"매일이다시피 두 아이는 숲 속에서 뛰놀곤 하였지. 가끔은 숲 속의 잔디밭을 따라 달리기 시합을 하기도 하였고, 삭정이를 주어 집을 짓기도 하였지. 이 방은 내 방, 저 방은 너의 방, 나머지 한 칸은 엄마의 방, 이런 식으로 말이네. 또 가끔은 돌멩이를 주어 들고 바닷가로 달려가 물속에 던져 넣기도 하였지. 누가 더 멀리 던지는지, 누가 던진 돌멩이가 더 큰 물소리를 내는지를 겨루곤 하였지. 간혹은 나란히 잔디 위에 누워 하늘을 올려다보면서 송이송이 구름들이 내달리는 것을 구경하기도 하였고, 과일이나 열매 등속을 가져다 가마를 지피고 연회를 차려 손님들을 초대하곤 하였지. 또 가끔은 나란히 바위에 기대어 앉아 엄마 아빠에 대한 얘기거나 다른 데서 주어들은 얘기를, 혹은 내일은 뭘 놀까 의견을 나누기도 하였지. 그리고는 손을 잡고 나란히 바닷가에 서서 오가는 선박들이나 파도치는 바닷물을 살피기도 하였지…… 물론 아주 드물게나마 가끔 다투기도 하였지. 다투더라도 불과 몇 초 사이에 다시 사이가 좋아지곤 하였지. 종래로 마음속에 오래 두는 법을 몰랐다네. 두 아이는 떼어놓으려야 떼어놓을 수 없는 친구로서 함께 있지 않는 시간이라곤 거의 없었지. 그렇듯 아무런 근심 걱정도 없이 종일토록 자연의 품에 안겨 자란다는 것은 얼마나 행복한 일인가!"

"친구들이여, 그 두 아이가 바로 10여 년 전의 나와 운고라네. 아아, 이미 10여 년 전의 일이구먼! 과거는 과거일 뿐, 지나간 것을 돌이킬 수는 없는 법이지. 운고와 둘이서 그때처럼 행복한 생활을 다시 누리는 방법은 없는 것일까? 저도 몰래 그런 생각을 하고 있노라면 난 행복에 잠기곤 하지. 물론 가슴이 터질 듯이 아파지기도 한다네!"

"나와 운고는 모두 귀족의 후예들로서, 나는 성이 이가요, 운고는 성이 김가였지. 김가와 이가는 모두 고려의 유명한 귀족이지. 웨이자, 혹여 자네는 이를 알는지도 모르겠네. 일본이 고려를 병탄한 이후, 우리 아버지와 운고의 아버지는 모두 벼슬을 버리고 산림에 은거하고 말았지. 그녀의 아버지와 우리 아버지는 서로 아주 사이좋은 벗이었다네. 촌수를 따진다면 가까운 외종 사촌 간이었지. 우리 두 집은 모두 숲 가장자리에 자리 잡고 있었고, 서로 불과 10여 보 정도 상거해 있었다네. 양가의 두 어른은 모두 망국의 치욕과 수난 받는 동포들 때문에 심히 분노해 하였으나 나뭇가지 하나로 큰 건물을 버틸 수가 없듯이, 어찌할 도리가 없었다네. 그런 연유로 산림에 몸을 숨기고 한가롭게 살게 되었던 것이지. 두 어른은 가끔 화롯불에 둘러 앉아 술을 데워 나누곤 하였는데, 비통이 극에 달하면 큰 소리로 노래를 부르거나 통곡하기도 하였지. 그 당시 나나 운고는 모두 철없는 나이었는지라 두 어른께서 왜 그러한 모습을 하고 있는지를 알 수가 없었지. 그냥 어린 마음에 무엇인가 찌르는 듯한 감정의 파동만을 얼마간 느꼈을 뿐이었네. 그 뒤, 나와 운고는 점차 나이가 들면서 두 어른께서 나누는 이야기의 뜻을 얼마간 깨닫게 되었다네. 두 어른 또한 이야기를 나누다가 우리 두 아이가 옆에 있는 것을 보게 되면 말을 멈추고 우리를 바라보며 눈물을 줄줄 흘리곤 하였지. 그러한 장면은 우리의 나어린 마음속에서 지워지지 않는 기억으로 남게 되었다네."

"두 노인의 이야기는 잠깐 여기에서 끊도록 하겠네. 다시, 나와 운고는 태어나서부터 자연히 친구가 되었는지라, 어려서부터 서로 아끼고 사랑하였으며 늘 그림자처럼 붙어 다녔다네. 워낙 우리 두 집은 서로 내 것 네 것 가리지 않고 지내는 사이였으므로, 혹은 그녀가 우리 집에서 밥을 먹거나 혹은 내가 그녀의 집에서 밥을 먹곤 하였지. 여하간 늘 같은 상에 마주앉아 밥을 먹곤 하였는데 다른 한 사람이 보이지 않으면 나나 운고는 모두 밥을 넘길 수가 없었다네. 그녀의 어머니나 우리 어머니 역시 그녀의 아버지와 우리 아버지와 마찬가지로 아주 화목하였으며, 우리 두 아이를 대하는 태도 역시 내 자식 네 자식을 가리지 않았다네. 이러한 가정 분위기 속에서 우리 두 아이는 정말로 너무나도 행복하였다네! 우리의 나이가 차자, 글을 읽게 되었는데 운고의 아버지께서 몸소 가르치셨지. 우리는 같은 책을 읽었고, 스승님께서도 똑같은 분량의 강의를 해주셨지만 운고는 워낙 나보다 총명하여 늘 여러 가지로 나를 돕곤 하였다네. 우리는 하루에 공부하는 시간이 불과 3, 4시간에 지나지 않는지라, 수업이 파하면 손에 손을 잡고 숲 속이나 바닷가에 가서 놀곤 하였다네.

"아 참, 언젠가 한번은, 무척이나 재미나는 일일세. 두 집에서 별로 멀리 떨어져 있지 않는 곳에 우리 친척집이 또 한 집 있었다네. 나의 외종형님이 되시는 분이었는데, 그분이 결혼할 때, 두 분 어머니께서 나와 운고를 함께 데리고 가서 구경시킨 적이 있었네. 이튿날 우리는 숲에 이르러 놀이를 하면서 그날 보았던 그대로 모방을 하였다네. 그녀는 신부를, 나는 신랑 역을 맡았지. 때마침 봄철인지라, 바람은 따스하고 풀은 푸르고, 숲 속에는 제각기 꽃이 피어 있었고 새들이 지저귀고 있었지. 재미가 시들해지자 우리는 문득 신부와 신랑 놀이를 떠올렸던 것일세. 나는 많은 꽃들을 꺾어다 그녀의 머릿결에 꽂아 주었고, 그녀는 고개를 다소곳이 수그린 채 신부의 모양새를 내었네. 나는 그녀의 손을 잡고 앞으로 한 걸음 한 걸음 나아갔지. 천진난만할 때인지라, 우리는 신부와 신랑의 역을 맡고서도 실은 신부와 신랑이 어떤 관계인지를 모르고 있었던 것일세. '신혼'의 두 아이가 그렇게 걸어가고 있는데, 불현듯 숲 오른쪽에서 두 사람이 나타났지. 그녀의 아버지와 우리 아버지였다네. 면전에 다가온 두 사람은 의아해 하였지. "너희들 왜 이러고 있는 거냐?" 우리는 비록 소꿉놀이를 하고 있긴 하였지만, 두 어른을 만나게 되자 저도 몰래 부끄러웠지. "신부와 신랑 분장을 하고 있었어요. 얘는 신부고요, 저는 신랑을요. 그런 놀이를 하고 있었어요." 나는 창피하지만 그렇게 대답하였다네. 그 말을 듣고 두 어른은 웃음을 터뜨렸지. 우리 아버지는 그녀의 아버지를 향해 "형님! 이 두 신혼부부가 참으로 그럴듯하지 않습니까?"라고 웃으셨지. 운고의 아버지는 가늘고 긴 자신의 턱수염을 매만지며 무엇인가 골똘히 생각하셨지. 그이는 몇 번이고 우리 두 아이를 찬찬히 뜯어보고 나서 미소를 지으며 고개를 끄덕였다네. 우리 아버지를 향해 "과연 그럴듯할세. 허 참, 두 녀석이 이런 놀이를 하고 있었다니. 차라리 잘된 일일세. 아우, 그럼 우리는 두 녀석이 두고두고 행복할 수 있기를 비세"라고 하셨지. 그때 나는 운고의 아버지의 말씀에 숨겨진 깊은 뜻을, 말하자면 은연중에 운고와의 혼약을 미리 허락해 주셨음을 미처 깨닫지 못하였다네.

"세월은 쏜살같이 흘러 정말로 시간이 빨리도 지났지. 나와 운고도 그렇게 점차 자라 열두어 살이 되었다네. 하루하루 나이가 들어갔지만 우리는 그 때문에 서먹해지지는 않았다네. 부모님들이 결코 우리를 단속한다던가 하는 법이 없었기 때문일세. 우리는 여전히 매일 함께 책을 읽고 함께 숲으로 달려가 놀곤 하였지. 운고의 아버지께서는 매우 온화하고 선량한 분이셨는지라 우리를 대하는 태도가 결코 어리석은 서당 훈장들과는 달랐다네. 가끔은 우리에게 노래를 배워주기도 하셨지. 봄이 오면 숲 속의 새소리야말로 더할 나위 없이 좋은 음악이었는데, 나와 운고는 흥에 겨우면 노래를 불러 새들의 노래에 화답을 하곤 하였지. 아아, 새 얘기가 나오니 또 다른 이야기 하나가 떠오르는군. 어느 날 밤, 우리 종형께서 우리 집에 오셨지. 그이는 나에게 물총새 한 마리를 선물로 가져다주었다네. 대나무로 만든 새장에 가두어서 말일세. 나는 얼마나 기뻤는지 모른다네. 물총새가 아주 예쁘고 사랑스럽기 때문일세. 부리는 빨갛고 깃털은 녹색이며, 발은 노란색이었지. 너무나도 귀여웠다네. 자네들의 나라에도 그처럼 아름다운 새가 있을지 모르겠네. 우리 고려에서는 물총새가 새 중에서 가장 예쁜 새라고 할 수가 있다네. 너무 늦은 밤인지라, 나는 운고가 잠이 들었을까 봐 그녀를 불러 새로 생긴 보배덩이를 보여줄 수가 없었지. 나는 그날 밤 내내 잠을 설쳤지. 처마 밑에 달아둔 새장을 고양이가 덮칠까 봐 걱정을 하기도 하고, 내일 운고가 물총새를 보게 된다면 얼마나 기뻐할까 떠올리기도 하고, 종형이 물총새를 한 마리밖에 가져다주지 않은 것을 못내 아쉬워하기도 하였다네. 만약 두 마리를 가져왔더라면 그중 한 마리를 운고에게 나누어줄 수 있으니 더 좋았을 터인데…… 그렇게 물초롱새 한 마리 때문에 나는 하룻밤 내내 생각에 잠겨 있었다네."

"이튿날 동이 트자마자 나는 침대에서 일어났지. 어머니께서 왜 그리 일찍 일어났냐고 물으셨지만 나는 대충 얼버무리고 나서 세수도 하지 않은 채, 허둥지둥 운고의 집으로 달려갔지. 운고는 여직 달콤히 잠들어 있었네만, 나는 침대로 달려가 그녀를 흔들어 깨웠지. '어서 일어나, 어서, 운고야. 내가 아주 예쁜 물총새 한 마리를 구했단 말이야. 얼마나 예쁜지 몰라. 어서 일어나 한번 보란 말이야, 어서……' 운고는 어리둥절한 채 작은 손으로 두 눈을 비볐지. 멀뚱히 나를 쳐다보다가 하는 수 없이 급히 옷을 입고 침대에서 내려와 나를 따라서 우리 집으로 왔지. 나는 새장을 처마 밑에서 내려 쪽걸상 위에 올려놓고서 운고더러 찬찬히 살펴보게 하였지. 예상했던 대로 운고는 기뻐서 어쩔 줄을 몰라 했지. 그녀는 '잘 보살펴야 해, 죽이거나 날아가 버리게 하면 안 돼'라고 감탄을 연발했지. 운고는 새장을 어루만지면서 손을 뗄 생각을 하지 않았지. 헌데 그만 부주의로 새장의 문이 열리고 말았다네. 영리한 물총새는 그 기회를 놓칠세라 휘리릭 날아가 버렸지. 하늘로 날아올라 잠깐 새에 종적을 감추고 말았다네. 나는 나의 보배덩이가 날아가 버리는 것을 보고 부아가 잔뜩 치밀어 울음을 터뜨리고 말았지. 나는 '너더러 구경하라 했지 누가 날려 보내라더냐?…… 내 물총새를 물어내, 그러지 않으면 가만있지 않을 거야!…… 너희 엄마에게 일러

바칠 거야…… 흥! 흥!'하고 운고를 꾸짖었지. 운고는 새가 날아가 버리자 당황하여 얼굴이 빨갛게 되었지. 게다가 내가 울면서 그녀에게 물어내라고 하자 그만 자기 역시 소리 내어 울음을 터뜨리고 말았지. 그녀는 자신이 우정 물총새를 놓아준 게 아니라며, 나에게 물어 줄 물총새를 구할 길이 없다고 사정을 하였지. 그러나 울면 울수록 속이 상해, 나는 그녀더러 기어코 물총새를 물어내라고 우겼지. 그렇게 우리 둘은 눈물바다를 이루었고 결국 우리 어머니와 아버지께서조차 놀라서 방안에서 달려 나왔지. 그들은 왜 이른 새벽에 일어나 이렇게 소란을 피우는 건지, 무슨 큰일이라도 생긴 건지를 물었지. 나는 울면서 '운고가 물총새를 날려 버렸어요. 물어내야 해요'라고 말했지. 운고는 급히 '아니에요. 그런 게 아니에요. 제가 우정 물총새를 놓아 준 게 아니란 말이에요. 한이 오빠가 저보고 물어내라 하지만 제가 무슨 수로 물총새를 구한단 말이에요……?'라고 응대하였지. '헛 참, 이런 영문이었구나. 까짓 새 한 마리 달아난 걸 가지고 이토록 집안이 떠나갈 듯이 구느냐! 착하지, 운고야? 그만 울어. 너더러 물어내게 할 리 없으니 걱정 말고 어서 집으로 돌아가거라.' 결국 운고는 훌쩍거리면서 집으로 돌아갔고, 나는 어머니가 머리를 쓰다듬어 주면서 한참 위로해주신 덕분에 울음을 그치고 말았다네."

"결국 그날 나는 공부하러 가지 않았다네. 종일토록 넋이라도 잃은 듯이 멍하니 집에 앉아 있었지. 마음속에서는 슬픔인가 하면 슬픔도 아닌 그 무엇인가가 감돌아 평소와도 같은 즐거움이나 평화로움은 맛볼 수가 없었다네. 그것은 결코 물총새를 잃어서가 아니었다네. 그보다는 운고가 눈앞에 보이지 않아서였지. 나는 처음으로 외로움의 쓸쓸함을 맛보았던 것일세. 외로움을 느끼는 순간 운고를 떠올렸고, 운고를 떠올리고 나니 운고를 화나게 하고 슬프게 한 나 자신이 한스러웠다네. '에휴, 다 내 잘못이야……. 까짓 물총새 한 마리가 뭐가 대수라고. 하물며 운고가 일부러 그런 것도 아니고…… 걔도 물총새를 좋아했잖아……. 내가 하필이면 억지를 부릴 게 뭐였담……? 여하간 다 내 잘못이야. 운고랑 잘못을 빌어야겠지. 그러나 내가 이리 못나게 구는 것을 보았으니 아마 나를 거들떠보지도 않을 거야. 만약 내가 잘못을 사과한다 해도 운고가 본체만체하면 어떡하지……?' 나는 아무리 궁리를 하여도 뾰족한 방법이 떠오르지가 않았다네. 결국에는 또 울음을 터뜨리고 말았지. 이번에는 전보다 더욱 슬프게 울고 말았지. 물총새 때문이 아니라 운고 때문에 눈물이 난 걸세. 고작 새 한 마리 때문에 운고를 기분 나쁘게 한 것에 눈물이 난 걸세."

"이보게 친구들, 이는 내가 태어나서 처음으로 인간사의 슬픔을 느낀 것이었다네. 나는 운고에게 사과하기로 작심하였으나 운고가 참으로 화가 나서, 날 거들떠보지 않을까 봐 걱정하고 있었던 것일세. 마침 저녁 식사를 물리자 운고네 어멈이 편지 한 통을 나에게 가져다주었다네. 봉투의 글씨를 보고서 나는 바로 운고가 쓴 편지임을 알 수가 있었지. 나는 겸연쩍어 하며 어멈에게 물었지. '운고 별일 없지요?' '운고? 운고는 아마 하루 내내 울고 있었지. 도련님이랑 다투었나 보오?' 어멈은 불쾌한 기색으로 그렇게 내뱉고 나서 돌아가 버렸지. 나는 운고가 종일 울었다는 말을 듣고 고통의 깊은 수렁 속에 빠지고 말았지. 나는 속으로 내가 왜 그렇듯 큰 잘못을 범했던 걸까 뼈저리게 자책하였지. 나는 편지를 손에 든 채, 열어 볼 엄두를 내지 못하였다네. 화해하자는 내용이 적혀 있을지 절교를 선언하는 말이 적혀 있을지 몰라서였네. 결국 전전긍긍하다가 겉봉을 뜯었지."

수단 사들은 이맹한의 말이 채 끝나지 않았음에도 서둘러 한마디 끼었다. "편지에는 뭐라고 쓰여 있었던 것인가? 희소식이었는가? 아님 나쁜 소식이었던가? 이맹한, 자네 땜에 내가 다 걱정하게 되네." 이맹한은 희미하고 웃으며 화로 속의 백양나무 장작을 들추어 불길을 살리고 나서 이야기를 계속하였다.

"그야 당연히 희소식이었지. 우리 운고가 아닌가, 나에 대해서만큼은 그녀가 용서치 못할 일은 없었다네. 편지에는 '사랑하는 한이 오빠! 오빠가 소중히 여기는 것을 잃게 한 저의 잘못을 인정합니다. 허나 한이 오빠, 절 용서해 주세요. 제가 일부러 오빠 면전에서 잘못을 저지른 것은 아닙니다. 부디 저를 용서해 주실 거죠? 저는 오빠가 꼭 용서해 주시리라 믿습니다. 오늘 오빠랑 떨어져 있었더니 얼마나 가슴이 아팠는지 모른답니다. 한이 오빠, 제가 너무 울어 두 눈이 빨갛게 되었답니다. 저를 가엾이 여겨 주세요. 저를 가엾이 여기신다면 내일 아침, 우리가 평소 기대곤 하는 큰 바위로 나와 저를 기다려 주세요. 제가 사과드리러 갈게요……'라고 하였지. 자네들 생각해 보게, 그 편지를 읽고 나서 내가 얼마나 기뻤겠는지를. 그러나 한편으로는 너무 부끄러워서 견딜 수가 없었지. 응당 내가 그녀에게 사죄를 해야 할 터인데 되레 그녀가 나에게 사과를 하다니, 그녀가 되레 나더러 자신을 가엾이 여겨 달라고 청을 들다니! 이보다 더 나를 부끄럽게 하는 일이 어디 있겠나?"

"이튿날 해 뜰 무렵, 나는 일찍 일어나 운고와의 약속을 지키기 위해 바닷가의 큰 바위로 향하였지. 생각 밖에 운고가 나보다도 먼저 나와 큰 바위에 기대선 채 나를 기다리고 있었다네. 나는 '운고야!'하고 불렀지. 그녀 역시 '한이 오빠!' 하고 대답했지. 우리는 그렇게 마주한 채 말을 찾지 못하였다네. 그녀는 두 눈에 눈물이 핑 도나 싶더니 와락 나의 품에 안겼다네. 우리는 그렇게 서로 끌어안은 채 한동안 눈물을 흘리고 서 있었다네. 왜 울었던 것일까? 너무나 좋아서였을까? 아니면 너무나 슬퍼서였을까……? 그때는 우느라 미처 이런 생각을 하지 못하였지. 물론 지금도 나는 그 답을 알지를 못하겠네. 풀잎 위에서는 영롱한 이슬이 반짝이고 숲 속의 새들은 구성진 새벽 노래를 부르는 아침이었지. 고요한 바다에서는 가끔 부드러운 파문이 일렁이곤 하였지……. 싱싱하고 붉디붉은 아침 해가 서서히 떠올라 그 부드러운 빛으로 함께 끌어안고 통곡하고 있는 두 어린이의 몸을 비추어 주었다네."

여기까지 말하고 나서 이맹한은 말을 멈추었다. 그의 얼굴에서는 서서히 역력한 비통의 기색이 어리기 시작하였다. 그나마 잠시 즐거움에 잠겼던 얼굴에서는 웃음기가 점차 사라지고 말았다. 그는 두 손을 모아 쥔 채, 화로 속에서 타오르는 불길을 뚫어지라 쳐다보기만 하였다. 나는 심리학을 연구한 적은 없지만 그의 마음이 다시금 슬픔에 사로잡혀 있음을 느낄 수가 있었다. 그렇게 침묵이 몇 분간 이어졌다. 성격이 급하여 무엇이든 끝까지 캐물어야 직성이 풀리는 수단 사들은 그 침묵을 참기 힘들어하였다. 그는 이맹한을 향해 말문을 열었다. "아직 자네 이야기가 끝나지 않았네. 왜 계속하지 아니하는 겐가? 한참 재미나는데 왜 갑자기 말을 끊고 마는 건가? 그럴 수는 없지. 이맹한, 이야기를 계속하게. 여기서 그만둔다면 나는 오늘 밤 잠을 설치고 말 걸세. 웨이자가 방금 말하지 않았는가. 내일 오전에 수업도 없는데 좀 늦게 잔들

어떠한가? 자네 뭐가 그리 걱정인가? 어서 말해 보게, 어서, 이맹한!" 나도 자연히 수단 사들과 같은 마음인지라 덩달아 이맹한에게 이야기를 마저 해 달라고 졸랐다. 평소에 일찍 자는 습관이었지만 나 역시 이날 밤만은 예외였다. 잠 귀신이 찾아와 재촉하지 않았을 뿐더러 스스로도 전혀 피곤함이 느껴지지가 않았다.

그러나 이맹한은 여전히 침묵을 지키고 있었다. 나도 급해졌다. 수단 사들은 화가 난 듯이 두 손으로 이맹한의 왼손을 감싸 쥐고 이야기를 계속해 달라고 떼를 썼다. 이맹한은 가여운 표정으로 우리 둘을 몇 번이고 쳐다보았다. 마치 우리로 하여금 자신을 불쌍히 여겨 달라는 듯한 표정이었다. 그는 부득불 다시 이야기를 시작할 수밖에 없었다.

"나는 여기까지만 말하면 좋을 줄 알았네. 더 말할 필요가 어디 있겠나. 계속 말해봤자 내 자신이 힘들어질 뿐만 아니라 듣고 있는 자네들도 아마 기분이 상하고 말 것일세. 허나 기왕지사, 수단 사들, 자네 내 손을 좀 놓아주게, 내가 계속 말할 터이니. 마저 얘기하도록 하세. 얘기를 할 터이니…… 헌데 솔직히 말을 계속할 기분이 아니네…… 자네들은 참으로 짓궂은 친구들일세……!"

"그렇게 한 번 다투고 나서 나와 운고의 사랑은 더욱 깊어졌다네. 나이가 들면서 우리의 사랑은 점차 새롭게 변화하기 시작하였다네. 나와 운고는 동갑내기였지. 단지 내 생일이 그녀보다 수개월 앞섰을 뿐이라네. 그 이전까지의 사랑은 천진함에서 비롯된 자각되지 못한 어린이의 것이었다면, 그 이후로는 어린이의 세계에서 벗어나 각성된 사랑을 하게 된 것일세. 우리들은 은연중 두 사람이 서로 사랑할 수밖에 없음을 깨닫게 되었다네. 나는 그녀의 사람이고 그녀 또한 나의 사람이니, 앞으로의 삶에서 영원히 갈라놓을 수 없는 배우자가 될 것이라는 것을. 친구들이여, 나는 실로 그 당시 내 마음을 묘사할 길이 없네. 하물며 내가 러시아어를 잘하는 것도 아니고 문학적 재능도 있는 것이 아니니 어떻게 형용하면 좋을는지 모르겠네."

"세월은 참으로 빨라, 어느새 나이가 들도록 우리를 재촉하는 법이지. 나와 운고도 저도 모르는 새에 열네 살이 되었다네. 아아, 바로 열네 살이 되는 그해에, 슬프고도 불행한 나의 삶이 시작되었지. 속담에 '비와 바람은 예측할 수 없는 하늘의 조화요, 화와 복은 조석으로 변하는 인간사의 변화'라는 말이 있지 아니한가! 우리 고려에는 조석으로 찾아오는 복은 없으나 조석으로 다가오는 재난은 언제 어디서나 느낄 수가 있다네. 설령 자네가 집안에 가만히 앉아 아무 짓도 하지 않는다 하여도 자네의 목숨이 안전하다는 법은 없는 곳이라네. 일본인 경찰이나 제국주의자들의 앞잡이들은 수시로 어느 누구건 간에 고려인을 체포하거나, 아무렇게나 반역의 죄를 들씌워 그 자리에서 목을 벤다든가 총살한다든가 할 수가 있지. 자네들은 아마 일본인들이 고려에서 저지른 포악한 짓을 꿈에서도 상상할 수가 없을 것이네. 자네들의 상상력이 아무리 풍부하다고 한들, 우리 고려인들이 그 얼마나 일본 제국주의자들에 의해 모진 학대를 받고 있는지를 상상할 수조차 없을 것이네!"

"우리 아버지는 고려의 독립을 위해 몸과 마음을 다하신 분이었네. 그게 내 눈에 비친 아버지의 모습이었지. 그해, 한 고려인이 일본 경관을 암살하였는데, 일본 당국에서는 우리 아버지가 배후 주범이라고 보았다네. 나로서는 그 내막을 잘 알 수가 없네. 여하간 아버지는 잡혀가 총…… 살…… 을 당하고 말았지……."

수단 사들은 후닥닥 일어서며 "세상에 이런 법이! 어찌 이런 법이 있을 수 있단 말인가! 나는 정말 일본인들이 자네 나라 고려에서 그렇듯 잔혹한 일을 벌였으리라고는 생각지 못했었네……"라고 외쳤다. 나 역시 이맹한의 말을 듣고 크게 놀랐으며, 수단 사들이 이처럼 분노해 하는 것을 보고 다시 한 번 크게 감명했다. 이맹한은 또 다시 눈물을 흘렸다. 그는 울먹이며 더듬더듬 말을 이어갔다. "우리 아버지께서 일본인들에게 총…… 살…… 당한 후……, 우리 어머니…… 어머니…… 어머니……, 흐흑, 가엾은 우리 어머니…… 어머니조차 바다에 몸을 던지고 말았네." 수단 사들은 목석이라도 된 듯 두 눈을 부릅뜬 채 아무 말도 없었다. 나 역시 두 눈이 젖는 것을 느꼈다. 눈물방울이 금방이라도 흘러내릴 듯이 눈가에 감돌았다. 다들 침묵에 휩싸였다. 이때 따라 창밖의 바람은 윙윙 더욱 기승을 부리고 있었다. 바람 소리는 천군만마가 내달리는 듯하다가, 파도의 사나운 함성 소리 같기도 하였으며, 수많은 이들이 내지르는 통곡소리 같기도 하다가, 하늘땅이 무너지는 듯 하기도 하였다. 이는 고려의 운명을 비통해 함일까, 아니면 이맹한의 분노를 애달파 함일까?

이맹한은 울음을 그치고 손수건으로 눈물을 훔쳤다. 그리고 다시 슬픔에 잠긴 목소리로 이야기를 계속하였다.

"아마 운고가 없었더라면, 운고의 부드러운 격려가 없었더라면, 친구들이여, 나는 아마 오래 전에 부모님을 따라 저세상으로 가고 말았을 걸세. 여기에 이렇게 버젓이 나 이맹한이 있을 수가 없었을 걸세. 자네들 역시 이곳 모스크바에서 날 만날 수가 없었으며, 오늘밤 나의 이야기를 들을 수도 없었겠지.…… 아아. 운고는 나의 은인이네. 아아,

운고는 내 생명을 되살린 격려자였지!"

"부모님께서 모두 비참히 돌아가신 뒤, 나는 혈혈단신으로 홀로 남게 되었다네. 운고의 부친께서, 그분도 일본 경찰에 잡힐 뻔 하였으나 많은 사람들이 증언해 준 덕분에 무사할 수가 있었다네, 나를 자기 집에 거두어 주셨고, 친자식처럼 대해 주셨지. 그러나 나는 종일토록 울기만 하였고, 자살할 생각만 하였지. 부모님이 다 참혹하게 돌아가신 판에 천애 고아로 혼자 살아갈 의욕이 없었던 것일세. 운고 역시 나 때문에 비통해 마지않았고 음식마저 넘기지 못하였다네. 허나 워낙 총기가 뛰어난 그녀였는지라 곧 내가 수상쩍은 것을 알아냈다네. 혹시라도 스스로 목숨을 끊을까 봐 그녀는 특별히 내 행동을 주의 깊이 살피었다네. 한번은 그녀에게 자살할 뜻을 밝힌 적이 있었지. 그녀는 그 자리에서 눈물을 흘리고 말았다네. 그녀는 갖은 방법을 다하여 애절히도 나를 설득하였고 앞으로 내가 응당 걸어가야 할 길을 가르쳐 주기도 하였지. 아아, 운고는 실로 존경스러운 여성이었지! 그녀는 식견이 나보다 몇 배로 월등히 뛰어나, 앞으로 언젠가는 꼭 복수할 날이 올 터이니 몸을 보존하여야 두었다가 그 때에 유용하게 써야 한다고 하였지. 죽음이란 하등 쓸모가 없는 일이니, 무릇 대장부란 스스로 목숨을 거두어서는 안 된다고 하였지. 그녀는 만약 내가 죽게 되면 자기 역시 울다가 죽고 말 것이니, 차마 그럴 수 있겠냐고 물었지……. 나는 그녀의 말에 일리가 있음을 느꼈지. 그녀의 슬기로운 마음은 워낙 내가 미치지 못하는 바인지라, 결국 자살하려던 생각을 접게 되었다네. 게다가 나는 비록 자살할 생각을 하고 있었지만, 마음속 내내 걱정되는 바가 있어서 떨쳐버리기가 힘들었다네. 바로 운고였던 것일세. 내 삶의 전

부인 운고! 그러네, 자네들 한 번쯤 생각해 보게나. 만약 운고의 격려가 없었더라면, 지금 자네들이 이렇게 나 이맹한과 함께 어울리는 것이 가당키나 하겠는가?"

"그때부터 운고는 나의 상냥하고 자애로운 어머니가 되다시피 하였다네. 늘 나를 위안해 주고 지켜주고, 보살펴주었지. 실로 그 자상하기가 이를 데가 없었네. 나는 가끔 그녀에게 화를 낼 때도 있었지만, 그녀는 늘 참고 견뎠으며, 전혀 나를 탓하지 않았다네. 아아, 나의 운고여, 사랑스런 나의 운고여! 애석하게도 나는 그녀의 상냥함을 다시는 누릴 수가 없게 되었네……."

"그렇게 무탈하게 또 두 해가 지났다네. 운고는 자랄수록 점점 어여뻐졌다네. 갈수록 자태가 아름다웠지. 그녀의 아름다움이란, 참으로 내가 형용할 수가 없는 것이었다네. 그러네. 내 어찌 속세의 언어로 그녀의 선녀와도 같은 어여쁨을 형용할 수가 있겠나! 혹여 이 세상에는 우리 운고보다 더욱 아름다운 여인이 있을는지는 몰라도, 친구들, 자네들이 얘기하는 아름다운 여인이란 조금도 나의 관심과 눈길을 끌 수가 없었다네. 내가 여인에 관한 얘기를 싫어한다 하여 평소 자네들은 날 샌님이라고 놀리기도 하였지. 아아, 하지만 자네들이 어찌 알았겠는가, 나에게 있어서 사랑이란 마치 묏자리와도 같아, 이미 운고가 그곳에 잠들어 있음을. 운고 한 사람만으로도 그 자리가 꽉 차 있음을. 허니 어찌 다른 사람이 그 자리를 비집고 들어갈 수 있겠나? 나는 결코 운고를 위해 수절하고자 함이 아니네. 단지 이 세상에 운고보다 더욱 사랑스러운 여인은 없다고 믿을 뿐이네. 이미 운고의 사랑을 맛보았으니, 내 생에 이보다 더 큰 행운이 어디에 있겠나? 달리 여한이 없는 것일세. 자네들 날 이해할 만한가? 아마 자네들은 날 이해하기 힘들겠지……."

"내가 열여섯 살 되던 해, 일본인들, 그러네, 그 흉악한 일본인들이 날 태평히 살도록 내버려 두었을 리 없지 않겠나? 우리 아버지를 살해하고 우리 어머니를 죽음으로 몰아넣고서도 그들은 성이 차지 않았던 것일세. 그들은 나의 목숨까지 노렸지. 나는 고려인들이 일본인들에게 뭘 그리 잘못된 짓을 하였기에 그네들이 우리들을 멸종시키려고 하는지, 왜 고려인들의 씨를 말리려고 하는지를 모르겠네……. 내 나이가 들어갈수록 일본 경찰들의 주목과 감시가 차차 심해졌다네. 경찰들이 나를 체포할 것이라는 풍문이 도처에 나돌았다네. 상황이 그러하자 운고의 아버지는 일본인들이 또 마수를 뻗칠까 봐 걱정하셨다네. 아무 때나 불현듯 들이닥쳐 나를 잡아다가 살해할까 봐 밤낮으로 두려워하고 불안해하셨지. 나? 나는 되레 별로 대수롭게 생각하지 않았다네. 그러던 어느 날 그이께서 나를 면전에 부르셨지. 주변에 다른 사람이 없는 것을 확인하고 나서 나를 보며 주르르 눈물을 흘리셨다네. 나는 어쩌면 좋을지 몰랐다네. 그이께서는 울음을 삼키며 '한이, 자네도 대충 알겠지만, 자네 부모가 돌아가신 뒤 난 자네를 친자식처럼 생각하였다네. 본시 자네를 내 곁에 두고 어른이 될 때까지 보살피고자 생각했었네. 우선은 그래야 자네 부모도 지하에서 눈을 감을 것이 아닌가? 또한 이는 고인이 된 친구를 위해 내 의무를 다하기 위해서였네. 하물며 내 일찍 운고를 자네에게 부탁하지 않았나? 그러나 한이, 이제 자네는 더 이상 이곳 고려 땅에서 머물 수가 없게 되었네……. 일본 경찰들이 저렇듯 자네를 대하니. 후유, 저놈들이 무슨 심보를 품고 있는지 알 턱이 있겠나! 만약 자네가 불행히도 저들의 잔혹한 마수에 걸려들기라도 한다면 내 무슨 면목으로 자네를 대하고, 작고하신 자네 부모님들을 대하겠나? 한이, 기왕지사 아무래도 일찍 탈출 계획을 시행하는 것이 좋을 듯하네. 내 이미 자네를 위해 다 준비해 두었다네. 바로 오늘 밤일세. 자네…… 자네…… 자네 반드시 이 비운의 고려를 떠나야겠네……. 장래…… 아아, 아마도 장래 어느 날엔가 다시 만날 날이 있을 것일세…….' 운고의 아버지는 감정을 억제하지 못하고 소리 내 통곡하셨지. 나에게는 청천벽력과도 같은 소식이었다네. 너무나도 급작스러운 일인지라 도무지 무슨 말을 하면 좋을지 몰랐다네. 친구들이여, 그때 내 마음이 어떠하였을지 한번 생각해 보게. 아아, 어리고 유약한 나에게 불현듯 이러한 큰 고난이 닥쳤으니 자네들 한번 생각해 보세. 그때 내가 어떻게 헤쳐 나갈 수가 있었을는지! 그 자리에서 나는 할 말을 잃고 울음을 터뜨렸다네. 그냥 그이의 명을 좇을 수밖에 없었다네."

"그럼 우리 운고는 또 어떠하였을 것 같은가? 그녀는 이미 그녀의 부친이 방금 전에 나에게 해준 얘기들을 알고 있었던 것일까? 아아, 현숙하고 지혜로운 운고여! 대의大義에 밝은 운고여! 그녀는 이미 전에 이 모든 것을 다 알고 있었다네. 어떻게 날 탈출시킬지를…… 그 방법까지도 모두 그녀가 자기 아버지와 이미 의논한 것이었다네. 그녀라고 그렇게 하고 싶었겠나? 그녀라고 나를 떠나보내고 싶었겠나? 홀로 이역 땅에서 떠돌도록 차마 나를 내버려 두고자 하였겠나? 아닐세. 결코 그것이 아니었네. 허나 나의 안전을 위하여, 나의 앞날을 위하여, 그녀는 부득불 나를 비운의 고려 땅에서 떠나보낼 수밖에 없었던 것이네. 아아, 그녀는 얼마나 괴로웠을까! 그녀의 아버지가 날 찾아 얘기를 꺼내는 그 순간에도 운고는 홀로 자기의 방에서 구슬피 울고 있었다네. 구곡간장을 다 녹이고 있었던 것일세……."

"그날 밤 시계가 열 시를 칠 무렵, 한 노인이 남 몰래 어선을 저어 인적이 드문 압록강가에 대어 놓았다네. 배는 강변의 무성한 갈대 숲속에 숨겨져 있었지. 어둠 속에서 작은 사람의 형체 두 개가 소리를 죽이고 휘청거리는 걸음으로 어선이 머문 강변으로 다가갔다네. 이들은 이제 곧 생이별을 해야만 하는 한 쌍의 원앙새였다네. 누구인들, 아아, 그 누구인들 이 두 사람의 심정이 그 얼마나 비통할는지를 형용할 수 있단 말인가! 그 두 사람은 강가에 이르자, 문득 손에 든 작은 봇짐을 바닥에 내던지고 와락 부둥켜안았다네. 감히 울음소리를 키우지 못한 채, 흑흑 나지막한 소리로 흐느꼈지. '한이 오빠! 이제 떠나시면…… 부디 몸조심하세요……. 전 영원히…… 당신의 사람이에요……. 이 세상에 정의正義가 있는 한 우리는, 우리는……언젠가는 다시 만날 날이 있을 거예요…….' '나의 운고! 내 마음이…… 찢…… 찢어질 것만 같아……. 내 있는 힘을 다해 그대가 소망하는 바를 완성하리다……. 그대 외에는…… 이 세상에서 그댈 빼고 나는 아무도 없네……. 아아, 그대는 내 마음과 영혼의 빛…… 빛이라네…….' 그네들은 울다가 말을 잇고 말을 하다 울었다네. 아아, 이 얼마나 비통한 장면인가! 어선 위의 노인이 배에서 내려 강변으로 올라서더니, 힘으로 두 사람을 떼어 놓았지. 정중하게 '그만 그치게! 대장부라면 살아서 고려의 자유를 되찾는 날을 맞아야 할 게 아닌가? 언젠가는 부부가 다시 한 자리에 모일 날이 오지 않겠나! 지금 이렇게 울기만 해서는 아무 소용이 없네! 운고, 넌 그만 돌아가 있거라, 여기 오래 머물러 있지 말고 어서 들어가도록 하거라. 남에게 들키지 않도록 조심해야 한다'라고 하였지. 말을 마친 뒤, 노인은 냉큼 소년을 어선 위에 끌어 올리고 나서는 뒤도 돌아보지 않고서 노를 저어 떠났지. 아마 운고는 그대로 강변에 서서 어선이 더는 보이지 않을 때까지 눈으로 바라보고 있었을 걸세."

"아아, 친구들, 나의 친애하는 친구들이여! 그 누가 압록강가에서의 이번 작별이 영원한 이별이 될 줄을 알았겠나……. 언젠가는 고려에 자유가 오겠지만, 나의 운고, 나의 운고여! 나는 다시는 그녀의 얼굴을 볼 수 없게 되었다네! 말로는 다시 한 자리에 모일 날이 있을 것이라고 하였지만…… 압록강가는 내 영원한 추모의 땅이 될 것일세. 해마다 아우성치며 흐르는 강물은 고려의 명운을 애달파 함이요, 내 가엾은 운고를 기려 토해 내는 억울함이라네……."

"그날 밤 나는 중국 경내로 탈출하여 그곳에서 2년간 머물렀다네. 그 뒤, 중국에서 다시 해방된 러시아로 오게 되었고 2년간 홍군 병사로 있었지. 부지불식간에 고려를 떠난 지도 어언 6, 7년이 되네. 허나 나의 마음은 그 어느 한순간도 고려와 나의 운고를 떠나 있은 적이 없다네! 고려를 탈출한 뒤로 운고에게서 편지 한 통 받아본 적이 없다네. 실은 통신이 가능하지가 않았지. 단지 그녀와 다시 상봉할 날만을 손꼽아 기다리고 있었는데, 그녀가 올해 정월 초에 일본인에게 죽임을 당할 줄이야 누가 알았겠는가! 아아, 강물인들 언젠가는 마를 날이 없겠느냐마는, 나의 이 원한만은 영원히 그칠 날이 없을 것일세!"

"허면 자네 운고는 무슨 죄목으로 죽음을 당하였나?" 내가 한마디 물었다. 이맹한은 이마를 찌푸린 채 나지막한 소리로 대답하였다. "무슨 죄목이겠나? 듣기로는 그녀는 고려사회주의청년동맹 여성부 서기였다고 하네. 어느 한 번 노동자들의 집회에 참가한 적이 있는데, 그로 인해 일본경찰에 잡혔다고 하네. 파업을 선동하였다는 죄목으로 수감되어 감옥에서 억울한 죽음을 당하였다고 하네. 법정에서 재판을 받을 때, 그녀는 일본인들의 만행과 폭행을 큰소리로 꾸짖었다고 하네. 그녀는 고려의 노동 군중이 다 죽지 않는 한, 언젠가는 반드시 자유로운 고려를 이룩해 낼 날이 올 것이라 하였다네. 아아, 이 얼마나 장렬한 일인가! 난 이처럼 장렬한 여성은 그 누구보다도 성스러운 여성이라고 보네. 그러니 친구들이여, 자네들이 이처럼 성스러운 그녀 외에 나 대신 더욱 사랑스러운 여성을 찾아낼 수가 있겠는가……?" 이맹한의 말이 이쯤에 이르렀을 때, 친구를 만나기 위해 나갔던 C군이 불현듯 돌아왔다. C군은 온몸 가득 눈을 맞아 마치 백로와도 같아 보였다. 우리의 주의력은 그의 몸으로 옮겨졌고, 이야기 또한 끊기고 말았다.

이미 열두 시가 넘었는지라 우리는 화롯불을 끄고 각자 잠자리에 들었다. 나는 이맹한이 침대에 오른 뒤에도 오랫동안 잠들지 못하고 뒤척이며 탄식하는 것을 들을 수가 있었다.

1926년 1월 14일, 완성

—『창조월간(創造月刊)』 제1권 제2기, 상해 : 창조출판부, 1926.4.16

유랑인

流浪人

장핑촨張萍川

중국 근대 소설가이자 좌익 혁명가인 다이핑완[戴平萬, 1903~1945]의 필명이다. 광둥성 초안현[潮安縣]의 선비 가문에서 태어나, 1922년 가을 국립 광동고등사범학교 스페인어학과에 입학, 1924년 중국공산당에 가입하였다. 1927년 상해에 이르러 '태양사' 동인으로 활동하며 중국좌익작가연맹 창립에 참여하였고 그 기관지인 『탁황자(拓荒者)』의 주요 기고자이기도 하였다. 1930~1934년에는 중국 동북 지역(만주)에 이르러 유소기(劉少奇)의 비서와 만주성위 선전부장으로 활동하였으며 동북항일연군 창건에 참여하였다. 1935년 상해에 돌아와 중국좌익작가연맹 당단(黨團)서기를 맡았으며, 1940년 이후에는 강소 북부 해방구에 이르러 노신예술원 화동분원 문학과 교수, 『항전보(抗戰報)』 주간 등을 역임하였다.

그 유랑인은 이미 이 세상 사람이 아니다. 그는 젊은이였다. 일본 제국주의의 말발굽 아래에서 짓밟히고 있는 조국의 자유를 되찾기 위하여 투쟁한 고려인이다. 지금도 나의 뇌리 속에서 그는 젊은이로 남아 있다.

내가 처음 그를 만난 것은 K지방에서 약소민족연합회 회의[1]가 열리고 있을 때였다. 이는 이미 2년 전의 일이다. 그때, 그는 나와 악수를 나눈 뒤에, 중국어로 나의 이름을 물어왔다. 나는 대답하는 한편 그의 중국어가 어떻게 그리 유창한지 놀랐다. 그는 웃으면서

"그건 제가 유랑인이기 때문이지요. 저는 이미 귀국에서 3년이나 머물렀답니다. 처음에는 T성省에서 지내다가 후에는 S항[2]으로 옮겼지요. 그곳에는 왜놈들에 의해 외국으로 추방된 많은 동지들이 있었습니다. 우리는 S항에서 조직을 하나 만들었지요. 저는 K지방의 혁명 환경을 흠모하여 다른 이들보다 먼저 이곳에 왔답니다. 다른 이들도 이곳으로 옮겨올 예정이랍니다……. 우리는 중국 혁명이 성공하기를 얼마나 간절하고도 열렬히 희망하고 있는지 모른답니다……."

이어서 그는 과거 자신의 투쟁사를 들려주었다. 그러나 여기서 그것을 구구절절 얘기하지는 않도록 한다. 반식민지 혹은 식민지에서의 제국주의의 억압과 그로 인한 고통, 혹은 피압박자의 반항 등등의 참상은 우리가 구태여 상상을 하지 않고서도 잘 알 수 있는 것이기 때문이다. 상해, 광주廣州, 만현萬縣,[3] 제남濟南 등지에서의 참사 사건은 언제나

1 1927년 1월 12일, 중국 우한[武漢] 한커우[漢口]에서 결성된 무정부주의 단체 '동방피압박민족연합회'를 지칭하는 것으로 보인다. 한국인 김규식, 유자명 등이 주도하였다.

2 원문은 'S埠'로 되어 있는 바, 중국어 발음이나 내용상 상해로 짐작된다.

3 만현은 현재 중국 충칭시[重慶市] 만저우구[萬州區]이다. 하운(河運) 마찰을 빌미로, 1926

우리의 머리와 마음속을 스쳐 지나고 있지 아니한가. 지금도 그 참상들은 여전히 한 발짝 한 발짝씩 더해가고 있지 아니한가!

그의 길쭉한 얼굴과 홀쭉한 두 볼, 열렬하면서도 저항의 빛으로 가득 찬 두 눈동자는 지금도 눈을 감기만 하면 나의 눈앞에서 살아 움직이는 듯하다. 떨리는 그의 목소리와 통렬하고 비장한 연설문은 몹시도 나의 심금을 울려주었다. 지금도 나의 귓가에서는 늘 그의 뜨거운 피와 눈물이 점철된 '피압박 민족은 연합하라'는 구호 소리가 맴돌곤 한다.

회식을 할 때, 우리는 술잔을 마주치며 서로를 격려하였고 혁명의 성공을 경축하였다. 그 자리에는 그와 고려인뿐만이 아니라 인도인과 안남인安南人[4]도 있었다. 우리는 비록 종족과 국토가 서로 달랐지만 모두 마찬가지로 억압받는 자의 고통을 느끼고 있었으며 마찬가지로 열렬함과 진지함을 느낄 수가 있었다. 이는 우리의 마음이 누구나 마찬가지로 붉고 뜨거운 피로 가득 차 있기 때문이 아니겠는가! 우리는 서로서로 잔을 마주치고, 서로의 손을 힘주어 잡았으며, 소리 높이 분노의 노래를 불렀다. 그 비분강개하고도 호쾌한 정경은 영원히 영원히 모든 이의 마음속에 깊이 자리하리라 나는 믿어 의심치를 않는다……. 그러나 누가 알았으랴, 중국의 형세가 그처럼 돌변할 줄을! 결국 그가 이 세상을 영영 떠나고 말 줄을! 오호라……!

그와 면식을 트고 우정을 쌓게 된 이유를 나 자신도 정확히 알 수가 없다. 아마도 언어상의 편리함 때문이 아니었을까?

년 9월 5일, 영국 군함은 만현 현성을 포격하여 천여 명의 사상자를 내는데, 이를 '만현참안(萬縣慘案)'이라고 한다.

4 베트남 사람을 지칭함.

서로 알게 된 그날부터 그는 자주 나를 찾아와 이야기를 나누거나 토론을 하곤 하였다. 혁명에 대한 그의 인식은 아주 명확하고 뚜렷하였다. 성정 또한 아주 호쾌하였다.…… 그렇게 나는 진실한 외국인 벗이 한 명 더 늘게 되었다. 어느 한번은 내가 군중대회를 마치고 귀가하였을 적이었다. 그는 내가 들어서기 바쁘게 나를 찾아왔다. 그의 모습은 평소와는 달랐다. 얼굴이 완전히 잿빛의 수심에 잠겨 있었다. 눈동자도 평소의 광채가 사라졌을 뿐더러 미처 닦아내지 못한 눈물의 흔적이 보였다. 나와 함께 방으로 들어선 그는 탁자 옆에 놓인 등나무 의자에 몸을 내던지고는 아무 말이 없었다. 나는 놀라지 않을 수가 없었다. 나는 가까이에 다가가 그의 손을 잡고서 물었다.

"친애하는 유랑인이여!(그는 성이 이씨였으나 내가 자신을 '유랑인'이라고 불러 주는 것을 좋아하였다. 그는 자신에게는 이 세상에서 유랑인이 되는 것이, 유랑하는 혁명가가 되는 것이 알맞다고 하였다. 그는 성씨나 이름을 가지는 것을 귀찮아했다) 웬일이오?"

그는 나를 흘깃 바라보고 나서 다시 고개를 떨어뜨리고 말았는데, 몹시도 고통스러운 모습이었다.

"웅군熊君!" 좀 뜸을 들이고 나서 그는 말문을 열었다. "왜놈들이 또 우리 시위 군중들을 참살하였다오! 나는 차마 가엾은 우리 동포들의 참상을 상상할 수가 없다오! 어디 그뿐이겠소. 그자들은 우리 국내의 혁명당을 또 색출하여 이미 두 기관이 파괴되었다오. 후유, 이제 또 수많은 동지들이 피난길에 오르게 되었구려……!"

"아니, 또 무참히 학살을 하다니!" 나는 놀라 되물었다. 그의 손을 꼬옥 잡아 쥐고서 내 마음속의 비통함과 분노를 표하는 외에, 나는 이 유랑하는 지사의 상처로 가득 찬 마음을 어떻게 위로해 주면 좋을는지 몰랐다.

"그렇다오! 무참히 학살을 하였다오!" 그는 목멘 소리로 말하였다. "아아, 우리 민족이 그 언제야 자유를 얻을 수 있을는지 모르겠소!" 그의 떨리는 목소리에는 기운이 빠져 있었다. 절절하고 처량한 그 목소리는 누가 들어도 콧마루가 시큼해지고 마음이 아파오지 않을 수가 없었다. 우리는 고통스럽고 처절한 마음으로 서로를 마주한 채 말을 잃었다. 얼마가 지나, 나는 마음을 진정하고 나서 말하였다.

"이군! 이 어찌 우리 혁명가들의 자세라고 할 수가 있겠소?"

그는 흠칫 놀라더니 몸을 일으켰다. 그는 다시 쭉 편 가슴을 가볍게 손으로 두드렸다. 가슴 가득한 비분을 그렇게 가라앉히고서는 웃으며 나의 손을 잡았다.

"웅군! 자네 말이 옳네! 당연히 그게 아니지. 우리는 이미 내일 가두시위에 나서기로 결정하였다오. 미약하나마 우리 유랑인들도 성원을 보태기 위해서요. 우리는 응당 우리의 무기와 이론, 심지어는 우리의 생명을 바쳐 반드시 최후의 승리를 이룩해 내고 말 것이오!"

격앙되고 강개하며 열렬한 빛이 다시금 그의 눈에서 뿜어져 나왔다.…… 아아, 내 가엾은 이역의 참된 벗이여!

다음날, 길가에서 나는 그가 커다란 붉은 기를 높이 들고서, 팔괘를 그린 듯한 국기를 든 다른 한 사람과 함께 제일 선두의 자동차 위에 앉아 있는 것을 보았다. 그들은 모두 열광적으로 구호를 외치고 있었다. 나의 마음도 그들의 외침 소리와 함께 격앙되었다. 그들이 탄 네댓 대의 자동차가 지나고 나서도 나는 길가에 서서 공중에서 나부끼고 있는 그 깃발들이 멀리 사라질 때까지 오래도록 바라보았다.

언젠가 나는 M대학교로 그를 찾아간 적이 있었다. 그들은 모두 M대학교에서 기숙하고 있었기 때문이었다. 그는 그와 키가 비슷한 고려 여인과 함께 캠퍼스를 산책하고 있었다. 그는 나를 발견하자 손을 높이 들어 반가움을 표했다.

"헬로우, 웅군, 자네 왔는가!"

그는 그 여인을 나에게 소개하였다. "방자芳子 양일세." 그 여인은 나를 향해 허리를 굽혀 인사를 했는데, 두 손을 앞으로 모아 쥐고 드리운 모양이 마치 일본 여인들이 인사하는 자세와 흡사하였다. 그는 웃으면서 말했다. "이거 좀 보세. 중국인을 향해 일본의 예의를 갖추네 그려." 그리고는 다시 고려말로 그 여자와 몇 마디 나누었다. 나는 알아들을 수가 없었지만 그녀에게 나를 소개하고 있음을 알 수가 있었다.

우리는 그렇게 풀밭 위를 잠시 함께 거닐었다. 좀 지나 그 여자가 자리를 뜨자, 나는 그에게 농을 걸었다. "자네의 정인[5]인가 보네."

"아닐세, 제발 부탁이니 그리 말하지 말게! 그녀는 내 친구의 약혼녀일세." 그는 정중하게 말하였다. 되레 내가 계면쩍게 되었다.

"난 아마 영원히 정인을 찾지 않을 것이네." 좀 지나 그가 말했다. 그의 목소리는 아주 낮았다. 마치 혼잣말을 뇌는 듯하였다.

"그건 왜인가?" 나는 의아하여 캐물었다.

허나 그는 긴 탄식으로 대답을 대신하였다.

나는 그에게 사랑과 관련된 가슴 아픈 과거가 있으리라 짐작하게 되

5 원문에서는 영어로 'Lover'이라고 표현함.

었다. 그러나 차마 그 이상 캐물을 수가 없었다.

그때 마침 한 대학생과 마주치는 바람에, 나는 기숙사로 끌려가 좌담을 하게 되었던 것으로 기억한다. 몇 시간이 지난 뒤, 나는 기숙사 문어귀를 나서다가 그가 여전히 원래 자리에서 멍하니 서 있는 것을 발견하게 되었다. 그는 고개를 숙이고 땅 위의 잔디를 골똘히 바라보고 있었다. 나는 그의 면전에 다가가 말했다. “친애하는 유랑인이여, 또 보네그려!”

그는 내 목소리에 그만 꿈에서 깨어나듯이 돌연히 고개를 들더니 나를 향해 서글피 웃었다.

“자네 혹여 상심하고 있었던 것인가?” 내가 물었다.

“아닐세!” 그는 곧 평소의 모습을 되찾았다. “아닐세! 상심할 리가 있겠는가! 상심할 이유가 없네!” 그렇게 말하고 나서 그는 나를 향해 고개를 끄떡이고는 기숙사 안으로 사라져 버렸다. 나는 그를 뒤쫓아 얼굴을 쳐다보지는 않았지만, 그가 눈물을 참을 수 없어 그리하였음을 알 수가 있었다.

그 뒤로, 나는 다시는 그와 사랑 따위에 대한 얘기를 감히 나누지 못하였다.

그 이후, 그는 M대학의 2학년 편입생으로 합격하여 대학에서 공부하게 되었다. 나 또한 다른 사정으로 K지방을 뜨게 되었다. 바쁜 와중에도 가끔 그가 그리웠으나 통신을 한 적은 없었다. 그의 중국어 글 수준이 중국말 수준보다 훨씬 못하였기 때문이었다. 그래서 나는 그와 헤어진 지 반년 남짓이 되었지만, 그에 대한 소식은 적다 못해 거의 전무하다시피 하였다. 그가 여전히 K지방에 남아 있는지, 아니면 귀국을 하였는지 전혀 알 수가 없었다…….

작년 봄, 국내에서는 큰 난이 일었다. 나는 사회 환경과 곤궁함의 핍박으로 부득불 열대 지역의 유랑인이 되고 말았다. 결국 수많은 어려움을 겪고 나서야 메남강[6] 강가의 한 친척이 운영하는 가게에 기거하게 되었다. 남양南洋[7]의 환경 역시 중국과 마찬가지로 심각했지만 나는 그곳에서 안온하게 머물 수가 있었다. 나는 고통스럽고 우울한 마음으로 낡고 작은, 텅 빈 건물 안에서 칩거하였다. 죄수처럼 종일토록 외롭게 앉아 흰 구름이 날아 지나는 창밖의 푸르른 하늘을 멍하니 바라보고 있었다. 그때 비로소 나는 자유의 소중함을 실감하게 되었다. 자유! 자유! 진정한 자유란 우리 스스로의 힘과 피로써 얻을 수 있는 것이 아닐까! 만약 그때 내가 대학교 때처럼 센티멘털한 정서에 빠져 있었더라면 얼마나 많은 이국적 정서의 눈물을 삼켰을는지 모른다. 그러나 나는 그리하지 아니 하였다. 그리할 수가 없었다. 단지 가끔 호연浩然히 긴 한숨을 내쉬곤 하였을 뿐이었다. 실로 나는 나의 집이 어디에 있는지, 나라가 어디에 있는지, 언제서야 힘을 길러 재기할 기회를 찾을 수 있을는지 도무지 알 수가 없었다. 더불어 나는 우수憂愁가 무엇인지, 눈물이 무엇인지조차 잊고 있었다. 나는 단지 환경의 억압과 생활의 어려움만을 느낄 수 있었을 뿐이었다. 그러한 것들은 나로 하여금 분노하고 원통케 하였으며 나에게 인고의 정신으로 최후의 저항이 올 때까지, 올 때까지, 유랑과 떠돌이 생활을 참고 견디어 내도록 가르쳤다……. 그때 나는 "친애하는 유랑인", 이 가여운 몇 글자를 떠올리게

6 차오프라야강.
7 화교들이 많이 생활하는 동남아시아를 지칭하는 말.

되었다. 더불어 그가, 그 고려인이 그리워졌다. 가끔은 잔혹하게 살해되거나 죽음을 맞이한 투사들을 비통히 애도하면서 그를 염려하기도 하였다. 이는 제국주의의 억압하에서 탈출하여 중국에 왔던 두 자바[8]인 역시 중국 혁명의 서광을 그토록 열망하였으나 결국 K지방에서 총살당했기 때문이었다.

그러나 나는 야자수가 울창한 이곳 이역만리에서 그를 만날 줄은 좀처럼 생각지 못하였다. 그때 나는 도무지 그 건물 안에 외롭게 앉아서 적막함이나 찌는 듯한 무더위와 고투하고 있을 수만은 없었다. 미적지근한 야밤에 나는 달빛을 따라 양 옆에 키 큰 나무들이 자라고 있는 큰길로 걸음을 옮겼다. 부드럽고 선들선들한 열대의 밤바람이 불어오고 있었다. 미적지근한 흰 달빛이 잎 사이에서 반짝이고 있었다. 길가에는 사람의 종적이 전혀 보이지가 않았다. 간혹 자동차가 어둠의 이편에서 어둠의 저편으로 달리다가 사라지곤 했다. 나는 고개를 들고 혼자서 걸음을 옮기고 있었다. 스스로도 영문을 모르게 "Arise!……"[9] 하는 노랫소리가 나의 혀끝을 울리기 시작하였다. 나는 나지막하고 떨리는 소리로 노래를 불렀다. 그 순간 나 자신이 아직도 이 세상에 존재하여 있음을, 아직은 사회 밖 다른 영역으로 축출되지 않았음을 느낄 수가 있었다. 아아, 나는 여전히 건재하여 있구나! 나의 생명력은 여전히 건재하여 있구나! 그동안 공포와 고난에 두려워 떨고 있었던 것이구나……!

8 인도네시아인을 지칭함.
9 〈국제가〉를 지칭한다. 그 영문 가사 첫 머리는 "Arise you prisoners of starvation / Arise you toilers of the earth"로 시작되고 있다.

바로 그때, 어둠 속에서 사람 그림자가 불쑥 나타났다. 어둠 속인지라 누군지 알아볼 수가 없었다. 그냥 그가 뒤에서 나를 미행하고 있음을 느낄 수가 있었다. 나는 걸음을 재촉하였다. 두려움으로 가슴이 두근거렸다. 그는 내 곁으로 가까이 다가왔다. 나는 깜짝 놀랐다. 그러나 여전히 계속하여 걸음을 다그쳤다. 나뭇가지에서는 가끔 은은한 바람소리가 솨하니 들려오곤 하였다. 그는 나의 뒤를 쫓고 있었고 나는 묵묵히 앞으로 나아가고 있었다. 그렇게 가로등 불빛이 비추는 곳에 이르러서야 나는 비로소 용기를 내어 고개를 돌려 그를 쳐다볼 수가 있었다. 일단 경찰이 아닌 것을 보고 나서 나는 마음이 많이 안정이 되었다.

문득 뒤를 따르던 사람의 목소리가 들려왔다. "웅군, 자네인가? 웅군!"

나는 걸음을 멈추고 자세히 바라보았다. 맙소사! 바로 그였다. 그 고려의 유랑인이었다. 유랑하는 혁명가!

"하하, 웅군이군!" 그는 기뻐하며 소리를 질렀다.

"어이쿠, 자네일 줄은 생각지 못했네! 자네 왜 좀 일찍 부르지 않고 미행만 한 건가?"

"우리가 어디 자유롭게 길에서 소리를 지르고 할 형편인가! 처음엔 나도 확신이 가지 않았다네. 자네가 노래를 부르기 시작해서야……."

우리는 얼마나 기뻤는지 몰랐다. 하도 기뻐 서로 얼싸안을 뻔하였다.

"자네, 자네 언제 이리로 탈출한 것인가?" 나는 다그쳐 물었다.

"늘 그랬듯이 불 보듯 빤한 일이 아닌가! 체포되고, 취조당하고, 도주하고, 아서라!" 그는 분개해 하며 대답하였다.

불빛 아래에서 나는 여전히 저항과 고민으로 가득 찬 그의 눈빛을 볼 수가 있었다. 그러나 그는 많이 야위어 있었다.

그렇게 우리는 놀라움과 더없는 반가움, 곤궁과 유랑 속에서 다시 만나게 되었다. 그러나 우리는 감히 혁명 시기의 K지방에서처럼 친밀히 함께 지낼 수가 없었다. 우리의 주변 도처에 적들이 깔려 있었기 때문이었다. 나는 지금도 그때 한 중국 신문사가 앞잡이가 되어 우리의 많은 동지들의 행적을 캐내어 고해바치고 거류지 정부가 우리를 체포하도록 충동질하고 있었음을 기억하고 있다. 당시 그는 나군羅君과 함께 거주하고 있었다. 나군은 '11시'[10]로서 당지에서 그자들이 가장 주목하는 인물이었다.

지금은 거리의 이름은 잊었지만, 그와 나군은 비교적 조용한 곳에 거처를 잡고 있었다. 어느 날 나는 나군을 따라서 그들의 거처로 갔다. 나군은 나를 데리고 열대 특유의 이름 모를, 높고 큰 나무 몇 그루가 있는 길로 들어섰다. 길의 한편에는 낮은 기와집들이 서 있었는데, 집안에서는 끊임없이 찰그닥거리는 베틀 소리가 들려왔다. 나군은 타월을 짜는 집들이라고 하였다. 그들은 대부분 중국에서 남양으로 흘러든 사람들로서 자신의 힘으로 살아가는 노동 여성들이었다. 길 다른 한편은 습지로서 그곳에는 긴 받침대 위에 세워진 작은 오두막집들이 있었다.

"이리로 가세." 나군은 길옆에 난 널빤지가 깔린 소로를 가리켰다. 그는 한 걸음 나서더니 앞장서서 걸었다.

널빤지들은 우리가 걸음을 내디딜 때마다 오르락내리락 흔들려, 그 아래의 흙탕물이 찍찍 더러운 소리를 내며 튕기곤 하였다.

10 중요한 시간을 일컫는 영어의 '11시'에서 온 것으로 짐작된다. 여기서는 중요한 인물이라는 뜻을 지니고 있는 것으로 보인다. 이는 『성경』 「마태복음」 20장 1~16절의 포도원 품꾼들이 일찍 3시부터 일을 시작한 자나 11시에 늦게 온 자나 똑같은 품삯을 받았다는 이야기에서 비롯된다.

"다 왔네. 올라가세!" 고개를 돌려 말하고 나서, 그는 거의 썩어 삭아가는 계단을 기어 오두막으로 올라갔다. 나 역시 그를 뒤따라 올라갔다.

그곳은 네 벽이 모두 널판자로 된 건물이었는데, 오각형의 기와가 얹혀 있었다. 때는 황혼 무렵이었다. 우리는 실로 쥐처럼, 어둠이 깃들 때가 되어서야 조심스레 우리의 은신처를 드나들 수가 있었던 것이다. 방 안은 어둡고 음침하였다. 모기의 앵앵거리는 소리만이 들려왔다. 안쪽에는 핏빛의 모기장이 하나 드리워져 있었다. 구석에는 걸상 두 개와 향로며 그릇이 가득 놓여 있었다.

"유랑인, 왜 불도 켜지 않고 있는 건가?" 나군은 그렇게 말하며 성냥을 더듬어 등잔의 불을 댕기었다.

그제야 나는 그 고려인이 타월을 한 장 몸에 덮은 채, 깊이 잠들어 있음을 발견하였다. 고동색의 건장한 팔에는 혁명을 위한 전투에서 입은 흉터가 나 있었다. 무심한 모기가 그의 몸에 흐르고 있는 붉고 뜨거운 피를 죽어라 하고 빨고 있었다.

"이군! 나일세!" 나는 마룻바닥에 앉아 큰 소리로 그를 깨웠다.

그는 잠깐 눈을 거슴츠레 떴으나 바로 다시 감으면서 신음소리를 내뱉었다. 나는 놀라지 않을 수가 없었다.

"가엾은 유랑인이여, 자네 잠귀신이라도 들린 건가?" 나는 그의 어깨를 흔들며 물었다.

그는 나를 향해 얼굴을 돌리더니 다시 눈을 떴다. 그는 나를 한참 쳐다보더니 돌연히 일어나 앉으면서 "아하, 나의 웅군! 자네가 왔군그려" 하고 기쁨에 겨워 말했다.

등잔불에 비친 그의 얼굴은 불길처럼 빨갛게 타오르고 있었다.

"가엾은 이 유랑인은 이젠 더는 유랑할 기운조차 없다네!" 그는 그렇게 말하고 나서 나의 어깨에 기대어 눈물을 흘렸다. 그의 이마에서 뜨거운 열기가 뿜겨져 나와 나의 목덜미를 달구었다.

"아니, 자네 왜 이렇게 뜨거운 건가!"

"머리가 아파서 못 견디겠네" 하고 그는 대답하였다.

나는 그의 손을 잡아 보았다. 손바닥도 델 듯이 뜨거웠다. 나는 걱정스레 말하였다. "어이쿠, 유랑인! 자네 병에 걸린 것일세!"

나는 그를 부축하여 모기장 안에 눕히었다.

나군은 집 밖에서 밥을 안치느라 바삐 돌아치고 있었다. 숨 막히는 연기가 방 안 가득 들어찼다.

"나군, 이군이 아프네!" 나는 문어귀로 걸어 나가 걱정스런 목소리로 나군에게 말하였다.

"뭐라? 아프다니! 어디가 아프단 말인가!" 그는 일손을 놓고 방안으로 들어왔다. "우리는 아파서는 안 될 목숨들이네! 아파서야 절대로 안 되지! 왕재수로군!" 나군이 그렇게 말하였다.

"열병인 듯싶네! 괜찮겠지" 하고 나는 대꾸하였다.

나군은 환자를 한참 살펴보고 나서 요즘 자주 찬물에 몸을 감았는지, 대변은 통하는지를 물었다.

고려인은 그냥 고개를 한 번 흔들고 나서는 다시 눈을 내리 감았다.

"괜찮네, 괜찮아. 내 가서 사리염을 사오리다."

우리는 그에게 사리염을 복용시켰으나 아무런 효험도 보지 못하였다.

다음날, 그의 병환은 더욱 심해졌다. 그는 울다가 웃고, 웃다가 울고 하였다. 또 가끔은 고려말로 군중들에게 강연이라도 하듯이 목청 높이 무엇인가를 외치기도 하였다. 문득 깨어나 다급히 "피! 피! 온통 피 천지네! 우리 사람들이 왜놈들에게 깡그리 도살되고 말았다네!"라고 하면서 미친 듯이 울부짖기도 하였다.

그는 또 중국에서의 이번 변란을 호되게 질책하기도 하였다. 갑자기 일어나 앉아서는 우리와 악수를 하기도 하였다. 그는 불타는 듯한 눈으로 우리를 뚫어지라 바라보며 "우리가 정말 실패한 것인가? 진정 실패한 것이란 말인가! 오호라, 아무런 희망도 없단 말인가!"라고 말하곤 하였다. 그러나 또 가끔은 "그래, 난 죽겠지. 그러나 죽어서도 투쟁을 멈추지 않을 것이야!"라고 외치기도 하였다. 나중에 그가 깨어난 뒤에, 나는 그가 왜 그런 말들을 했는지 물었다. 그는 자신이 혼수상태에서 일본인들과 싸우고 있었던 것 같다고 말하였다.

그가 병들고 나서 세 번째 날이 되는 날 밤, 밖에서는 보슬비가 내리고 있었다. 맞은 켠 집의 피부가 약간 검고, '사롱sarong'만을 걸친 여자가 복도 앞에 앉아서 낮은 소리로 연가를 부르고 있었다. 집안에 앓아누워 있던 고려인은 노래를 듣자 눈물을 흘렸다. 그는 자그마한 신음소리를 내었다. 그러고는 계속하여 "미스 김, 미스 김!" 하고 되뇌었다. 그의 입술이 파르르 떨리었다.

"사랑하는 유랑인이여, 지금 자네 뭐라 한 건가?" 내가 물었다.

그는 날 한참 응시하더니 슬픈 미소를 지었다.

"미스 김은 누구인가?" 나는 궁금하여 캐물었다.

"아, 그녀 말인가! 가엾은 그녀! 그녀는 참살당하고 말았다네." 그는 넋 잃은 듯이 말하였다.

"그녀라니 누구 말인가? 자네의 정인인가?"

그러나 그는 이미 혼미하고 말았다. 다시금 미친 듯이 울부짖기 시작하였다.

그가 발광을 하듯이 할 때, 우리는 겨우 얼음을 조금 사다가 그의 이마에 올려놓을 수가 있었다. 그제야 그는 조용해졌다. 그러나 우리는 모두 몹시도 가난하였다. 나는 남의 집에 얹혀살고 있었고, 나군 역시 이것저것 끌어 모아 겨우 연명하는 처지였다. 우리는 괴로웠다. 병환 중의 그보다도 더욱 괴로웠다. 우리는 의원을 청하기 위하여, 갖은 방법을 대어 돈을 구하려고 하였으나, 모두 실패하고 말았다. 나는 얹혀살고 있는 친척에게 5원을 빌려 달라고 한 적이 있었다. 그는 불쾌한 기색으로 잠자코 있더니, 아무 대꾸 없이 지갑에서 1원을 꺼내 나에게 주었다. 그다음 번에는 아예 돈이 없다고 거절하고 말았다. 형편이 그러하니 우리가 무슨 수로 돈을 구한단 말인가! 실은 우리는 연명 자체가 힘든 상황이었다. 그러나, 우리는 우리의 유랑인이 열병으로 죽어가는 것을 차마 눈뜨고 그냥 보고 앉아 있을 수만은 없었다.

그래도 결국 나군이 재주가 좋았다. 어디에선지 땅딸보 의원을 한 명 모시고 왔다. 그것도 무상이었다.

의원은 웃음을 지어 보이면서 별일 없을 것이라고 말하였다. 이미 나군의 집에서는 사흘간 끼니가 끊겨 있을 적이었다. 물론 나는 매일 가게로 돌아가 얹혀사는 소임을 다하곤 하였다. 그러나 나로서는 나군이 어디에 가서 끼니를 때우는지 알 길이 없었다. 그보다는 의료비가 문제였다. 의원이 돌아간 뒤, 나는 약 처방을 앞에 놓고 멍청해 있을 수밖에 없었다.

"약, 약! 약은 돈을 주어야만 살 수가 있겠지." 나는 그렇게 중얼거리기만 하였다.

나군은 마루에 앉아 급히 오르락내리락하는 환자의 가슴을 쳐다보고 있었다. 음침한 작은 오두막집 안에는 환자의 무거운 숨소리만 가득 찼다.

불현듯, 나군이 튕기듯이 일어나더니 "방도가 있네, 방도가 있어!"라고 하였다. 그는 탁자 위의 약 처방을 집어 들더니 자신의 유일한 외출복인 하얀색 옷 속에 구겨 넣고서는 집을 나섰다.

가엾은 유랑인은 또다시 헛소리를 외쳐대기 시작하였다. 이번에는 도무지 알아들을 수가 없었다. 고려말 혹은 일본말인 듯싶었다. 점점 혼란스러웠는데, 발음이 명확치 않았고 목청만 높아졌다. 실로 개의 울부짖는 소리를 방불케 하였다. 나는 소름이 끼쳤다. 돈이 없어 얼음도 구해 올 수가 없었다. 나는 그냥 수건을 냉수에 헹구어 그의 이마 위에 올려놓곤 하였다. 그러나 전혀 효험이 없었다.……아아, 나는 나군이 어서 약을 구해 돌아오기를 얼마나 학수고대하였는지 모른다. 도저히 견디어 내기 힘든 시간이었다……!

그렇게 어렵게 약이 오기를 기다려 내었다. 그리고는 급히 그에게 약을 먹이었다. 그제야 그는 서서히 안정을 되찾았다.

나군은 제법 의기양양해 보였다. 그는 5원짜리 지폐 한 장을 꺼내어 나에게 보여주었다.

"이것 좀 보세. 오늘 5원을 구하지 않았나. 지긋지긋하네." 그는 고개를 절레절레 흔들며 말했으나, 기쁨을 감추지 못하였다.

그 이후로 가엾은 유랑인은 점차 호전이 되었고 우리는 겨우 마음을 놓을 수가 있었다.

그가 휴양하는 동안에, 나는 맞은 편 집 소녀가 복도에 나와 앉아 있는 것을 다시 한 번 마주치게 되었다. 나는 그와 농담을 건넸다.

"이보게 유랑인, 자네의 미스 김이 밖에 있네."

그는 흥분을 감추지 못하고 "어디? 어디에 있는가?"라고 하다가 "에잇, 이런! 자네 또 날 놀리는 건가!"라고 하였다. 그 이국 소녀의 노랫소리가 들려왔기 때문이었다. 그는 두 눈을 지그시 감고 주의 깊게 귀를 기울이었다. 마냥 그의 넋이 노랫소리를 따라 지난날의 달콤한 꿈속을 찾아 헤매는 듯한 표정이었다. 노랫소리가 그치고 나서야 그는 감았던 눈을 떴다.

"참으로 닮았네." 그는 입속으로 중얼거렸다.

지금도 나는 그때 그의 미소를 잊을 수가 없다. 앓고 난 뒤의 창백한 얼굴에 떠오른 한 가닥의 쓸쓸하면서도 위로 받은 듯한 미소를!

그래서 우리는 모두 맞은편 집의 그 여자를 미스 김이라고 불렀다. 우리 유랑인의 정인이라고 하였다.

그러나, 우리의 우스개도 오래 가지 못하였다. 어느 하룻밤, 어둠과 무더움이 겹치던 그날 밤, '미스 김'의 노랫소리는 그만 그치고 말았다. 한창 농을 건네고 있던 우리는 저도 몰래 문득 소리를 죽였다. 밤바람이 지붕 위를 굴러 지나고, 탁자 위의 기름 등잔불이 흠칫 흔들리었다. 집밖에서 다급한 발걸음 소리가 요란스러웠다. 우리는 모두 놀란 산짐승처럼 귀를 곤두세웠다.

나군이 문밖으로 나가 동정을 살폈다. 나와 고려인은 멀거니 서로를 마주보기만 하였다.

"젠장! 워이버리(경찰)가 우리를 잡으러 온 줄 알았잖은가!" 나군이 분에 겨워 말하였다.

"헛 참, 우리가 너무 방심하고 있은 듯하네……." 나도 고개를 저으며 말하였다.

"그러나 우리는 이미 다들 가엾은 유랑인들이 아닌가! 우리를 잡아가서 뭣 한단 말인가! 어휴!" 고려인의 말이었다. 그는 주먹을 꽉 틀어쥐고서 당장이라도 분풀이를 할 듯한 기세였다.

나는 조용히 내가 기거하는 가게로 돌아오고 말았다.

그 뒤로 상황은 점점 더 열악해졌다. 그 신문에는 나군의 주소까지 실렸다. 나는 도무지 그 앞잡이들이 무슨 꿍꿍이인지를 알 수가 없었다. 그 후로는 나군이 그곳을 뜬 것만을 알지 그가 어디로 피신하였는지는 알 수가 없었다. 당연히 그 유랑인 고려 친구 역시 어디로 갔는지를 알 수가 없었다.…… 아아, 그보다는 그것이 그와의 영원한 작별이 될 줄을 어찌 알았겠는가! 피압박 유랑인의 가엾은 넋이여!

얼마 지나지 않아, 나 역시 친척에게서 해고되고 말았다. 그는 돈 10원을 나의 손에 쥐어 주고는 억지로 슬픈 표정을 지으면서 미안하다고 하였다. 그렇게 나는 쫓겨나고 말았다. 나는 내가 무슨 천인공노할 죄를 지었기에 그처럼 가는 곳마다에서 쫓겨나고 미움을 받아야 하는지 알 수가 없었다.

그로부터 석 달이 지났다. 나는 여전히 말레이 반도의 유랑인으로 떠돌고 있었다. 하루는 한 고려인이 어느 작은 '산바(촌락)'에서 거류지 당국에 의해 체포되어 국외로 추방되었다는 소식을 신문 지상에서 보게 되었다. 신문에는 이름이 밝혀져 있지를 않았으나 나는 그것이 바로 그 고려인, 유랑하는 혁명자이리라 짐작하였다.……

올해 여름, 나는 뜻밖에도 여객선에서 나군을 만났다. 그 역시 나와 같은 목적지로 향하고 있었다. 우리는 얘기를 나누기가 심히 불편하여 무의미한 말들만을 주고받았다. 그러나 사흘이나 되는 항해는 심히 적적한 것이었다. 두 번째 날, 무수한 별들이 가없는 바다 위에서 반짝이고 있는 그날 밤에 우리는 배의 난간에 기대어 메남강 강가에서의 지난 일들을 이야기하게 되었다.

"참, 그 고려인은 어떻게 되었나? 자네 혹시 그가 어디를 떠돌고 있는지를 아는가?"라고 나는 소리를 죽여 가며 물었다.

"아, 그 사람 말인가! 이미 죽었다네." 나군은 우울한 목소리로 대답하였다. "그는 F섬의 감옥에서 죽었다네……! F섬에 있을 적에 그를 한 번 만난 적이 있었네."

"그럼 자네도 F섬에 간 적이 있었단 말인가?"

"그러네. 말레이에서 추방된 이후 그는 한동안 마카오에서 머물렀다네. 훗날 그의 동지들을 만나 F섬에 잠입하였지. 그들은 거기서 자기 조국으로 돌아가 일을 벌일 예정이었다네……. 내가 그를 만났을 적만 하여도 그는 예전과 마찬가지의 모습이었지……."

"예전과 마찬가지라 하였나? 그럼 그의 두 눈은 여전히 저항의 빛으로 가득 차 있었단 말이지?" 그가 여전히 살아 있기라도 한 듯이 나는 그렇게 물었다.

"그렇다네. 가득 차 있었네. 내 생각으로는 그는 죽음을 앞두고서까지 저항의 빛으로 가득 차 있었을 걸세. 어디 그뿐이겠는가, 아마 두 눈에서 불을 뿜고 있었을 걸세!…… 나를 만나 그는 자네의 소식을 물었다네. 허나 나 역시 자네의 행적을 알 수가 없었지……. 헤어질 때 그는 우리가 서광曙光을 바로 눈앞에 두고 있으니 계속 노력하라고 축복하여 주었네. 그야말로 지칠 줄 모르는 투사였지!…… 허나 그 후 그는 다른 여러 고려인들과 함께 체포되어 감옥에서 일본 통치자들에 의해 비밀리에 처형당하고 말았다네!"

"비밀리에 처형당하다니?…… 아아, 그렇게 죽고 말았군. 죽고 말았어!" 나는 어떻게 그를 추도해야 할지를 몰랐다.…… 나는 그냥 멍하니 어두침침한 가없는 바다를 쳐다보기만 하였다. 바다는 웅장한 파도소리로 가득 차 있었다. 무기력한 분노와 원망을 안고서. 작은 파도들은 어둠속에서 뒤척이며 어둠과 허위로 찬 밤과 격전을 벌이고 있었다. 그네들은 자유를 쟁취하기 위한 파도의 위대한 창조자를 기다리고 있었다……!

아아, 그는 죽고 말았다. 나는 지금도 그가 열병을 앓으면서 외치던 고함 소리를 기억하고 있다. "그래, 난 죽겠지. 그러나 죽어서도 투쟁을 멈추지 않을 것이야……!" 허나 이미 그는 죽고 없다. 가엾은 피압박 민족의 넋이여……!

1928년 가을

야즈린椰枳林에서

—『신류월보(新流月報)』 제1호, 상해 : 현대서국, 1929.3.1

어느 부인

某夫人

무스잉穆時英

무스잉[穆時英, 1912~1940]은 해파(海派) 즉 상해 문단과 신감각파 문학을 대표하는 1930년대의 저명한 소설가이다. 저장성[浙江省] 츠시현[慈溪縣]의 상인 가정에서 태어나 일찍 아버지를 따라 상해에 이르러 공부하였으며, 상해 광화(光華)대학교를 졸업, 1930년에 『신문예』를 통해 등단하여 주로 도시적 감각의 소설들을 발표하였다. 1933년 국민당 도서잡지심사위원회에 임직하였으며, 중일전쟁 발발 후 홍콩으로 피신하여 『성도일보(星島日報)』 편집으로 있었으나, 1939년 다시 상해에 돌아와 왕정위 괴뢰 정권에서 『국민신문(國民新問)』 사장을 맡았으며, 결국 한간(漢奸)으로 판정되어 상해에 잠복해 있던 국민당 특무에 의해 처형당하였다. 대표작으로는 단편 소설 『흑선풍(黑旋風)』(1930), 『남북극(南北極)』(1932) 등이 있으며 『성처녀의 감정[聖處女的感情]』(1935) 등 여러 권의 단편집을 출판한 바 있다.

야마모토 타다사다山本忠貞는 차창에 비스듬히 기대어 유유히 시가를 태우고 있었다. 비딱하니 쓴 군모의 모자챙을 따라, 사기로 된 커피 잔에서 몰몰 피어오르는 뜨거운 김 너머 저편에 있는 그녀를 바라보고 있었다.

차는 하얼빈[1]역을 벗어나 사방 천지 흰 눈으로 덮인 평원을 내달리고 있었다. 어둠이 서서히 깃들기 시작하여서부터 그는 이미 이웃 침대칸에 있는, 서울 억양이 얼마간 섞인 목소리로 긴자銀座진행곡을 부르고 있는 그 국적불명의 여인이 아주 의심스러운 인물임에 주목하고 있었던 것이다. 여행길에 익숙한 모습이며, 냉담한 목소리와 발에 걸친 진귀한 비단신이며, 민첩하고 가벼운 걸음새, 특히는 젊은 부인 특유의 요염하면서도 우아한 자태가 그러하였다. 그녀는 그곳에서 반복하여 같은 곡을 흥얼거리고 있었다. 꼭 다문 입술 사이에서 새어나오기라도 하듯이 조용하고도 은근한 노랫소리였다. 침대에 누워 기계적으로 북쪽 나라의 우울함으로 가득 찬 노랫소리를 듣고 있자니, 천정의 전등이 야광주와도 같이 빛을 내뿜고 있을 즈음 하여서는, 야마모토 타다사다는 그만 모표에 감추어 둔 요동의군遼東義軍 진공계획과 관련된 군사 기밀 서류에 대해서는 까마득히 잊고 말았다. 단지 옆 칸의 그 신비한 부인에 대해서 억제할 수 없는 호기심에 사로잡히게 되었다. 홀로 여행길에 나선 아리따운 부인, 그러한 상대는 하얼빈 특무기관特務機關 조사과 과장인 야마모토 타다사다 소좌로 하여금 한편으로는 정탐의 눈길을, 다른 한편으로는 연모의 눈길을 던지지 않을 수 없

1 하얼빈[哈爾濱], 중국 헤이룽장성[黑龍江省]의 성도(省都)로서 중국의 가장 북부지역에 있는 대도시이다. 송화강 강가에 위치해 있다.

게 하였던 것이다.

"마약 밀거래자일까? 무희일까? 아니면 비적들의 간첩일까?" 이러한 생각들로 고민에 잠긴 야마모토 타다사다는 식당 칸에 자리하고, 커피를 마시고 있는 그녀를 자세히 살펴보고 있다가 홀연 이름 모를 기쁨에 사로잡히게 되었다. "아무튼, 정결한 여자는 아닌 것이야!" 이에 그는 군모를 비뚤게 눌러 쓰고 해이해진 모습으로 경박한 태도를 보이게 되었던 것이다.

식당 칸에 앉은 그녀는 연보라색 저고리를 입고 있었는데, 오똑한 코와 야무진 입에 섬세하고 정교하게 다듬은 눈썹을 하고 있었으며, 세련된 서구풍의 차림을 하고 있어서 도무지 어느 나라 사람인지 알아맞힐 수가 없었다. 그녀는 권련의 재를 식기에 털 때마다 반짝이는 눈동자를 머릿결 사이로 들어 올려 야마모토 타다사다의 얼굴을 재빠르게 훑곤 하였다. 그러다가 그의 탐욕스러운 눈길과 마주치게 되면 곧 눈길을 내리깔곤 하였는데, 그때마다 긴 속눈썹이 부드럽고 영롱한 눈빛을 살며시 가두곤 하였다. 알 듯 말 듯한 웃음을 입가에 잠그고 온아하게 커피 잔을 들어 올리는 그 자태는 그에게 교태를 부리는 것이나 다름이 없었다. 가솔이 도쿄에 남아 있어서 금욕적인 생활을 하고 있는 야마모토 타다사다는 칵테일을 반 컵 정도 마셨을 뿐이지만, 탁자 옆 스팀의 열기를 받아서인지 이상하리만큼 온몸에 정욕에 타오르기 시작하였다. 그녀는 하느작거리며 그의 곁을 지나, 그의 옷깃에 클럽 향수의 그윽한 향기를 남긴 채, 침대칸으로 들어갔다. 문이 쾅하니 닫히는 것을 지켜보고 있던 그는 무너지듯이 그녀의 침대칸으로 뛰어 들어가 취기 어린 목소리로 고함을 질렀다. "일어섯!"

비스듬히 침대에 걸쳐 누운 채 그녀는 침착한 목소리로 물었다. "당신, 무슨 권한으로 그리 명령하는 거예요?"

"이런! 특무기관 조사과 과장 야마모토 타다사다 소좌가 혐의범을 수사하려는 것이렷다. 이만하면 되겠는가?"

"참으로 준수하게 잘생기신 분이 어째서 아녀자에게 이렇듯 무례하게 구십니까?"

"그럼 그대처럼 예쁘게 생긴 부인이 불법적인 일을 하는 것은 괜찮고?" 야마모토 타다사다는 사특한 웃음을 지었다.

"불법적인 일이라니요? 그럼 어서 수색해 보세요. 저의 짐들은 여기에 다 있으니까요." 그렇게 열쇠를 그에게 던져 주고 나서는 다시 흥얼흥얼 긴자진행곡을 부르기 시작한다.

"나보다도 침착한 걸 보니 제법이군! 허나 아마 모르는 모양인데, 이 야마모토 타다사다 소좌의 눈은 현미경으로 불리거든." 그렇게 중얼거리며 작은 트렁크를 열고 자잘한 물건들을 깡그리 쏟아낸다. 그는 장난치듯이 장갑이며, 스타킹이며, 팬티며, 잠옷이며 살펴보다가 꾸짖는 조로 희롱하기 시작하였다. "이런 잠옷을 입는단 말이지? 욕조에서 뛰쳐나와 실크로 된 이런 수놓은 잠옷을 입는다면, 온몸 가득 흐르는 색기가 수증기에 휘발되어 밖으로 새어 나오기라도 하면 어쩌려고! 이처럼 진귀한 장갑은 또 왜 끼는 거지? 그 어여쁜 손조차 인색하게도 감추려 든단 말이지! 쯧쯧쯧, 만약 허벅지의 흰 살로 이 특무기관장 야마모토 타다사다 소좌를 유혹하려 든 것이 아니라면, 이런 투명한 스타킹을 신을 필요가 있겠나?" 그는 눈살을 찌푸리며 그녀의 다리를 바라보았다. "발에는 분홍색 양말을 신었군. 이것 좀 보라고, 보드라운 솜털까지 일일이 보이는군그려. 허나 이 야마모토 타다사다 소좌는 그렇게 의지가 박약한 자가 아닌 걸!" 팬티를 집어 들자 그는 이미 금지품을 검사하고 있는 것이 아니라, 첨단의 유행품에 엽기적인 관심이 가 있었다. "이렇게 가는 허리도 있단 말이지! 저런 빨강 팬티를 입는다면 인도의 금욕주의자라 하여도 스스로를 지켜내기 힘들겠지. 헌데 저 브래지어는 너무 커서 도무지 팬티랑 어울리지 않는단 말이야. 이처럼 가는 허리가 어찌 저렇듯 풍만한 가슴을 지탱한단 말이지?"

트렁크를 낱낱이 살피고 나서, 내친 김에 그는 침대 위에 놓여 있는 쇠로 된 큰 상자까지 열어 젖혔다. 상자 안에는 하얀 비단신 한 쌍과 밝은 핑크빛 하이힐 한 쌍 외에는 모두 옷이 들어 있었다. "옷에도 향이 남아 있군." 그때, 그녀가 뛰쳐 일어나며 "그만 소란을 피웠으면 된 게 아니에요?"라고 한다.

야마모토 타다사다는 아무런 위반물품도 찾아내지 못한 터라 난처해졌다. 문득 침대 위에 펴놓은 모전이 보이는지라, 한 걸음 나서며 그 모전을 잡아당겼다. 모전 아래에서 커다란 생아편 덩어리가 덩그러니 드러났다.

"이크! 이건 뭘꼬?"

그녀의 아름다운 얼굴에 고혹적이면서도 사정하는 듯한 미소가 떠올랐다. 그의 손을 잡아당기는 그녀는 그처럼 매혹적이면서도 가여운 모습일 수가 없다. "난생 처음이에요. 다른 이의 부탁으로 그만. 제발 의논의 여지가 있는 거죠? 당신은 아녀자나 못살게 구는 못난 위인이 아니라는 걸 다 안다니깐요."

"의논의 여지야 있지. 나랑 자네랑 의논치 못할 일이 어디 있겠나?"

손으로 그녀의 턱을 고여 들고서 한참 자세히 들여다 보고나서 입을 연다. "참으로 예쁘군. 생아편이나 나르는 밀수꾼이기에는 너무나도 아까워."

그녀는 어린 양인 양 가여웠다. "밀수꾼이라니요. 야마모토 타다사다 소좌님."

"자네 철로 경찰에게 연행되는 게 소원이나? 아님 사흘간 야마모토 부인이 되는 게 소원인가?"

그녀는 곱게 눈을 흘긴다. "저에게 선택의 여지를 주지 않는군요."

야마모토는 문을 잠그고 나서 너털웃음을 지으면서 그녀의 품속에 손을 집어넣었다. "그럼 어디 한번 자네 브래지어 크기나 재어볼까?"

그녀는 나지막한 소리로 키득거리며 말하였다. "이 일대에서 비적들이 차를 터는 일이 자주 생긴다더군요. 게다가 차가 너무 흔들리잖아요. 욕실도 없고. 차라리 창춘長春[2] 창머관常磨館에서 한 이틀 머무는 게 재미가 쏠쏠하지 않을까요?"

이튿날, 야마모토 소좌와 그의 새 부인은 헌병과 경찰의 이중 수사망을 당당히 뚫고 나와 창머관에서 가장 좋은 방안의 창가에 다정히 서서 거리의 경치를 내다보고 있었다.

"여긴 모자이크 타일로 된 욕실이지 않은가!"

야마모토는 비로드로 된 커튼을 치고 나서 연분홍빛의 실내화와 수놓은 잠옷을 들고서는 새 부인을 욕실 안에 안고 들어갔다. 욕조에는 넘실거리는 뜨거운 물이 가득 차 있었다. "왜 꼭 등불이 켜진 담에야 된

2 창춘은 중국 동북 지역 길림성 성도로서, 만주국 시기 신경(新京)으로 많이 알려져 있다.

다는 건가?" 그러면서 그는 그녀를 붙잡고서 윗옷을 벗기기 시작하였다. 그녀는 그의 품속에 숨어들며 키드득거렸다. 그때 밖에서 전화벨이 울렸다.

"젠장! 누가 전화를 해대는 거지?" 뛰쳐나와 수화기를 든다.

"야마모토인가?" 수화기를 통해 웅웅거리며 들려오는 것은 헌병 사령 오카자키 기이치冈崎义一의 목소리였다.

"오카자키인가? 워낙 도착하자마자 자넬 방문코자 하던 참인데 자네가 먼저 전화를 걸어 올 줄은 몰랐네."

"자네 어제 새 부인을 얻었다지."

"아니 어찌 벌써 알고 있는가?"

"자네가 그녀랑 함께 창춘에서 내렸는데 내가 모를 리가 있겠나."

"대단하이."

"혹시라도 조선인에, 서울 억양이 조금 섞여 있고, 몸이 호리호리하고 코 옆에 점이 하나 박혀 있으며, 웃을 때면 아주 매혹적이고, 걸을 때면 교태가 흐르며 허리가 몹시도 가는 여자가 아닌가?"

"아니, 자네 혹시라도 아는 여자인가?" 야마모토는 제법 놀랐다.

"아직 자네 방에 있는 건가?"

"자네 와서 확인이라도 하고 싶은 건가?"

"지금 당장 권총으로 그녀를 겨누고 있게! 단 한 발짝도 꼼짝하지 못하게."

"아니, 권총으로 겨누고 있으라니?"

"자네 아직도 모르겠는가? 그녀가 바로 그 유명한 여자 간첩 마담 X라네."

그렇게 전화가 끊기었다.

"마담 X라, 아쉽게도 이 시점에 발각이 되고 말았군. 오늘 지나서 발각이 되었으면 좋았을 것을." 그렇게 말하며 야마모토는 잽싸게 권총을 빼어들고, 욕실문 어귀에 나와 선 그의 새 부인을 겨누었다.

"사랑하는 자기야, 그곳에 잠깐 서 있어야겠어."

"권총을 겨눌 것까지야 있겠어요. 이미 여관이 포위된 게 아니에요?" 태연히 문에 기대어 선다.

"마담 X, 자넨 실로 타고난 미인일세. 참으로 아까우이."

그로부터 5분 뒤, 오카자키 기이치는 허리에 찬 군도를 절커덕거리며 열두 명의 헌병을 앞세우고 들어섰다.

"마담 X, 오랜만일세."

그는 작은 트렁크와 쇠로 된 큰 상자를 모두 열어젖혔다. 큰 상자에서 생아편을 꺼내들고서 웃으면서 말하였다.

"여직 이처럼 아둔하고 고리타분한 수단을 부리고 있었던 것인가?"

군도를 뽑아들고 생아편을 중간에서 잘라내더니 손가락으로 납환蠟丸을 집어낸다.

"자네 지금도 정보 수송 공작을 담당하고 있는 건가?"

그는 군도를 도로 칼집에 넣고 나서 "그럼 헌병 사령부에 가서 얘기 나누도록 하세"라고 하였다. 다시 야마모토를 향해 "미안하이. 자네 아무래도 새로 물색해야겠네"라고 한마디 던지고 나서 그녀를 데리고 떠나갔다.

야마모토는 창춘에서 이틀간 머물렀다. "다시 물색하라지만, 어디 가서 저처럼 귀한 보배를 구한단 말인가!" 그런 생각을 하면서 그는 조용히 차를 타고 선양瀋陽에 이르렀다. 여관에 행장을 풀고 나서 그는 몇몇 친구를 찾아가 만났다. 이제 돌아가 한잠 푹 자고 나서 이튿날 제2 사단 본부에 이르러 서류를 바친 뒤, 다시 일주일 놀고 나서 하얼빈에 돌아갈 계획이었다.

친구 집에서 술을 조금 마시고 나서 여관에 돌아와 자기 방에 들어서니 욕실에서 콸콸 물 흐르는 소리가 들려왔다.

"귀신이 곡할 노릇이군!"

들어가 살피려는 참에 욕실문이 열리더니 뜨거운 수증기가 자욱한 가운데 사뿐히 서 있는 것은, 앙증맞은 검은 비단신 위에 서 있는, 터질 듯 싱싱하고 섹시한, 희고 풍만한 나신의 마담 X가 아니겠는가. 그는 여우귀신에게라도 홀린 듯이 정신이 황홀해졌다. 한참이 지나서야 겨우 "자네 어찌 여기에 온 것인가?"라고 입을 열 수가 있었다.

"방금 씻고 나오는 길이에요. 오카자키 그 자는 아마 반년은 목욕을 하지 않았나 봐요. 더럽기가 거지같았어요. 내 몸마저 이리 더럽히지 않았겠어요."

그런 말을 듣고 있자니, 야마모토의 정욕은 차 위에서 스팀의 열기에 달아올랐듯이 욕실에서 뿜어져 나오는 자욱한 수증기에 억제할 길 없이 솟아올랐다.

"더럽든 깨끗하든, 기왕지사 여기 온 바에는 적어도 한 시간 정도는 야마모토 부인 노릇을 해야겠어. 그러고 나서 헌병본부에 보내주지."

야수처럼 덮치었다.

불현듯 그녀의 몸 뒤에서 네 치짜리 브라우닝 권총을 든 두 건장한 사나이가 나타났다. 야마모토는 총구 앞에서 그만 굳어지고 말았다.

"이젠 차 안에서 내가 왜 네놈을 유혹하였는지 알만 하더냐? 내가 너희같이 너절한 일본 남자를 사랑할 줄이라도 알았던 것이냐? 단지 네놈이 생아편덩이 속에 있는 납환을 수색해 가게 하기 위해서였을 뿐이야. 헌데 네놈이 그리 어리석을 줄이야 어찌 알았겠어. 생아편 속에 납환을 감출 수 있다는 것조차 모르다니. 오카자키 그 자는 네놈보다는 조금 총명한 바보였지. 그자는 납환 속에 든 것이 우리의 지도와 우리의 계획이라고 믿고 한 개 중대를 풀어 찾아 나서게 했지. 내일이면 네놈도 알게 될 것이다. 네놈들의 한 개 중대가 통째로 우리들의 기관총에 전멸되고 말 것을."

야마모토는 저도 몰래 고함을 내질렀다. "이년, 일부러 이런 말로 날 모욕하고자 여기 달려왔던 것이냐?"

"제발 조용히 좀 해! 불과 네 치짜리 권총이긴 하지만 네 놈의 몸에 구멍 낼 정도의 위력은 있으니깐 말이야." 그녀는 타월로 몸을 닦으면서 말하였다. "내가 왜 이곳까지 달려왔는지 네놈은 아마 모를걸. 난 네놈이 지닌 비밀 서류를 훔쳐가기 위해서 이곳에 온 것이야. 헌데 샅샅이 방 전체를 수색했으나 찾지 못하여 그만 낙담했어. 이젠 네놈의 비밀서류 따위는 생각지 않기로 했어. 그냥 네놈의 나에 대한 뜨거운 사랑의 징표로 모표나 가져가야겠어."

"젠장!" 야마모토가 손을 움직이는 순간, 턱에 주먹이 날아들어 그대로 바닥에 쓰러지고 만다. 입에 재갈이 물리고 손발이 묶였다.

"쓸모없는 녀석!"

그녀는 그의 모표를 뜯어내어 그 건장한 사내에게 건네면서 "먼저들 가보세요" 한다.

사내는 침을 갈기고 나서 말하였다. “이런 쓸모없는 녀석 때문에 괜히 둘씩이나 와서 시중을 들게 되다니.” 웃으면서 방을 나선다.

그녀는 욕실에서 옷을 한 아름 가지고 나왔다.

“빨간색 팬티를 입으면 인도의 금욕주의자라 하여도 스스로를 지킬 수가 없다고 하셨죠? 저에 대한 당신의 과분한 칭찬에 대한 보답으로 지금 한번 입어 드릴게요.”

그녀는 그렇게 그를 비웃으면서 옷을 입었다. “사요나라, 특무기관 조사과 과장 야마모토 타다사다 소좌님!” 방을 나선다. 방문 밖에 이르러서는 끝내 낮은 소리로 긴자진행곡을 흥얼거리기 시작하였다.

—『부인화보(婦人畵報)』 제25기, 상해 : 양우도서공사(良友圖書公司), 1935.1

조국이 없는 아이

沒有祖國的孩子

수췬舒群

수췬[舒郡, 1913~1989]은 중국 근대 작가로서 동북작가군(東北作家群)의 대표주자이다. 본명은 리서탕[李書堂]으로, 허이룽장성[黑龍江省] 아청[阿城]의 노동자 가정에서 태어났으며, 동북상선학교(東北商船學校)를 중퇴, 1931년 고향에서 항일의용군에 참가하였고, 1932년 중국공산당에 가입하였다. 1935년 중국좌익작가연맹에 참가하였으며, 연안노신예술학원 문학과 학과장, 동북대학교 부총장, 동북영화제작사(東北電影制片場) 사장, 중국작가협회 비서장 등 직을 역임하였다. 1933년 등단하였으며, 대표작으로는 「조국이 없는 아이」, 「노병(老兵)」「비밀스러운 이야기[秘密的故事]」 등이 있다.

"골리."

이곳에서 거류하고 있는 소련인들은 모두 그를 그렇게 불렀다. 이 이국적인 이름을 누가 그에게 달아주었는지는 모르지만, 시간이 오래 지나게 되면서 아이 자신도 그것을 받아들이게 되었다. 검은 머리에 납작하고 작은 코, 그는 분명히 아시아 어린이의 얼굴을 하고 있었음에도 말이다. 아이는 외국인들을 별로 낯설어하지를 않았다. 다만 외국 말을 할 때 정확하고 완전하지 못하였다. 그럼에도 자주 듣다보면 누구나 알아들을 수가 있었다.

마옌허蚂蜒河[1] 강은 아침노을 속에서 흘러와 빛을 반사하는 거울처럼 반짝이며 장백산의 한 모퉁이를 에돌아 흘러갔다. 골리는 나팔을 불며 나무가 듬성듬성 서 있는 숲을 지나고 있었다. 널빤지를 두른 울안으로 나팔 소리가 울려왔다. 그러자, 집집마다의 작은 널문들이 열리면서 포동포동한 젖통을 드러낸 젖소들이 나타났다.

"안녕하세요? 수토바 님!"

골리는 소의 주인을 향해, 날마다 하는 예의 인사말을 던졌다.

"골리, 한 달이 찼구나. 품삯을 주마. 그리고 네가 입을 만한 옷도 한 견지 주마."

"스파시바(러시아어로 감사하다는 뜻임), 수토바 님!"

간혹은 이불 속의 젊은 아가씨가 골리의 나팔 소리에 잠이 깨어 골리를 향해 손을 흔들기도 하였다.

1 마옌허[蚂蜒河]는 송화강의 지류로서 장백산에서 발원하여 허이룽장성 경내를 흘러 지나며 그 길이가 341km이다. 강이 팔꿈치처럼 굽었다 하여 팔꿈치를 뜻하는 여진어에서 그 이름이 왔다.

"귀여운 골리, 돌아올 때 잊어서는 안 돼!"

"아, 예. 그럼요. 작은 빨간 꽃을요!"

골리는 그녀보다도 더 분명히 기억을 하고 있었다. 그녀는 밤에 채 먹지 못한 음식을 골리의 작은 냄비 안에 가득 담아준다.

"레바(빵), 수프군요. 스파시바."

골리는 다시 걸음을 재촉하기 시작한다. 그의 호주머니는 돈 1원의 무게가 더해지고, 입 또한 분주히 움직이기 시작한다. 빵과 나팔이 번갈아가며 그의 두 볼을 미어지게 한다. 우리 기숙사를 지날 때, 소들은 이미 그의 몸 뒤에서 줄을 이루고 있었다. 노란색, 검은색, 무엇보다 얼룩빼기가 가장 많았고, 흰둥이는 하나뿐이었는데 그나마 등에 검은 점이 두 개 박혀 있었다. 여리고 작은 뿔이 금방 거죽을 뚫고 나오기 시작한 송아지는 주둥이로 어미의 사타구니를 파고들곤 한다. 어미는 꼬리를 흔들어 애써 쫓아낸다. 골리의 채찍이 빈 땅을 때리며 쨍하니 울려 퍼진다. 지휘관이 명을 내리듯이, 그는 되도록 얼굴의 모든 부위에 주름이 잡히도록 한껏 얼굴을 찡그린다. 소들이 그를 쳐다본다. 이어서 소들은 철저히 군기가 잡힌다.

"골리!"

방금 세수를 한 우리들은 건물에 나란히 박혀 있는 창문 앞으로 우르르 몰린다. 그를 소리쳐 부르기도 하고, 구긴 종이를 던져 소를 맞추거나 그를 맞추기도 한다. 그는 고개를 들어 우리들을 향해 고함을 질렀다.

"그만해! 소들이 겁낸단 말이야."

우리들은 그 말을 따르지 않았다. 끝내는 소무리의 질서를 흩어놓고야 만다. 놀란 소들은 저희끼리 뿔을 부딪치고 만다. 골리는 하는 수없이 소리 나게 채찍을 몇 번 더 휘두른다.

"수토바에게 일러바칠 거야."

그는 우정 오던 길로 방향을 돌려 크게 두어 걸음 내디딘다.

날마다 그렇게 그는 우리 앞에서 몇 번이고 수토바를 들먹이곤 하였다. 실은 그 자신도 우리가 수토바를 두려워하지 않는 것을 잘 알고 있었다. 비록 수토바가 우리의 여선생님이라고는 하지만. 그러면서도 언제나 그는 우리 곁을 바로 떠나려 하지 않는다. 왜냐하면, 그는 우리와 나누고 싶은 얘기를 아직 운도 떼지 않았기 때문이었다.

"나도 여기 와, 함께 공부하면 안 될까? 너희처럼 층집도 들고, 영화도 보고 말이야."

골리는 오늘도 나에게 그렇게 말을 걸었다.

골리샤는 늘 손으로 자기의 얼굴과 골리의 얼굴을 번갈아 가리켜 보이곤 하였다. 뜻인즉슨 골리더러 자기의 얼굴과 그의 얼굴이 인종적으로 얼마나 다른지 한번 보라는 말이었다.

골리샤는 자신의 코끝을 가리키며 골리를 향해 거만하게 말하였다. (이는 처음 있는 일이다)

"우리는 CCCP(러시아어로서 소련의 약칭이다)란 말이야."

"그럼 고바레프도 CCCP?"

골리는 나의 이름을 호명했다. 골리샤는 말문이 막히고 말았다. 골리는 고개를 돌려 우리 모든 동창들을 향해 물었다.

"고바레프는 중국인인데 왜 되지? 난 고려인인데 왜 안 되는 거지?"

골리샤는 휘파람을 불더니 수토바가 우리에게 강의할 때의 모습을 흉내 내어 말하였다.

"고려라고 했나요? 이 세상에는 이미 고려라는 나라가 사라지고 없답니다."

이 말은 아프게 골리의 뺨을 때렸다. 두어 대 맞은 것보다도 더 얼굴이 붉어지고 말았다. 그는 한마디 대꾸도 없이 어색하게 자리를 떴다. 소의 행렬이 헝클어져 있었으나 그의 채찍은 더 이상 소리 내 울리지를 않았다.

그 뒤로, 골리와 그의 소무리는 더 이상 우리 기숙사 앞을 지나지를 않았다.

날마다 아침저녁으로 만나던 소몰이꾼 친구를 잃게 되자 너무나도 심심하고 쓸쓸하였다.

나와 골리샤는 창턱에 기대어 마옌허 강가의 풀밭 길을 쳐다보고 있었다. 그곳은 진창 투성이었는데, 여기저기 크고 작은 물웅덩이가 흩어져 있었다. 녹조가 웅덩이에 따라 둘레로 한 바퀴, 혹은 윗면으로 한 겹 끼어 있었다. 모기와 날벌레들이 날아다니는 모습은 똑똑히 볼 수가 없었으나, 개구리들의 요란한 울음소리가 끊임없이 들려왔다. 저녁 바람에 고약한 냄새가 가끔 실려 오곤 하였다. 기숙사의 사감은 간혹 우리더러 환기창을 닫게 하였다. 냄새 때문에 소로에는 사람의 그림자를 찾아보기가 더욱이나 힘들었다. 가끔 유람선이나 어선이 지날 때도 있었지만, 그 가까이에 이르면 빠른 속도로 지나치곤 하였다. 그곳은 실로 이미 오랫동안 사람들에 의해 저주받고 버림받은 땅인 듯하였다.

그러나 골리는 그 길에 익숙해 있었다. 풀들은 그의 허리춤 너머로 넘실거리면서 소들의 뱃가죽을 스치곤 하였다. 소의 비대한 젖꼭지도 가려 보이지가 않았다. 골리는 우리가 기숙사 창문 앞에서 자신을 바라보고 있는 것을 발견하게 되면, 그때마다 고개를 비틀어 외면한 채, 우리를 곁눈질하곤 하였다.

"다음에는 골리에게 고려가 세상에서 사라지고 없다는 말을 하지 마! 그래야 골리가 다시 우리 문 앞을 지나다닐 게 아니야."

나는 꾸짖기라도 하듯이 골리샤에게 아주 엄하게 말했다.

"너 설마 고려인들이 얼마나 비겁한지 몰라서 그래? 고려인들이 얼마나 비겁한데. 그들은 제 나라를 까마득히 잊고 산단 말이야. 그런 치욕이 어디 있어."

"그럼 안중근은?"

나는 바로, 누군가가 나에게 들려준 안중근이 얼마나 용감한가 하는 이야기를 기억해냈다. 그러나 골리샤는 그것을 모르고 있었다. 전혀 모르고 있었을 뿐더러 나의 말을 전혀 믿으려 들지를 않았다.

그때 소들의 비명 소리가 들려왔다. 골리가 넘어져 물웅덩이에 자빠진 모습이 보였다.

"골리, 골리!"

우리는 두 손을 입가에 모아 쥐고 손나팔을 하여 골리를 향해 외쳤다. 골리는 우리가 부르는 소리를 똑똑히 들을 수 있었지만, 우리에게 무관심하였다. 곁눈조차 팔지를 않았다.

그러나 나는 어떻게 해서든 간에 다시 골리랑 친해지고 싶었다.

그날 밤 내내 비가 내려 풀밭 길은 물에 잠겨 강이 되고 말았다. 나는 골리가 오늘만은 어쩔 수 없이 우리 기숙사 문 앞을 지나 꼴밭으로 갈 것이라고 짐작하였다. 게다가 일요일인지라, 골리와 함께 놀기에 맞춤

하였다. 그러나 골리는, 여전히 풀밭 길로 지나고 있었다. 물 위에 드러난 풀밭 길을 따라 길 표시를 해두고 있었다. 소들은 몸뚱이가 반쯤 물에 잠긴 채, 대가리를 이리저리 흔들면서 아주 힘겹게 발굽을 진창에서 뽑아내곤 하였다.

식사를 하고나서 나와 골리샤는 꼴밭으로 갔다. 노란 민들레꽃들이 무더기로 풀숲에서 얼굴을 내밀고 있었다. 산과 강이 꼴밭 주변 3면의 경계를 이루고 있었고 나머지 한 면은 가없이 먼 하늘이 땅과 맞닿아 있었다. 이리 저리 흩어져 있는 소무리는 마치 밤하늘의 별들인 양 미세해 보였다. 누워 있는 놈으로, 풀을 뜯고 있는 놈으로, 어미를 뒤쫓는 놈으로…… 골리는 나지막한 언덕 위에 앉아 빵껍질을 먹으면서, 눈으로는 소들의 동작 하나하나와 그 행적을 뒤쫓고 있었다. 우리의 눈길이 그의 몸에 닿자 그는 몹시도 불안해하였다. 소들이 딸려 있지만 않았다면 아마 그는 우리를 피해 도망갔을지도 모른다.

"골리, 우리 때문에 화가 난 거야?"

나는 푹 수그린 그의 머리를 받쳐 들며 물었다. 그는 애써 다시 머리를 떨구었다.

"어이 그런 말을, 절대로 그럴 리가."

그가 어디서 이렇듯 아름답고 품위 있는 표현을 배웠는지 알 수가 없었다. 게다가 음절조차 하나 빠뜨리지 않고 아주 온전히 표현해냈던 것이다. 그럼에도 그의 몸가짐은 너무나도 구속된 것처럼 부자연스러웠다. 마치 낯선 사람이라도 대하듯이 냉랭해 보였다.

골리샤는 성깔머리가 고쳐지지 않은 그대로였다. 그는 기숙사 꼭대기에서 나부끼고 있는 깃발을 가리켰다. 반은 중국의 깃발로, 반은 소련의 깃발로 꾸며진 것이었다. 이는 골리에게 큰 치욕이나 다름이 없었다. 결국 골리는 참아내지 못하고 우리를 피해, 몸을 일으켜 소 발굽에 묻은 진흙을 닦아주기 시작하였다.

우리는 적막함에 빠지고 말았다. 시간이 한참이나 지나서야 나는 겨우 적당한 말을 골라내어 골리에게 물었다.

"소 발굽이 정말 더럽구나. 넌 더러운 게 싫지 않니? 그걸 닦아서 무엇 하게."

"더러우니깐 닦는 거지. 소 주인은 소 발굽이 더러운 걸 싫어한단 말이야."

"그런데도 왜 소를 데리고 강가로 다니는 거니? 우리 기숙사 문 앞길이 훨씬 깨끗하잖아."

그렇게 말하고 나서 온당치 않은 것 같아 나는 곧 후회하였다. 골리를 핀잔하는 것밖에 되지 않았기 때문이었다. 골리는 내심 더욱 고통스러울 것이 아닌가?

"내가 어디 너희 기숙사 문 앞으로 지나다닐 자격이 있니?"

그는 내쏘듯이 말했다. 화가 많이 나 있었다.

나는 그가 예전처럼 우리들의 문 앞으로 지나다닐 것을 입이 닳도록 권하였다. 솔직히 우리는 이 소몰이꾼 친구를 잃고 싶지가 않았다. 그는 매일이다시피 우리에게 많은 새로운 재미를 가져다주곤 하였다. 특히 우리 방의 여러 꽃병에 나뉘어 꽂혀 있는, 빨갛고 노란 들꽃들은 모두 그가 나에게 꺾어다 준 것이었다. 그것들은 요 며칠 사이에 이미 시들거나 꽃잎이 지고 말았다. 우리는 꽃병에 남아 있는 꽃줄기들을 바라볼 때마다 다들 골리를 떠올리곤 하였다. 골리샤도 마찬가지였다.

헌데도 골리는 나를 버려둔 채, 우리들의 문 앞으로 단 한 번도 지나다니지 않았던 것이다.

마침내, 골리가 우리들의 문 앞으로 지나다닐 것을 응낙하기에 이르러, 나는 기쁜 나머지 하마터면 함성을 지를 뻔하였다. 그러고 나서도 나는 미심쩍어 그가 귀가나팔을 불 때까지 내내 기다렸다.

땅거미 속에서 소들의 걸음은 나른하고 무거워 보였다. 오랜 시간을 거친 습관으로 그들은 이미 자기의 집으로 찾아가는 데 익숙해 있었다. 우리만이 남아 기숙사를 향하였다. 기숙사는 어디라 할 것 없이 괴괴하였다. 나는 동창들이 모두 영화를 보러 극장에 가고 없음을 떠올렸다. 시계를 보니 아직 20분간의 여유가 있는지라 나는 골리더러 함께 가자고 하였다. 그는 기뻐하며

"그래, 영화 보러 가자꾸나. 난 한 번도 본 적이 없단 말이야"라고 하였다.

그러나 극장의 입구에 이르러서, 아주 큰 난제에 봉착하고 말았다. 문지기는 체구가 큰 중국인이었는데 한사코 골리를 들여보내지 않았기 때문이다. 그는 막무가내로 같은 말을 곱씹었다.

"동철東鐵학교의 학생이 아니잖아."

"좀 들여보내 주세요. 얘는 우리 선생님이나 학생들이 다 잘 아는 사이거든요."

"누군들 몰라서 그 다더냐. 가난뱅이 가오리방즈[2] 같으니라고."

골리샤는 중국어를 모르는지라 잠자코 서서 기다렸다.

2 高麗捧子, 중국인들이 한국인을 비하하여 하는 말.

나는 목구멍으로 열기가 욱 치밀러 올라 문지기를 향해 큰 소리로 외쳤다.

“애는 우리들의 친구란 말이에요!”

문지기는 나의 아버지라도 되는 듯이 제법 위엄을 갖추며 나를 꾸짖었다.

“이런 애나 사귀고, 꼴이라곤.”

나와 골리는 마치 얼음창고에 보관된 시체인 양 등불 아래에서 굳어지고 말았다. 불현듯 골리가 중국어로 한마디 내뱉었다.

“제까짓 것이, 어디 두고 보자!”

지금 생각해 보면, 골리는 중국어를 알아듣기 때문에 그렇게 분노해하였을 것이다. 나는 골리에게 중국어를 아느냐고 물었다. 그는 그 한마디만을 알고 있다고 대답하였다. 단 한 마디를 알고 있는 것만으로도 나는 기뻤다. 나 대신 복수라도 한 듯이.

그럼에도 나는 그날 밤 내내 편안히 잠들 수가 없었다. 무엇인가 커다란 치욕이 내 얼굴에 딱지처럼 붙어 있는 것만 같았다. 이튿날 아침, 나는 침대에 누운 채, 골리의 나팔소리가 창문 밖에서 울려 퍼지다가 멀어져 가는 것을 들었다. 나는 골리를 보지 못하고 말았다.

교실에 이르자, 골리샤가 나에게 말을 걸어왔다.

“골리를 알게 되어서 말이야, 오늘 처음 웃는 모습을 보았어.”

“웬 영문으로?”

“이제 곧 우리랑 같은 학생이 된다더라.”

나는 골리가 어젯밤에 당한 치욕 때문에, 일부러 기분 좋은 상상을 하고 있으리라 생각하였다. 그러나 골리샤는 그것이 정말이라고 우겼다.

"골리가 그럼 누구한테 허락을 받았다니?"

"수토바한테."

결국 나도 그것을 믿게 되었다. 수토바는 우리 학급의 여선생님이었기 때문이다.

"그럼, 언제부터 학교에 나온다니?"

"오늘 자기 형한테 말하고 나서 내일부터 나온대."

골리가 오게 되면 어디에 앉지? 나는 그런 생각에 잠겼다. 우리 교실에는 빈자리가 단 하나뿐이었는데, 그것도 나이가 어린 여자애인 류파劉波의 옆자리였다. 그 애는 늘 여러 동창들과 성깔을 부리곤 하였으며, 그때마다 작은 눈을 한껏 부릅뜨곤 하였다. 만약 골리가 그의 곁에 앉게 된다면 그 애가 마음에 들어할 리가 없었다. 내일이면, 열여덟 살인 나를 빼고서는 골리가 이 학급에서 가장 큰 아이가 될 것이었다. 제일 나이가 많은 골리샤조차 열서너 살밖에 되지 않았기 때문이다. 게다가 교실에서 나와 골리샤가 쓰는 책상만이 다른 애들의 책상보다 조금 높았다. 골리샤더러 자리를 옮기라 하고 골리를 내 옆에 앉히는 수밖에 없을 듯하였다.

방과 후, 기숙사에 돌아와 골리의 잠자리를 준비하고 있는데 그가 찾아왔다. 뜻밖에도 우울한 얼굴이었다. 나는 그에게 이제 곧 학생이 될 터인데 이 얼마나 반가운 소식이냐고 하였다. 그런데 왜 이런 기쁜 소식을 두고도 울상이냐고 물었다. 자세히 살펴보니 그의 얼굴에는 아직도 눈물방울이 남아 있었다.

동창들이 곧 모여들어 그를 귀찮게 할 터였다.

"너 울었니?" 나는 그렇게 물었다.

골리는 고개를 끄떡였다. 당장이라도 다시 울 듯한 표정이었다.

"내일부터 학교를 다니기로 했잖아. 그런데 왜 울었니?"

"방금 전에 밭으로 갔다가 오는 길이야. 형에게 말했는데 형이 안 된대." 그는 황급히 코를 두어 번 훌쩍이고 나서 다시 말했다. "네가 우리 형에게 좀 말해줘."

나는 골리를 따라 그의 집으로 갔다. 동창들은 내가 흥미로운 소식을 가지고 한시 바삐 돌아서기를 기다렸다. 골리의 집은 별로 멀지가 않았다. 우리 기숙사의 담 모퉁이를 돌아 여남은 걸음을 걷기만 하면 그의 집에 도착할 수가 있었다. 오가는 데 5분밖에 걸리지가 않아서, 사연을 쉽게 알아볼 수가 있는 거리였다. 그보다 전혀 생각지 못하였던 것은 밭에 나간 골리의 형이 미처 돌아오지를 않았다는 것이었다.

별 볼일 없이 시간이 흘렀다. 허나, 나는 별로 급해 하지를 않았다. 골리의 집은 모든 것이 기적과도 같았기 때문이었다. 그의 집이 얼마나 작은지 우리 기숙사의 쓰레기통만 한 크기였다. 그럼에도 골리의 집에 있는 물건들은 쓰레기통의 쓰레기들보다도 깨끗하거나 값나가지 못하는 것들이었다. 한쪽 벽 구석에는 낡고 더러운 솜옷이 쌓여져 있었다. 옷을 입을 때 몸동작에 따라 자연히 잡힌, 주름살들이 펴진 곳들에는 천의 본바탕인 흰색이 드러나 있었다.

골리는 자기가 그동안 모아두었던 진귀한 물건들을 꺼내어 나에게 보여주었고 나는 그것들 하나하나를 유심히 살펴보았다. 그는 이번에는 한데 감싸 쥔 두 손을 나의 코앞까지 추켜들면서 물었다.

"이건 뭐람?"

그는 여러 가지로 나에게 힌트를 주었지만 도무지 알아들을 수가 없

었다. 그의 러시아어가 뒤죽박죽이어서 나는 마지막까지 맞출 수가 없었다. 종국에 그는

"여기에는 울 아빠도 있고 울 엄마도 있단 말이야"라고 하였다.

사진에서 잘라 낸, 사람의 두상頭像이었다. 남자는 그의 아버지였고, 여자는 그의 어머니였다. 그러나 난 곧바로 의문스러운 점을 발견하였다.

"왜 엄마는 늙었는데, 아빠는 이렇게 젊은 거니?"

"엄마는 지금도 살아 계시고 아빠는 젊어서 죽었단 말이야."

"일찍이도 돌아가셨구나."

골리 아버지의 사진을 바라보면서 나는 동정의 어투로 말하였다. 그러나 미처 그것이 골리로 하여금 이를 사리물도록 슬프게 만들 줄은 생각하지 못하였다. 한참이 지나서야 그는 겨우 가볍게 숨을 돌릴 수가 있었다.

"아빠는 너무나도 비참히 돌아가셨단 말이야."

나는 골리의 얼굴 표정에서 그의 아빠의 죽음이 예사롭지 못함을 눈치 챘다.

"우리 아빠는 지식인이었어. 이걸 한번 봐봐. 헤어스타일이 얼마나 멋진데!(그는 두상을 가리키며 말하였다) 아빠는 담력이 아주 큰 분이셨어. 수천수만의 노동자들을 이끌고 총독부를 찾아가 난을 일으켰지. 30여 명이 죽고, 현장에서 아빠는 잡혀가고 말았지. 엄마는 석 달 동안 날마다 아빠를 찾아갔지만 한 번도 만날 수가 없었대. 엄마는 밥도 못 드시고 잠도 이루지 못하셨지. 벚꽃 축제가 있는 날, 다른 사람들은 모두 벚꽃 구경을 나섰지만, 엄마는 형을 데리고 아빠를 보러 갔지. 이번에는 감옥 문어귀에서 아빠를 만날 수가 있었어. 그러나 엄마는 하마터면

아빠를 알아보지 못할 뻔하였어. 아빠는 달랑 짧은 바지 하나만을 입고 있었는데, 어깨에는 수건을 두르고 있었대. 늑골이 드러나 앙른거렸는데, 거기엔 피가 묻어 있었고, 불에 지져진 흔적이 남아 있었지. 엄마는 눈물을 흘리셨고, 아빠는 아무 말씀도 없으셨대. 아빠가 차에 오를 때가 되어서야, 소리쳐 불렀지……. 벚꽃 구경을 나왔던 사람들은 차를 쫓아가며 구경하였고, 엄마도 차를 뒤쫓아 갔지……. 풀밭에 이르자 총을 든 병사들이 아빠 가까이에 가지 못하도록 엄마를 막아 나섰지. 밧줄에 꽁꽁 묶인 아빠는 모둠발로 엄마를 향해 몇 걸음 뛰어와 말하였대. 자식들을 잘 키우라고, 그들에게 자신이 오늘 어떻게 놈들에 의해…… 총이 울리고 아빠는 쓰러지셨지……. 아직 엄마가 나를 낳기 전의 일이었지. 그 뒤 엄마가 나에게 자주 들려주어서 기억하게 된 거야."

그는 빠른 속도로 너무나도 많은 말을 하였다. 어떤 내용은 내가 알아듣지 못하였고 또 어떤 내용은 그가 제대로 표현하지 못하였기에, 나는 온전히 알아들을 수가 없었다.

"그럼 너희 엄마는?" 내가 물었다.

"엄마? 엄마는 아직 고려에 남아 계셔."

"너흰 어떻게 여기에 오게 된 거니?"

"엄마는 '더 이상 돼지와도 같은 생활을 하여서는 못쓰겠다. 너희는 자유로운 곳을 찾아 떠나거라! 난 이미 늙었으니, 죽어도 두려울 것이 없구나'라고 말씀하셨지. 엄마는 5년 전부터 이모네 집에 가서 사셔. 우리가 중국에 들어올 때, 난 겨우 열 살이었어."

골리의 형은 날이 어두워서야 돌아왔다. 그는 중국어를 아주 잘하였기에, 대화를 나누기가 아주 편했다. 그는 골리가 우리 학교의 학생이 되는 것을 한사코 반대하였다. 많은 이유를 대기도 하였다.

“땅을 붙이는 것이 여간 힘들지가 않네. 후유, 돈이 되지 않을 뿐더러 가끔은 밑지기도 하지. 중국에 해마다 자연재해가 드는 걸 보지 못했나? 자네도 잘 알고 있지만.”

“우리는 골리가 소몰이를 해서 번 돈으로 밥을 먹고 사네. 게다가 겨울에는 또 쉬지 않는가? 수개월씩이나 품삯을 받지 못하지.”

“공부하는 것이 애한테 좋은 일인 줄 나라고 모르겠나. 형이 되어서 동생이 잘되는 걸 싫어할 이유가 있겠나.”

“단 우리 둘뿐이라면 학교를 가도 괜찮지. 애가 날 돌볼 필요까지는 없으니깐. 허나 집에 노모가 계시지 않는가? 먹고 살 수 있을 정도로 달마다 몇 푼씩은 보내드려야 한다네.”

“후유, 자네 중국인들처럼 나라라도 있는 것이 아니고, 우리는 집조차 잃고 없네.”

나는 그의 말을 동창들에게 전하였다. 동창들은 모두 실망하였으나 얼마 지나지 않아서 잊고 말았다.

골리의 나팔 소리는 여전히 소무리를 몰아 꼴밭으로 향하곤 하였다.

“자네 중국인들처럼 나라라도 있는 것이 아니고…….”

나는 이 말을 기억했다. 군영에서 신호나팔 소리가 울릴 때마다, 나는 조국의 깃발이 서서히 깃대의 꼭대기에 오르는 것을 바라보곤 하였다. 부지불식간에 나 자신도 그것이 영광이라도 되는 듯이 느껴지곤 하였다.

그러나 며칠이 되지 않아서, 조국의 깃발은 깃대의 꼭대기에서 서둘러 내려졌다. 다시 오른 깃발은 모양새가 달랐다. 그것은 다른 나라의 깃발이었다. 9월 18일[3]이 지난 지 아흐레[4]가 되는 날의 일이었다.

산발적으로 전쟁이 일어, 가는 곳마다 사람들을 괴롭히고 위협하고 있었다. 얼마 지나지 않아서 그 외국 깃발과 외국 병사들은 모든 지역의 주인이 되었다. 공교롭게도 우리가 사는 곳은 전쟁의 총본부가 되었다. 철갑모를 쓴 병사들이 한 무리 또 한 무리씩 모여들어, 워낙 있던 병영이 모자라게 되자 모든 민가에까지 병사들이 들게 되었다. 골리의 쓰레기통과도 같은 집에마저 병사가 들게 되었다.

우리는 평소대로 수업을 보았다. 그러나 골리의 나팔 소리가 들려오지 않았다. 소들은 종일토록 각자 자기 주인집의 울안에 갇혀서 울곤 하였는데, 마치 골리를 부르기라도 하는 듯싶었다.

"골리는 어딨지?"

우리는 그 누구도 골리를 잊지 않고 있었다. 꼴밭을 바라보았으나, 가을바람만이 불어와 풀들을 쓰러뜨릴 뿐이었다. 골리가 평소 늘 앉아 있던 언덕에서는 먼지가 바람에 날리면서 뭉쳐져 이곳저곳에서 짙은 연기처럼 엉켜 돌고 있었다. 우리는 골리가 그 연기 속에 휘감긴 것이 아닌가도 생각하였다. 연기가 흩어지고 나서도 골리의 팔다리 같은 것은 보이지가 않았다. 아마 그가 집에 있는 것은 아닐까도 생각하였다.

3 '9·18 만주사변'을 지칭한다. 1931년 9월 18일 밤, 일본 관동군은 위조된 남만(南滿)철로 폭파사건을 빌미로 중국 동북군의 선양[沈陽] 대북영(大北營)을 포격한다. 이튿날 선양(봉천)을 점령하였으며, 뒤이어 1932년 2월까지 중국의 동북 3성을 완전히 점령하며, 1932년 3월에는 위만주국을 세운다.

4 최초로 발표된 『문학(文學)』지 제6권 제5호(1936. 5. 1)에는 아흐레로 되어 있으나, 뒤이어 1936년 9월에 출간된 단행본 『조국이 없는 아이[沒有祖國的孩子]』(상해 : 생활서점)에서는 89일째로 수정되어 있다.

그러나 골리가 집에서 무엇을 하고 있담? 그의 집은 쥐 죽은 듯이 조용한 것이 사람의 그림자가 얼씬하지도 않았다. 가끔 누군가가 나타나면 동창들은 손가락으로 가리키면서

"저것 좀 봐. 솔다트(러시아어로 병사라는 뜻임)잖아"라고 하였다. 이어서

"솔다트가 골리를 죽인 게 아냐?"라고 하였다.

"죽인 것이지. 쥐새끼를 죽이듯이 말이야."

골리샤는 여전히 건방진 태도로 골리를 얕잡아 말하였다. 나는 골리가 결코 쥐처럼 비겁하지 않음을 믿어 의심치 않았다. 그러나 골리샤는

"고려인은 모두 쥐새끼 같아. 그렇지 않고서야 이 세상에서 어찌 고려라는 나라가 사라지고 없겠어"라고 하였다. 이 말은 이미 그의 입버릇이 되다시피 하였다. 그는 작은 주먹으로 앞가슴을 두어 번 두드리고 나서 말하였다.

"난 골리와 같은 사람은 싫어. 그랑 친구가 되는 게 싫단 말이야!"

시간이 오래 지나자 아무도 더는 골리에 대한 말을 꺼내지 않았다. 게다가 매일 극장에 이르러 연설을 듣고 있자니, 시간적으로도 별로 여유가 없게 되었다. 수토바는 우리가 너무 피로해 할까 염려하여 우리를 산에 데리고 가서 놀기도 하였다.

우리는 모두 산에 있는 뱀이나 벌레들을 두려워하였다. 언젠가는 뱀과 독충에 여러 동창들이 물린 적이 있었기 때문이었다. 그래서 이번에 우리는 체조할 때 쓰는 나무 몽둥이를 각자 하나씩 가지고 가기로 하였다. 그렇게 30여 명이 한 줄로 서서 몽둥이 대오를 이루게 되었다.

가을의 산은 온통 흙과 모래알 투성이였다. 여름에 와 보았을 때처럼 멋지고 사랑스럽지가 않았다. 산에는 아무것도 없었는데, 흙과 모래알

이 몰아쳐 눈을 뜰 수조차 없었다. 산에 오르고 나니, 두 다리가 시큰시큰 쑤시고 아팠다. 가을바람은 잠시도 쉬지 않고 우리 혈액 속의 온기를 빼앗아가곤 하였다. 수토바는 우리의 흥을 돋워주기 위해 우리를 데리고 사람들이 무리 지어 움직이고 있는 다른 편 산 모퉁이로 갔다.

그곳에는 많은 사람들이 모여 있었다. 나이가 들어 수염이 허연 늙은이며, 젊은이며, 반은 불구가 된 이며, 나이 어린 아이까지, 곡괭이, 삽, 도끼…… 그들은 저마다 그런 것들을 들고 있었다. 산등성이에는 이미 참호가 파여져 있었다. 참호 속에서 나는 바로 골리의 형을 발견하였다.

"골리는 어디 있죠?"

그렇게 묻고자 하는 참에 골리의 모습이 우리 모두의 눈에 띄었다. 그는 우리가 전에 알고 있던 소몰이꾼 골리가 아니었다. 이제 골리는 노동자의 모습을 하고 있었는데, 알아보기가 힘들 정도였다. 그는 맨발이었고, 몸에는 우리가 그에게 준 낡은 유니폼을 걸치고 있었다. 그는 전보다 광대뼈가 훨씬 튀어나와 눈알이 깊숙이 들어갔고 때와 먼지에 파묻혀 있었다. 참호 가에 붙어 선 그는 키가 참호의 높이만 하였다. 손에 든 삽으로 아주 힘겹게 흙모래를 밖으로 퍼 던지고 있었다.

"골리! 골리!" 우리는 소리쳐 불렀다.

그는 이미 전에 우리를 발견하였으나 일부러 피하고 있었다. 우리와는 불과 여덟아홉 보 정도의 사이를 두고 있었기에, 그는 당연히 우리가 부르는 소리를 들을 수가 있었다. 그는 우리를 바라보지 않았을 뿐만 아니라, 고개를 다른 방향으로 틀고서 더욱 일을 다그쳤다. 나는 두어 걸음 다가갔다. 골리가 나와 나눌 얘기가 있음을 알아챘기 때문이었다. 그가 하고자 하는 말들은 모두 그의 입귀와 눈가 사이에 어려 있었다. 나는 더욱 큰 소리로 불렀다.

"골리, 우리야."

"골리, 너 지금 뭐 하고 있는 거니?"

"골리, 정말 오랜만이야."

골리는 아무 말 없이, 몸동작으로 우리에게 신호를 보냈다. 오른쪽 편의 큰 바위 위를 바라보라는 암시였는데, 그곳에서는 두 병사가 한가하게 궐련을 태우고 있었다. 그러나 우리는 그것을 무시하였다.

"어서 이리 와, 골리!"

"어서 오라니깐……."

한 병사가 건너와 참호 가에 섰다. 골리는 마치 넋이라도 잃은 듯이 굳어지고 말았다. 그 병사는 발로 골리의 머리를 찼다. 그의 머리는 마치 탄성이라도 지닌 듯이, 두어 번 흔들렸다. 콧구멍에서는 피가 흘러나왔다. 불현듯 그는 삽을 높이 추켜들었다가 다시 가볍게 내리면서 전처럼 참호 밖으로 흙모래를 퍼냈다.

부지불식간에 우리의 손에 든 나무 몽둥이들은 모두 그 병사를 향해 내찌르기 준비동작을 하고 있었다. 병사는 우리에게 자기 어깨에 비스듬히 멘 총을 가리켜 보였다.

수토바가 우리를 데리고 돌아갈 때, 골리는 곁눈질로 우리를 훔쳐보았으나 끝내 아무 말도 하지를 않았다. 우리는 다만 골리에게 더 이상 불행한 일이 생기지 않기를 묵묵히 빌 수밖에 없었다.

이튿날 아침이었다.

"앗…… 아가가……." 날카로운 비명소리가 들려와 우리의 마음을 아프게 찔렀다.

퍽 퍽 하는 소리가 연속 울려왔다. 골리는 자기 집 앞에서 손과 두 다리에 짓밟혀 곱다시 엎드려 있었다. 얼굴이 맨 땅에 닿아 있었고, 흙먼지가 그의 입 언저리에서 풀풀 날리곤 하였다. 금방 잘라 낸 나무 작대기 같았다. 그 병사는 모든 힘을 나무 작대기의 끝에 모아서 골리의 엉덩이와 허리를 내리쳤다.

"앗…… 아가가……."

그 비명소리는 나로 하여금, 나무 작대기가 내 몸에 떨어지는 것보다도 더 아프게 했다.

헌데도 골리샤는 이를 갈며 말하였다.

"맞아 싸. 맞아 죽는 게 낫겠어."

나는 그를 노려봄으로써 그의 말에 내가 아주 분개하였음을 드러냈다. 헌데도 그는

"고바레프, 골리를 한번 봐봐. 쥐새끼나 다름없잖아"라고 하였다.

그 이후로, 골리는 정말 한 마리 쥐처럼, 패검을 찬 병사를 쫓아 늘 우리 기숙사 앞을 지나다니곤 하였는데, 혼자일 때가 드물었다. 그것은 골리샤로 하여금 더욱 그를 하찮게 여기게 하였다. 욕지거리를 하고 그에게 작은 돌멩이를 던지기도 하였으며, 새끼손가락을 내보이며 그를 시늉하기도 하였다……. 골리샤는 온갖 방법을 고안하여 그를 괴롭히고 욕보였으나 그는 전혀 마음에 두지 않았다.

어느 하루, 곧 취침할 시간이 되었는데, 골리가 우리를 찾아왔다. 골리샤는 골리가 들어오지 못하도록 손과 발로 문을 막아 나섰다.

"무슨 낯짝으로 여기 온 것이니. 다시 여기 오지 마!" 골리샤가 말했다.

"고바레프를 만나야 해!"

"고바레프도 널 수치스럽게 생각해!"

골리에게 뭔가 아주 다급한 일이 있음을 짐작할 수가 있었다. 그렇지 않고서야 저리 온몸을 떨고 있을 리가 없었다. 그에게 빵을 몇 조각 가져다주었으나 그는 먹지를 않았다. 그간 어떻게 지냈냐고 물었지만 그는 대답하지 않았다. 마치 그에게 잠깐의 시간적 여유조차 주어져 있지 않다는 듯이 다급히 입을 열었다.

"칼을 좀 빌려줘."

"뭣에 쓰려고?"

"그건 묻지 마. 쓸모가 있어서 그래."

나는 호주머니에서 평소 연필을 깎는 데 쓰는 작은 칼을 꺼냈다.

"그건 너무 작아." 그가 말하였다.

"얼마나 큰 칼이 필요한 거니?"

그는 두 손으로 침대에 자신이 필요한 칼의 길이를 표시해 보였다. 나는 내가 빵을 썰 때 사용하는 크고 뾰족한 칼을 그에게 건네주었다. 그는 손가락 끝으로 칼날이 잘 드는지 시험해 보고나서야 기뻐하며

"좋아, 아주 좋아"라고 하였다.

그는 헤어지면서 나에게

"내일 아침 마귀들이 웨이사허葦沙河[5]로 떠나" 하고 알려주었다.

과연 그자들은 웨이사허로 떠났다. 골리네 지붕 위에 꽂혀 있던 깃발들도 사라지고 없었다. 말을 탄 자로, 보행하는 자로 각자 대오를 따

5 마옌허의 지류로서 헤이룽장성 동남부에 자리하고 있으며 길이가 약 50km 정도이다.

라 병사들은 산길을 따라 떠나갔다. 작은 쪽배 몇 척만이 마옌허를 거슬러 올라갔는데, 배에 탄 병사들은 몇이 되지가 않았다. 골리 역시 쪽배에 올랐는데, 그 패검을 찬 병사를 위해 물병과 양식 주머니를 짊어지고 있었다고 한다. 이 이야기는 지난번 그 문지기 영감이 해가 솟아오르기도 전에 일어나 구경을 나갔다가 보고서 우리에게 들려준 것이었다.

좀 더 지나, 다시 밖에서 돌아온 문지기 영감은 단숨에 많은 말들을 줄줄이 늘어놓았는데, 골리가 강에 몸을 던졌다는 것이었다.

사냥을 나갔던 한 외국인이 가장 먼저 웬 아이 하나가 마옌허를 따라 떠다니는 것을 발견하였다고 한다. 그는 아이를 강가로 끌어올린 뒤, 인공호흡을 통해 숨이 돌아오게 하였다. 그러고 나서 사람들을 불렀는데, 문지기 영감도 그중에 속해 있었고, 영감은 그 아이가 골리인 것을 발견하였다.

우리가 갔을 때에는 수토바와 다른 학급의 학생들도 그곳에 모여 있었다. 골리는 누운 채 꼼짝하지 않았는데, 옷이 몸에 찰싹 붙어 있었다. 물방울이 뚝뚝 떨어져 몸 주변을 커다랗게 적셨다. 그는 입으로는 비록 무언가 알아듣기 힘든 말을 내뱉고 있었지만, 실은 이미 지각을 잃은 터였다. 사람들이 다투어, 골리가 강에 투신한 이후의 상황에 대해서 알아보고 있을 때, 수업을 재촉하는 학교의 벨소리가 울렸다. 수토바만이 골리의 곁에 남았다.

오늘, 수토바는 우리에게 학급에 새로운 학생이 올 것이라고 알려주었다. 반마다 새로운 학생이 올 적마다 수토바는 우리에게 늘 먼저 알려주곤 하였다. 그때마다, 새로 오는 학생이 진급을 한 것인지, 아니면 유급을 한 것인지, 외지에서 새로 온 학생인지를 알아 낼 수가 있었다. 그러나 이번만큼은 예외였다. 우리는 아무도 새로 오는 학생의 내막에 대해서 알지를 못하였다.

수업을 보기까지 20분 정도가 남아 있었다. 우리는 여러 가지로 추측을 하기 시작하였다. 남학생들은, 새로 오는 학생은 아주 예쁘게 생긴 여학생일 것이라며 자기와 한 자리에 앉으면 좋겠다고 하였다. 여학생들은, 새로 오는 학생은 원숭이처럼 못생겼을 것이라고 하였다. 그러다 보니 다들 책상을 삐걱이며 요란스런 소리를 내게 되었다.

그때 갑자기 문이 열렸다. 교실은 순식간에 조용해졌다. 우리는 슬그머니 자기의 책상으로 달려가 책을 정리하는 척하거나 연필을 깎는 척하였다. 우리는 우리가 너무 떠든 바람에 수토바가 쫓아들어 온 것이라고 여겼기 때문이었다. 헌데 수토바가 아니었다. 우리 앞에 선 것은 골리였다. 그는 우리와 똑같은 복색을 하고 있었다. 검은 구두에 검은 바지, 검은 루바시카[6](러시아어로서 옷의 일종이다)를 입고 있었고, 가슴팍에 달린 두 개의 작은 호주머니는 불룩하니 차 있었고, 책가방에도 새 책들이 가득 담겨져 있었다. 그는 입을 헤하니 벌리고 많은 말들을 한마디로 엮어 우리에게 하고 싶은 모양이었으나 결국 한마디도 내뱉지 못하였다.

점심 시간에 다그쳐 밥을 먹고 나서 우리는 한자리에 모였다. 나는 그에게

6 러시아 민족 의상으로서, 남자가 착용하는 일종 겉저고리이다.

"이젠 기쁘겠구나" 하였다.

"진심인데, 별로 기쁘지가 않아." 아직도 극심한 공포와 고통이 그의 두 눈에 남아 있는 듯싶었다. "수토바님이 너무 고마우셔. 내 병을 치료해 주셨을 뿐만 아니라, 이렇게 학교에 넣어주셨어. 이것 봐!" 그는 자기 몸에 걸친 모든 것들을 일일이 우리에게 가리켜 보였다.

나는 그에게 왜 강물에 뛰어들었는지를 물었다. 뇌리에서 다시 죽음에 대한 기억이 되살아난 듯, 그는 익히 읽은 책 내용을 몇 페이지 우리에게 암기해 주기라도 하듯이 말문을 열었다.

"그게 어느 날이었는지 잘 기억이 나지 않지만, 마귀놈은 나에게 자기네가 곧 떠날 것이라고 알려주었어. 우리 형도, 나도 함께 가야 한다는 것이었어. 난 그자를 따라 나서봤자 좋은 일이 없을 줄을 알고 있었어. 우리 아빠도 그렇게 마귀놈들의 손에 죽었거든. 엄마는 우리가 아빠처럼 될까 봐 두려워 우리를 수천 리 밖으로 떠나 보내셨는데, 그 누가 마귀놈들이 수천 리 밖에서조차 우리를 못살게 굴 줄을 알았겠어. 우리는 밤마다 잠들 수가 없었어. 형은 나를 바라보고, 난 형을 바라보고, 말도 감히 꺼내지 못하고……."

"쥐새끼처럼 말이지!"

골리샤가 끼어들어 골리의 말을 끊었다.

골리는 더 이상 애 같지가 않았다. 애들은 그와 같은 침착함이 없는 법이다. 그는 계속하여 말을 이었다.

"그날, 형은 그들을 따라갔지. 나는 여전히 그 패검을 찬 마귀놈(그의 눈빛은 마치 우리에게 자신이 말하는 패검을 찬 마귀놈을 본 적이 있는지 없는지 캐묻는 듯하였다. 우리는 그에게 머리를 끄떡여 주었다)을 따라가게 되었지. 배에는 우리 두 사람 말고는 뱃사공 한 사람 뿐이었어. 마귀놈은 연필로 뭔가를 적고 있었지. 난 가슴이 뛰었어. 견디기 힘들 정도로 뛰었지. 어디 한번 맞춰봐, 내가 뭘 하려고 했는지."

"강에 투신하려 한 것이겠지." 다들 이구동성으로 대답하였다.

그러자 골리는 갑작스레 책상 위로 뛰어 올랐다. 우리는 모두 아연실색하였다. 그는 경쾌한 목소리로 말을 이었다.

"너희들은 골리가 투신하려 하였다지만 내가 봐선 아니야. 너희들은 모를 걸, 강에는 말이야 쥐구멍이 있다네."

"강에는 배가 모두 세 척이 있었어. 두 척은 앞서 있었고, 우리는 뒤 떨어져 있었지. 앞선 배들은 속도가 빨랐어. 3, 4리가 안되어서 우리보다 한 반 리 정도 앞섰지. 그 배들이 라오산터우老山頭[7]를 돌아 지나고, 우리 배는 라오산터우 이편에 남게 되었지. 어정쩡한 사이에 내 손의 칼이 마귀의 가슴팍에 박히고 말았지. 그러고 나서 난 발길에 차여 배에서 떨어졌어. 그 뒤는 나도 잘 모르겠어." 그는 고개를 돌려 나에게 물었다. "그 칼을 알만 하지? 바로 너한테서 빌린 칼이잖아. 너한테서 빌린 칼 말이야!"

"훌륭해, 너무 훌륭해!" 골리샤는 골리를 얼싸안으면서 말하였다. "너야말로 나의 좋은 친구야!"

골리가 기숙사로 옮겨왔다. 수토바가 준 담요 외에는 아무것도 가진 것이 없었다. 골리샤는 자기가 가진 모든 물건을 골리에게 반으로 나누어 주었다. 그 뿐만이 아니라, 매점에 이르러 그에게 칫솔이며, 치약

7 지명일 수도 있으나, 흔히 외딴 산봉우리를 지칭하기도 한다.

이며, 수건이며, 손수건이며…… 등등을 사주었고 비용은 모두 자기 앞으로 적어 두었다.

그 이후로 골리, 골리샤와 나 세 사람은 떼어놓으려야 떼어놓을 수 없는 친구가 되었다. 간혹 한 사람이 빠지기라도 하면 나머지 두 사람은 허전하고 구색이 맞지 않은 느낌이 들곤 하였다. 날마다 강가로, 극장으로, 역전의 매표소로 우리는 함께 몰려 다녔으며, 집집마다 돌면서 골리가 이전에 방목하였던 소들을 구경하기도 하였다. 골리는 어느 소가 이름이 무엇인지, 어느 소가 어떤 버릇이 있는지, 자신이 평소에 가장 맘에 들어 한 소와 가장 싫어한 소가 어느 소인지 등등을 잊지 않고 있었다. 그렇게 소들과 관련하여 우리에게 많은 재미나는 이야기를 들려주었다.

겨울이 되자, 골리는 스케이팅을 배우게 되어 취미가 되다시피 하였지만, 우리는 그가 자주 스케이트장에 나가는 것을 말렸다. 그때쯤 하여 거리에 다시 골리가 말하는 마귀와 마귀의 깃발이 넘쳐났기 때문이었다. 그러나 우리 학교의 깃발은 여전히 예전과 마찬가지로 반은 중국의 것이었고 반은 소련의 것이었다.

그 중국 기를 나는 사랑하였다. 이상하게도 골리 역시 그것을 사랑하였다. 우리는 깃발에 꽃이라도 피어 있는 듯이, 매일 올려다보곤 하였다. 그러나 꽃은 언젠가는 지는 법이다. 학교의 사환은 우리에게 새로 만든 기를 보여주었다. 절반은 소련의 것이었다. 노란 색의 도끼와 낫, 오각의 작은 별이 한 치의 착오도 없이 제자리에 박혀 있었다. 그러나 다른 절반은 중국의 것이 아니었다. 그것은 완전히 새로운 깃발로서, 우리가 지도와 만국기萬國旗에서 종래로 본 적이 없는 것이었다. 학교의 사환은 조용히 낡은 깃발을 내리고, 새로운 깃발을 올렸다.

우리는 매일이다시피 낡은 깃발이 다시 오르기를 기다렸다. 단 일 년만이라도, 그것도 아니면 한 달, 혹은 하루…… 설사 일각이라도 좋았다. 그러나 우리는 늘 실망하곤 하였다. 창고의 유리창에 붙어 서서 벽 한구석에 버려져 있는 낡은 깃발을 바라보는 수밖에 없었다.

오래지 않아, 더욱 놀라운 소식이 전해졌다. 우리 학교의 깃발이 완전히 새로운 모양으로 바뀐다는 것이었다.

나는 두 시간 동안 말미를 얻고 삼촌의 집으로 갔으나 귀교가 늦어지고 말았다. 수토바는 한창 학생들에게 무엇인가 얘기하고 있었다. 그녀는 말을 멈추고서 나에게 왜 이렇게 늦었냐고 물었다.

"이 지역이 안전치 못하여서 삼촌이 할머니를 다른 곳으로 모셔다 드리기로 하였어요. 할머니가 쟈오즈餃子[8]를 먹고 가라고 저를 남겨서요." 나는 그렇게 대답하였다.

내 말을 듣고서도 수토바는 전혀 꾸중을 하지 않았다. 실로 뜻밖이었다. 그녀는 하던 말을 계속하였다. 한 사람 한 사람 소련 학생들에게 어디로 갈 것인지를 물었다. 그러자 학생들은 구호를 외치듯이 대답하였다.

"조국으로!"

"고바레프, 넌?" 이번에는 나에게 물었다.

"조국으로!" 나도 그렇게 대답하였다.

"어떻게 가려는 거냐?"

---

8 중국의 북방 지역의 특식으로서, 얇게 민 밀가루에 고기나 채소 등의 소를 넣고 삶은 음식이다. 한국에서는 흔히 물만두라고 한다.

"삼촌이 돌아와서 절 마중할 겁니다."

수토바는 교탁에서 내려와 골리의 가까이로 다가가 물었다.

"골리?"

"예?"

"넌?"

"……."

골리는 우물우물하며 대답을 하지를 못하였다. 그는 그냥 멍하니 앉아서 벽에 붙어 있는 세계지도를 쳐다보기만 하였다. 그 지도의 바다 가까운 일각에는 그의 조국이 있었다. 여전히 다른 나라와는 서로 다른 색상으로 칠해져 있어서 변경이 구분되고 있었다. 그러나 그는

"골리샤를 따라갈 게요……" 하였다.

수토바는 애들처럼 그를 놀렸다. 손가락으로 골리의 머리를 찌르자 골리는 무겁게 고개를 떨구고 말았다. 그녀는 곧 바로 태도를 바꾸어 진지하게 말하였다.

"골리, 넌 골리샤를 따라 갈 수가 없단다. 장차 고려의 국토 위에 너희 조국의 깃발을 휘날려야지 않겠니? 그것은 고려인의 사명이자 너의 사명이란다."

다음날의 이별을 앞두고 소련 동창생들은 나와 골리에게 많은 선물을 기념으로 나누어 주었다.

"골리는 어디 갔지?" 동창생들이 물었다.

나는 정원에서 골리를 찾아내었다. 그는 혼자서 나무 그늘 아래를 거닐고 있었다. 달빛이 그의 얼굴을 비추자, 눈물방울을 발견할 수가 있었다. 그는 끊임없이 스스로 묻고 있었다.

"어디로 가지?"

결국에, 나는 그에게

"나랑 함께 가자꾸나" 하였다.

우리는 소련 동창생들이 귀국 전용 차량에 오르는 것을 바라보고 나서, 우리들의 여정을 준비하기 시작하였다. 나는 이미 전에 남행 열차 레일(이는 삼촌이 반드시 경과해야 하는 길이다)이 파괴된 것을 알고 있었다. 그러나 우리는 여전히 문 앞에 기대어 우체부가 오기를 기다렸다. 그 많은 편지들이 삼촌에게서 온 편지는 단 한 통도 없었고, 모두 소련에서 부쳐온 것이었다. 동창생들은 우리에게 자신들이 모스크바에 도착하여 많은 사람들의 환영을 받았으며, 그 후 학교로 보내졌음을 전해주었다.

십여 일이 지났지만, 삼촌에게서는 전혀 소식이 없었다. 문지기는 날마다 우리에게 어서 떠날 것을 재촉하였다. 곧 대문을 잠그고 말 것이라는 것이었다. 우리에게 여비가 없는 것을 알고서 문지기는 길을 떠날 수 있는 편법을 알려주었다.

그리하여 하룻낮, 하룻밤 동안 기관차를 탄 끝에, 우리는 바다 위를 떠돌게 되었다.

우리는 비록 화물칸에 숨어들어 마대麻袋들 사이에 틀어박히고, 쥐들이 쉴 새 없이 머리 위를 지나다녔지만, 쉬지 않고 돌아가는 터빈은 마치도

"조국으로 가는 아이들아, 두려워하지 말거라. 배고프다 칭얼거리지 말거라. 너희는 반드시 이 순간을 견디어 내어야 할 것이다!"라고 우리를 달래는 듯하였다.

나는 아주 안심이 되었으나, 골리는 불안한 듯 물었다.

"부두에서 검문이 있었으니, 배에서 내려서도 검문이 있겠지?"

"검문이 뭐가 두려워서?"

"너야 두려울 것이 없지만, 난 어떡하니?"

러시아어로 대화를 나누곤 하였기에, 우리는 서로가 다른 나라 사람이라는 것을 잊은 성싶었다. 골리의 안전을 위하여서는 응당 러시아어 대신 중국어를 해야 했다. 나는 중국어로 고쳐 말하였다.

"이제부턴 중국말을 하자꾸나."

"만약 어느 나라 사람인가 물으면 어쩌지?" 골리는 여전히 러시아어로 물었다.

"중국어로 말하라니깐. 당연히 중국인이라 해야지."

"말이 잘 안되잖아."

나는 그를 테스트해 보기로 하였다.

"어느 나라 사람입니까?"

"중국인입니다."

실로 중국인 같지가 않았다. 그는 악센트를 뒤에 있는 '인'자에 두었다. 비록 내가 말하는 중국어는 다 알아들었지만, 정작 입을 열면 듣기에 너무나 이상하였다.

"중국인 행세를 해야 해. 나의 동생인 체하라고. 말은 내가 할 터이니, 넌 잠자코 있기만 해."

그런데 배에서 내릴 때, 경찰은 굳이 골리에게 물었다.

"넌 왜 말이 없는 거냐? 벙어리냐?"

결국 골리는 고려인인 것이 들통 나고 말았다. 골리가 말하던 마귀가 이곳에도 있었던 것이다. 그렇게 골리는 또 다시 마귀에게 잡혀가게 되었다. 나 역시 옷깃이 누군가의 우악스런 손아귀에 잡힌 것을 본 골리가 말하였다.

"나는 고려인이다. 저 아이는 아니다."

—『문학(文學)』 제6권 제5호, 상해 : 생활서점(生活書店), 1936.5.1

머리카락 이야기

髮的故事

바진巴金

바진[巴金, 1904~2005]은 본명이 리야오탕[李堯棠]이며, 중국 근대의 저명한 소설가, 번역가이자 대표적인 지식인이다. 쓰촨[四川]성 청두[成都]의 관료 가정에서 태어나, 1925년 8월 난징[南京] 동남대학교(東南大學校) 부속중학교를 졸업하였다. 1920년대 초부터 아나키즘 사상을 신봉하였고, 1927년에는 프랑스를, 1934년에는 일본을 다녀왔으며, 그 이후 주로 상해에서 활동하였다. 1935년 이후, 상해 문화생활출판사 총편집(總編輯)으로 『문화생활총간(叢刊)』, 『문학총간』, 『문화생활 소총간(小叢刊)』 등을 주간하고 중일전쟁이 발발한 이후로는 『구망일보(救亡日報)』 편집위원, 『납함[吶喊]』지 주간, 중화전국문예계항적협회(中華全國文藝界抗敵協會) 이사 등으로 활동하며 적극적으로 반일운동에 참가하였다. 해방 후, 중국작가협회 상해분회 주석으로 임직, '문화대혁명' 시기 갖은 고초를 겪었다. 1977년 이후 중국작가협회 주석, 중국정치협상회의 부주석, 국제 펜클럽 중국 본부 회장 등 공직을 맡았으며 2003년 중국 국무원(國務院)으로부터 '인민작가' 영예를 수상하였다. 대표작으로는 격류(激流) 3부작인 장편소설 『집[家]』(1933), 『봄[春]』(1938), 『가을[秋]』(1940) 등과 5부작 산문집 『수상록(隨想錄)』(1978~1986) 등이 있다.

5년 전, 마룬허瑪倫河[1] 강가의 한 작은 도시[2]의 이발관에서 나는 처음으로 나의 흰 머리카락을 보았다. 그것은 늙은 이발사가 나 대신 뽑아 준 것이었다. 그는 크게 놀라며 나에게 말하였다. "흰 머리카락이 다 생기다니? 자네 아직 새파란 나이구먼!"

나는 마땅히 대답할 말이 없어 그냥 희미하게 웃어 보였다. 그때 마음속에 무엇인가 이상한 느낌이 들었던 것 같으나, 지금으로서는 형용할 길이 없다. 5년이란 결코 짧지 않은 시간인지라, 나는 이미 많은 일들을 잊고 말았기 때문이다.

어제, 나는 낡은 책 한 권을 펼쳐 보다가 책 속에서 흰 머리카락 몇 오리를 발견하였다. 나도 모르게 김金의 일이 떠올랐다. 1년 남짓이 만난 적이 없는 그가, 얼마 전에 불현듯 나를 찾아왔다. 그를 만나, 가장 먼저 나의 눈에 들어 온 것은 그의 백발이 성성한 모습이었다. 그냥 백발이라 하기에는 적당치 않았는데, 그 색깔이 잿빛에 가까웠다. 잿빛의 머릿결 가운데 가끔 검은 머리카락 몇 올이 드러나곤 하였는데, 그것은 자세히 주시해 보아야만 알아챌 수 있는 것이었다. 이는 나로 하여금 1

1 마른느강(La Marne)의 옛 표기이다. 센(Seine)강의 지류로서 프랑스 북부 지역을 흐르며 그 길이가 525km에 달한다. 1차 세계 대전 당시의 마른느 전투로도 유명하다.

2 프랑스 파리에서 동쪽으로 100여 km 떨어진 곳에 있는 소도시 샤토티에리(Château Thierry)를 가리킨다. 이곳은 고전주의 시인이자 작가인 라 퐁텐(La Fontaine, 1621~1695)의 고향으로 유명하다. 1927년 바진은 요양차 샤토디에리의 라퐁텐중학교에서 1년 1개월 남짓이 기숙사 생활을 하면서 중편소설 『멸망(滅亡)』(1929) 등의 창작에 전념하였다. 바진의 『수상록』에 수록된 에세이 「샤토디에리[沙多－吉里]」에서는 "내 머리에 난 첫 번째 흰 머리카락 역시 이곳에서 발견한 것이다. 이곳의 이발사가 그것을 뽑아주었다. 난 그 이발사가 나에게 '어찌 흰 머리카락이 다 나셨습니까? 당신은 아직도 이리 젊으신데!'라고 하였던 기억이 난다. 나의 소설에서 그는 늙은 이발사로 나오지만 실은 중년에 지나지 않았다. 그 당시 내가 젊었기에 나보다 연상의 사람들은 다 늙어 보였던 까닭이다"라고 하고 있다.

년 전 젊음과 활력이 넘치던 그의 머리 색깔을 떠올리게 하였다. 1년 전, 내가 그와 헤어질 때만 하여도 그는 숱이 많고 검고 짙은 머리카락을 하고 있었으며, 얼굴의 혈색 또한 좋았었다. 나는 이처럼 짧은 시간 동안에 그에게 이토록 기이한 변화가 있으리라고는 예상치 못하였다. 만약 거리에서 그를 만났다면 난 틀림없이 알아보지 못하였으리라.

그는 내 맞은편에 앉아 날 바라보면서 담담히 씁쓸한 웃음을 웃더니, 감정을 억누르는 듯한 낮은 목소리로 "일 년 만이군" 하였다.

"일 년 만이군." 나는 건성으로 응대를 하면서, 관찰이라도 하듯이 그의 머리카락을, 그의 얼굴을, 그의 눈동자를 쳐다보았다. 그 모든 것이 1년 전과는 모습이 달라져 있었다. 나는 이 1년간 그에게 무슨 일이 있었기에, 이 나이에 백발이 되고 말았는지 너무나도 의아하였다.

"자넨 별다른 변화가 없군." 그는 냉담한 어조로 말하였다. 그는 내 눈빛을 피하고 있었는데, 아마 나의 눈빛이 그를 무안하게 하였을 터이다.

"그런가." 나도 담담한 어조로 대꾸하였다. 나 스스로도 내 목소리가 메마르게 들려왔다. 마치도 이번 만남이 별로 유쾌하지 못한 만남이라도 되는 듯이, 우리는 서로를 건성으로 대하는 듯하였으나 실은 그렇지가 않았다. 이렇게 오래 헤어져 있는 동안, 나는 그가 여러 곳을 떠돌아다녔음을 잘 알고 있었고, 그를 다시 만나 많은 얘기를 나누고 싶어 하였다. 그러나 지금 와서 예기치 못하였던, 변화된 그의 모습을 대하자니, 나는 자기도 모르게 생경하고 불쾌한 느낌이 들었을 뿐이었다. 그리하여 그에게 하려고 준비하여 두었던 말들은 어디론가 먼 곳으로 사라져 버리고 말아서, 갑자기 그 말들을 되찾아 낼 수가 없었던 것이다.

"자네 별로 내가 달갑지 않은 모양이군." 그는 여전히 전혀 감정이 담겨 있지 않은 냉담한 어조로 말하였다.

"아니, 아닐세. 이 1년간 늘 자네 소식을 알아보고 있었네. 얼마나 자네 걱정을 하였다고 그러나." 나는 급히 해석을 하였다. 그가 나의 뜻을 오해한 듯하여 나는 난감한 기색을 드러냈다. 그러나 그가 별로 화난 기색이 아닌지라, 나는 마음을 차차 다시 가라앉힐 수가 있었다.

"한데 왜 아무 말도 없는 건가? 웃지도 않고 말이야." 그는 추궁이라도 하듯이 물었다. 그렇게 말하는 그는 웃거나 화내지도 않았으며, 얼굴이 상기되거나 하얗게 질리지도 않았다. 다만 엄숙한 표정을 하고 있었다.

이런 상황은 나로서는 처음이었다. 예전의 그는 결코 이렇게 괴벽한 사람이 아니었다. 나는 당황했다. 무슨 말을 해야 그가 기분이 풀릴지 도무지 알 수가 없었다. 그는 눈을 부릅뜬 채 나를 바라보고 있었는데, 그 기괴한 눈빛은 나로 하여금 온 몸에 소름이 돋게 하였다. 몹시도 불편하였다. 나는 얼떨결에 그의 머리카락을 가리키며

"자네 머리카락이……" 하다가 말을 중간에서 삼키고 말았다.

순간 그의 눈빛이 부드러워졌다. 그 변화가 하도 빨라, 마치 마술 손가락이 닿는 순간 기적이 이는 것과도 흡사했다. 담담하고 냉정하던 그의 태도에 동요가 일었다. 나는 그의 탄식 소리를 분명히 들을 수가 있었다. 복잡한 감정을 드러내는 그의 탄식 소리는 숨김없이 이 1년간 그가 겪은 생활을 보여주고 있었다. 나는 그 모든 속사정을 깡그리 읽어 낼 수 없는 것이 안타까웠다.

우리는 서로 상대를 바라보았다. 나는 그가 입을 열기를, 그는 내가

입을 열기를 기다렸다. 일각 정도 침묵의 시간이 흐른 뒤, 그가 입을 열었다.

"밍銘이 죽었네."

짧은 한마디뿐이었다. 밍은 그의 아내였는데, 나도 여러 번 본 적이 있는 건강하고 젊은 여인이었다. 나는 이미 전에 그녀가 병사病死한 소식을 전해들은 바가 있었다. 그녀가 그렇게 일찍 죽을 줄을 미처 생각하지 못하고 있었지만, 오늘과 같은 세상에서 사람이 한 명쯤 죽는 것쯤은 별로 대수로운 일이 아니었기 때문에 나는 그만 잊고 있었던 것이다. 그가 얘기를 꺼내기에 이르러서야 나는 비로소 그것을 다시 떠올리게 되었다.

"알고 있었네." 나는 그렇게 대답하였다. 나는 그의 이 모든 변화가 결국은 온전히 밍의 죽음에서 비롯된 것임을 깨닫게 되었다. 나는 한결 더 그를 동정하게 되었다. 무언가 위안이 될 만한 말을 찾고 싶었다.

"내가 그녀를 죽인 것일세. 자넨 아마 모를 것이네. 내가 그녀를 해친 것일세." 그는 입을 실룩이며 마치 무언가 말하고자 하면서도 말을 꺼내는 것이 두려운 듯하였다. 얼굴의 근육이 경련을 일으키더니, 결국에는 에라 모르겠다는 듯이 그렇게 내뱉었다.

"지난 일은 잊게나. 사람이 죽는다는 것은 등불이 꺼진 것이나 마찬가지가 아닌가. 다 지난 일일세. 여직 그녀 일을 생각해서 무슨 소용이 있겠나?" 나는 그가 점점 격해지는 것을 보고, 공연히 지난 일이 그의 마음을 과도히 슬프게 하여, 더욱 아픈 기억이라도 이끌어낼까 봐, 그렇게 말하였다. 단번에, 그의 추억의 통로를 밀봉해 버림으로써 그가 불쾌한 지난 일을 더 이상 꺼내지 않게 하기 위해서였다.

그는 희미하게 웃었다. 그런 웃음을 나는 종래로 본 적이 없었다. 그 웃음에 묻어 있는 것은 주체할 수 없는 분노와 원망, 그리고 고뇌였다. 그의 얼굴에 잡힌 주름살들이 또렷이 내 눈에 들어왔다. 그의 누렇고 야윈 삼각형의 얼굴에 고통스러운 경련이 일었다. 그러한 그의 표정은 나로 하여금 두려움을 느끼게 하였다. 그는 마치 자신이 지금 이 순간 느끼고 있는 모든 것을 나에게 전염이라도 시키려는 듯싶었다.

나도 서서히 감정이 격해지기 시작하였다. 나는 내심 불안하였다. 무언가 찜찜한 것이 일종의 위압감으로 나를 엄습해 오는 듯이 느껴졌다. 나는 있는 힘을 다하여 몸부림치고, 저항함으로써 자신의 심경心境을 지키고 싶었지만, 온갖 노력이 다 소용이 없었다. 나는 자신을 주체할 만한 힘을 잃기 시작하였다.

"그녀는 한동안 친구 집에 머물러 있었다네. 작은 시골 마을이었지. 그녀는 몸이 너무 허약해 자주 병에 걸리곤 하였으나 나는 그녀를 찾아가 볼 수가 없었다네. 가끔 그녀랑 소식을 주고받는 것이 고작이었지. 그녀가 곧 애를 낳게 되어 나는 그녀를 찾아가게 되었네. 그러나 산 중턱에서 왜놈들과 맞닥뜨리고 말았네. 난 백양나무 숲 속에 숨어 그자들과 반나절이나 총싸움을 하다가, 밤이 되어서야 도망쳐 나올 수가 있었다네. 그 뒤로는 다시는 가 볼 엄두를 내지 못하였지. 며칠 뒤, 친구들이 나에게 소식을 가져왔지. 그녀가 갓난아기랑 함께 죽고 말았다고 말이야. 죽고 만 것일세, 그렇게 보잘것없이 죽고 만 것일세." 여기까지 말하고 나서 그는 고개를 들어 천정을 향하여 길게 한숨을 내쉬었다. 마치 하늘을 올려다보는 듯싶었으나, 하늘은 지붕에 가려져 있었다. 결국 그의 한숨 소리는 지붕을 뚫고 솟구치지 못하고 되돌아와, 원통히 집안 곳곳에서 떠돌았다. 그의 눈동자는 메말라 있었고, 눈귀에는 핏발이 서 있었으며 눈자욱이 우묵하니 들어가 있었다. 그는 두터운 입술을 꽉 깨물었다.

그의 말들은 내가 상상치 못하였던 것들이었다. 그러나 듣고 보면 놀랄 만한 일도 아니었다. 나는 김과 같은 부류의 사람들의 삶이 우리와 다름을 알고 있었다. 그네들의 사상, 감정 역시 우리와는 얼마간 차이가 있었다. 그들에게는 무엇이나 가능한 일이었다. 여러 가지 언어를 할 줄 알았고, 여러 가지 무기를 지니고 다녔으며, 여러 나라 국토를 누비고 다녔는데, 이러한 것들은 그들에게 있어서는 예사로운 일이었다. 예전의 그는 비록 지극히 온화한 사람인 듯싶었으나, 필경은 그 역시 그러한 사람들 중의 일원이었으므로 당연히 그네들이 가야 할 길을 갈 것이었다. 비록 이러한 사실을 잘 알고 있었지만, 그의 말은 서서히 내 마음 속의 파도를 일렁이게 하였다. 나는 묵묵히 그를 바라보면서 그의 얼굴에서 그가 그 당시 겪었을 모든 것을 읽고자 하였다.

"자네도 기억이 날 걸세. 6년 전, 북경의 ××아파트[3]에서 우리 몇이 한담을 나눈 적이 있지. 그때 나는 한창 밍이랑 연애를 할 때이었지. 자넨 나보고 결혼을 하라고 권하였고, 박朴은 되레 반대를 하였지. 그는 나와 밍은 전혀 다른 부류의 사람이기 때문에 함께 생활해서 좋은 일이 없을 것이라고 하였지. 그때, 자넨 그런 국가 관념을 갖고 있어서는 안 된다고 박을 책망하였지. 그 뒤 나는 박의 권고를 뒷전으로 한 채 밍과 결혼을 하였네만, 이제 와서야 나는 그때 박이 옳았음을 깨닫게 되

3 『바진문집』 제9권(인민문학출판사, 1959)과 『바진전집』 제11권(인민문학출판사, 1989)에서는 '통싱궁위[同興公寓]'로 이름이 명시된다.

었네.” 그는 또 한 번 한숨을 내쉬고는 몸을 일으켜 창가로 걸어가더니 그곳에 서서 거리의 경치를 내려다보았다.

추억이 나의 마음을 괴롭혔다. 나는 6년 전의 일이 기억이 났다. 때는 여름이었다. 북경에 도착한 지 얼마 안 되어 나는 한 아파트에서 머물고 있었다. 아주 조용한 곳으로서 서너덧 명의 손님만이 들어 있었고, 뜰에는 큰 홰나무가 한 그루 서 있었다. 낮에는 몹시도 더웠는데, 나는 더위뿐만이 아니라 외로움도 느끼곤 하였다. 밤에는 김과 박이 자주 찾아와 얘기를 나누곤 하였는데, 나는 박의 소개로 김을 알게 되었으며, 얼마 지나지 않아서 잘 아는 친구 사이가 되었다. 팔월의 밤이었다. 밝은 달이 하늘 높이 걸리고, 미풍이 홰나무의 가지를 흔들고 있었다. 우리는 뜰에 앉아 박이 격동되어 도도히 쏟아 내는 백양나무 숲과 눈 덮인 산꼭대기에서의 이야기를 잠자코 듣곤 하였다. 박은 이 모든 것을 몸소 겪은 사람이었기에 그의 이야기는 생동감에 넘쳤으며 살아 숨 쉬곤 하였다. 박은 내가 존경하고 사랑하는 벗의 하나였다. 그는 내가 프랑스에 가기 전날, 나를 보기 위하여 한밤중에 우리 집을 찾아와서 거의 온밤 이야기를 나눈 적이 있었다. 그러나 내가 프랑스에서 돌아 왔을 때에는 박이 이미 이 세상을 떠나고 난 뒤였다. 그는 눈 덮인 산 위에서 살해당하였다고 한다. 그는 3명의 동행과 함께 50여 명에게 쫓겨 산꼭대기에 포위된 채 하룻밤을 지냈다. 이튿날 이른 아침, 그는 권총 두 자루를 들고 산 밑으로 달려 내려가 예닐곱 명을 쏴 죽였으나, 나중에 자신도 난사당하여 죽었다고 한다. 나는 몸집이 왜소한 박이 그러한 일을 해내리라고는 예상치 못하였다. 이 이야기는 김이 직접 나에게 들려준 것이었다. 그 당시 김은 깊은 감명에 잠겨 있었으나, 그렇다고 직접 그 일을 목격한 것은 아니었다. 김은 비록 박과 한 고향 사람이긴 하였지만, 박의 활동에 참가한 적은 없었다. 헌데 지금 우리가 못 본 지 1년이 되는 지금, 김은 나의 면전에서 "박이 옳았던 것이야" 하고 있는 것이었다. 박의 평범한 얼굴이 눈앞에서 어른거렸다. 나는 고통스레 과거 우리들의 우정을 떠올렸다. 그러나 곧 이어, 주름 가득한 김의 얼굴이 그 모든 것을 가리고 말았다. 나는 불현듯 김의 광대뼈가 각별히 불거져 나오고 얼굴빛이 각별히 검다는 사실을 발견하고 깜짝 놀라게 되었다.

김은 나의 맞은편에 서서 손을 들어 자신의 희끗희끗한 숱 많은 머릿결을 쓰다듬더니, 두 손을 바지 주머니에 찌르고 몸을 곧추세웠다. 그는 낮고 어두운 목소리로 계속 말을 이었다.

"나는 밍과 몇 년간 동거를 하였지. 그녀는 나 때문에 걱정하지 않는 날이 하루도 없었다네. 그는 우리가 서로 다른 두 나라 사람임을 하루도 잊지 않고 있었다네. 그의 강건하던 육체는 바로 이러한 걱정 때문에 훼손되고 말았지. 나도 실은 내가 밍이나 자네들과 마찬가지의 사람이 되기를 원했네. 박과 그네들이 하는 일에 참가하지도 않았고, 자네들의 언어를 쓸 줄도 알았지. 그러나 이 모든 것은 다 소용이 없었네. 나는 밍이나 자네들과 감정이 같을 수가 없었네. 우리들의 사상, 우리들의 감각은 다른 사람들과 전혀 다른 듯하네. 우리는 어려서부터 집게에 집혀 있었으며, 그것이 너무나도 옥죄어 마치 우리의 신체구조를 깡그리 개조라도 시킨 듯하네. 심지어 자네들과 함께 지낼 때조차 나는 몸이 여전히 묶여 있는 듯한 느낌이 들곤 하였지." 여기까지 말하고 나서 그는 한쪽 팔을 들어 자신의 흐트러진 머리를 몇 번 긁었다. 그는 방 안에서 두어 걸음 거닐고 나서, 원래 앉았던 의자 앞으로 가더니 자리에 앉았다. 예리한 눈빛으로 나의 얼굴을 한참 훑어 보고나서 다시 말을 시작하였다. "나는 이 모든 것을 참고 견디었네. 늘 두려움에 떨면서 이 모든 것을 참고 견디어 내었지. 난 단지 밍과 행복한 생활을 하고 싶었을 뿐이네. 그러나 적들은 날 가만두지를 않았네. 늘 나를 괴롭히곤 하였지. 뿐만인가, 나는 자네들한테서도 멸시와 괄시를 받곤 하였지. 때로 나는 다만 자네들과 마찬가지의 사람이 되고 싶었을 뿐이지만 그것조차 가능치가 않았네. 자네 쪽 사람들마저 날 깔보고 싫어하였지. 마냥 우리와 같은 부류의 사람들은 인간이 아니기라도 하듯이……. 밍은 종래로 나한테 시집온 것을 후회한다거나 하는 뜻을 내비친 적이 없었네. 난 그녀가 결코 그러한 생각을 지니지 않았음을 잘 알고 있네. 그러나 나는 그녀의 마음속에 깃들어 있는 우울을 볼 수가 있었다네. 특히나 그녀가 견디기 힘들어한 것은, 설령 이러한 환경 속에서조차 우리 두 사람은 여전히 각자 다른 생각을 지니고 있다는 점이었네. 모든 일에 있어서 우리 두 사람은 견해가 서로 달랐지. 그녀는 시종 나를 사랑하였지만, 왜 내가 자네들과 마찬가지의 감정을 지니고 있지 아니한지, 왜 내가 자네들과 마찬가지로 조용한 삶을 살 수 없는지를 이해하지 못하였다네……. 그녀의 몸은 하루하루 야위어가고 약해졌으며 자주 앓기 시작하였다네. 나는 이러한 변화를 잘 알고 있었네. 또한 이 모든 것이 나 때문에 비롯된 것임도 잘 알고 있었네……. 난 점차 그녀와 내가 결혼한 것은 잘못된 일임을 깨닫게 되었네. 그러나 나는 극구 방법을 대어 만회하려고 하였네. 나는 모든 힘을 다해 견디어 냈으며, 그녀와 나 두 사람 모두 행복해지게 하려고 필사적으로 노력하였다네. 그때 우리 고향에서 갑자기 난리가 일었네. 그 때문에 우리처럼 말썽 없이 밖에서 지내던 사람들조차, 더는 조용히 지낼 수가 없게 되었다네. 난리는 당연히 얼마 지나지 않아 진압되었지만, 그 자들은 단지 내가 전에 박과 내왕이 있었다는 이유로 나를 고향에 압송해 가기로 하였다네. 그 때문에 나는 부득불 자네들을 떠나, 그곳으로 도망갈 수밖에 없었다네. 난 워낙 밍을 이곳에 남기려고 했었네. 허나 그녀는 한사코 날 따라 나섰네. 그녀는 비록 자신이 건강이 좋지는 않지만 달갑게 나와 함께 어려움을 견뎌 낼 것이라 하였네."

그는 잠시 말을 멈추고 눈길을 돌려 멍하니 천정을 올려다보더니, 다시 고개를 숙여 묵묵히 검은 때와 먼지가 잔뜩 앉은 마룻바닥을 내려다보았다. 나는 주의 깊게 그를 쳐다보았다. 그는 무언가 비참한 광경 속에 빠져 몸부림이라도 치듯이 얼굴 근육이 부들부들 떨리고 있었다. 이윽고, 그는 여전히 고개를 숙인 채 말을 이었다.

"그녀는 이미 임신한 몸이었네. 그곳에 이르러 두 달이 채 안되어서 그녀는 앓아눕고 말았다네. 계속하여 날 따라다니면서 방랑하는 삶을 살게 할 수는 없었네. 그래서 나는 그녀를 농군으로 지내는 친구 집에 맡겼지만, 그곳도 안전치 못하여 나중에는 또 다른 곳으로 옮기게 하였네. 그녀는 그곳에서 죽었다네." 그의 목소리가 변하더니 울음이 섞이는 듯하였다. 문득 고개를 들어 나를 쳐다보았다. 그의 눈은 몹시도 메말라 있었다. 당장이라도 불을 뿜어낼 것만 같았다. 얼굴조차도 내면에서 타오르는 불길에 까맣게 그을린 듯하였다. 그의 얼굴은 종래로 한 방울의 눈물조차 묻어 본 적이 없는 얼굴인 듯싶었다. 과연 그는 자기 스스로 말하듯이 우리와는 감정이 달라 보였다. 이러한 생각이 불현듯 나의 마음을 환하게 비추어 나로 하여금 무언가 새로운 이치를 깨닫게 하였다. 그러나 그 때문에 나의 마음은 더욱 큰 고뇌에 사로잡히게 되었다. 나는 그의 말에 한마디도 낄 수가 없었다. 나에게 들려줄 또 어떤 말들이 남아 있을는지 알 수가 없었다. 그에게 더욱 끔찍한 이야기가 남았을 수도 있으리라는 생각이 들었다. 나는 다만 떨리는 가슴을 가까스로 누르며 계속 귀를 기울일 수밖에 없었다.

또다시 머리를 긁적이던 그가 갑자기 힘주어 머리카락 몇 올을 뽑아내었다. 그는 말없이 머리카락을 만지작거리더니, 좀 지나 혐오스럽다는 듯이 그것들을 땅바닥에 내던졌다. 혼잣말을 읊조리듯이 "내가 그럴 줄 알았어. 언젠가는 그런 날이 올 줄 알았지. 가끔은 차라리 그녀가 죽는 게 낫겠다 싶었어. 그것이 내가 움직이기에도 한결 편리할 수 있는 거잖아. 그녀의 죽음은 결코 나로 하여금 큰 비통에 잠기게 하지는 않았네. 내 머리카락이 그때 하얗게 센 것은 아닐세. 이건 두 달 전의 일에 불과하네. 어느 날 밤, 우리는 한 농가에서 회의를 하다가 포위를 당하였지. 그자들이 몇이나 되는지 알 수가 없었네. 우리는 단 다섯뿐이었네. 그자들과 밤 내내 전투를 벌였지. 날이 밝을 무렵 하여, 나 혼자 남게 되었는데 탄알조차 남지가 않았다네. 나는 담벼락을 타고 넘어 도망을 쳤지. 놈들이 서너 명 나를 뒤쫓았다네. 나는 한 1리쯤 달아나다가, 수수밭으로 숨어들었다네. 밖에서는 심심찮게 총소리와 사람들의 말소리가 들려오곤 하였지. 그자들이 도처에서 나를 수색하고 있었던 것일세. 그자들의 고함 소리를 들을 수가 있었지. 나는 꼼짝달싹 할 수가 없었네. 아무것도 먹지 못하고 물 한 모금조차 마시지 못하였으나 배가 고프거나 목이 마르지도 않았다네. 나는 꼬박 이틀 밤 이틀 낮을 그렇게 누워 있다가 그자들이 멀리 사라진 뒤에야 반은 기어서, 반은 걸어서 그곳을 벗어났지. 잘 아는 농가까지 겨우 걸어가서 하루를 묵었다네. 그 집 주인은 날 알아보지를 못하였네. 내 머리는 그 이틀 사이에 하얗게 센 것이라네. 나의 얼굴과 나의 눈도 그 이틀 동안에 모습이 변한 것이라네. 많은 사람들이 더는 나를 알아보지 못하였다네. 그 뜻밖의 변화가 되레 내 목숨을 구한 것일세. 그렇지가 않았더라면 지금 내가 이렇게 살아서 자네들이 있는 곳까지 찾아올 수가 없었을 것일세."

그는 몸을 일으키더니 빙그레 웃음을 지었다. 그의 미소에는 여전히 즐거움이 담겨져 있지는 않았으나, 대신 메마른 얼굴에 생기가 돌게 하였다. 그의 눈빛이 갑자기 빛나더니 섬광처럼 나의 얼굴을 훑고 지났다. 그것도 잠깐이었고 여전히 깊고 침울한 한 쌍의 검은 눈동자만 남았을 뿐이었으나, 전처럼 건조해 보이지는 않았다. 나는 그가 갑자기 젊어지기라도 한 듯, 아주 이상한 느낌이 들었다.

"그럼 가봐야겠네." 그는 짧게 한마디하고 나서 손을 내밀어 나와 악수를 하였다. 그는 나의 손을 꽉 틀어쥐었다. 거친 손아귀는 아주 힘이 세어, 내 손이 아플 정도였다.

"자네 다시 들리는 거겠지?" 나는 아쉬운 마음으로 조금은 당혹스러워 하며 물었다. 본시 그에게 하고 싶은 말이 아주 많았으나 한마디도 할 수가 없었다.

"아닐세. 난 내일이면 떠나야 하네." 그는 고개를 저으면서 결연한 목소리로 대답하였다.

"기왕 이곳에 온 바에 왜 좀 더 머무르지 않는 건가?"

"또 볼일이 있다네. 여기서 하루 더 머문다고 도움이 되는 것도 아닐세. 자네에게 일일이 설명하기 힘든 일이네. 우리네 감정은 자네들 대부분 사람들과 같을 수가 없네. 자네들은 조용히 살아갈 수가 있네만 우리는 그럴 수가 없다네. 아마 우리와 자네들은 같은 세상에서 살아가는 사람들이라고 할 수가 없을 것이네……. 아마도, 다시 이곳에 올 기회가 없을 듯하네. 자네 동포들은 모두 나를 깔보고나 혐오스러워하는데도, 자네만은 나를 친구로 대하였지. 그래서 자네를 찾아온 것이네. 자네에게 이 1년간 내가 어떻게 지냈는지를 알려주기 위해서 말일세. 지금 내 맘속의 모든 생각을 알려주기 위해서 말일세. 자네는 다 알만 하리라 믿네. 이제 다시 자네를 찾아와 번거롭게 할 일은 없을 것이네." 말을 마치고 나서 그는 다시 한 번 빙그레 웃어 보이고 나서 큰 걸음으로 집을 나섰다. 내가 아래층으로 달려가 그를 뒤쫓아 갔을 때에는 그는 이미 종적을 감추고 없었다. 전차가 한 대 막 발차하고 있었다. 그 안에 그가 있는지도 모를 일이었다.

나는 잠시 인행도에 멍하니 서 있다가 낙담을 하고 천천히 걸음을 옮겨 집으로 돌아왔다. 나는 심정이 막막하기 그지없었다. 고개를 숙인 채 방 안에서 한참을 거닐다가 문득 조금 전에 그가 뽑아 마룻바닥에 던진 머리카락 몇 올을 발견하였다. 나는 허리를 굽혀 그것들을 주어 한참이나 바라보다가 소중히 책갈피 속에 끼워두었다.

과연 그 이후로 김은 다시 나를 찾아오지 않았는데, 필히 그곳으로 간 것이었다. 최근에도 나는 그의 소식을 전해 듣지를 못하였다.

오늘 나는 밖에서 이발을 하고 돌아와, 문득 내 머리에 흰머리가 여러 올 있는 것을 발견하고는 혼자서 그것들을 뽑아내었다. 이번에는 나도 그것들을 한참이나 매만지다가, 어제 읽던 낡은 서적을 펼치고서 김의 머리카락을 꺼내어 나의 것과 함께 비교해 보았다. 그 머리카락들은 완전히 같은 모양이었다. 나 스스로도 두 사람의 머리카락이 서로 어떻게 다른지 구분해 낼 수가 없었다. 그럼에도 사람만큼은 서로 완전히 다른 두 부류의 사람임을 나는 잘 알고 있었다. 그것을 깨닫게 되자 나 스스로 무안하였다. 나는 절망에 빠져 두 사람의 머리카락을 한데 섞어 한 줌으로 만들어 버렸다. 마음속으로 이번에야 좋고 나쁨을 가릴 수가 없겠지 하고 생각하였다. 그러나 나중에 마음이 가라앉고 나자, 얼마간 후회가 되기도 하여, 나는 다시 나의 머리카락과 김의 것을 갈라놓을 생각을 하게 되었다. 그러나 아무리 애써도 되지가 않았다.

(5월 2일)[4]

—『작가(作家)』 제1권 제2호, 상해 : 작가사, 1936.5.15

4 단행본 『머리카락 이야기[髮的故事]』(상해 : 문화생활출판사, 1936.12)에서는 "4월 4일, 1936년"으로, 『바진전집』 제11권(인민문학출판사, 1989)에서는 "1936년 4월 상해에서"로 되어 있다. 학계에서는 4월이 정확한 것으로 파악하고 있다.

만주 이야기

滿洲瑣記

다이핑완戴平萬

장핑촨[張萍川]이란 필명을 사용하기도 하였는바, 「유랑인」의 저자와 동일인이다.

유격대에 있는 친구 몇 명이 나를 만나고 싶어 하였으나, 상황이 상황인지라 시내로 와서 나를 만날 수가 없었다. 그들은 나에게 서찰을 보내 그들이 안전하다고 여기는 한 마을로 와서 회합할 것을 제안하였다. 아침 일찍이 시내 밖에 있는 숲 속에 이르러 길을 안내해줄 사람을 기다리라는 것이었다. 서찰에는 안내인은 내가 아는 여자 아이라고 쓰여 있었다. 나는 도무지 누구인지 짐작이 가지 않았다. 내가 만주에 온 지는 일 년이 채 안되었기에, 그런 여자가 날 알 리 만무했기 때문이다. 그러나 나는 친구들을 신뢰하였기 때문에 예정대로 약속된 장소로 나가기로 결정하였다.

그날 이른 아침, 동이 틀 무렵 나는 이미 약속된 잡목림 속에서 오래도록 서성이고 있었다. 숲 속은 아주 고요하였는데, 벌레 소리나 새 소리조차 들려오지가 않았고, 기다리다 못한 나는 조금은 싫증이 났다. 그때 불현듯 급한 발걸음 소리가 점점 가까이로 다가오더니, 흰 저고리에 검정 치마의 고려 복장 차림을 한 여인이 나무들 사이에서 날 향해 미소 짓는 모습이 눈에 들어왔다.

"절 모르시겠어요?"

나의 앞에 다가와 선 그녀는 대뜸 그렇게 물었다. 그녀는 체격이 건장하고 코가 널찍이 큰 열대여섯 살쯤 되어 보이는 고려인 아가씨였다.

"낯은 익어 보이는데 잘 기억이 나지 않는군요." 나는 멍하니 서 있었다.

"것 참, 샤오리小李[1] 선생님, 건망증이 심하시군요. 그러나 전 영원히

1 '작은 이선생님'이란 뜻이다. 중국인들, 특히는 중국의 북부 지역에서는 사람을 호칭할 때 성씨 앞에 작음을 뜻하는 '샤오'나 늙음을 뜻하는 '라오'를 붙임으로써 친근감을 표시

선생님을 잊을 수가 없습니다. 라오리老李 선생님은 잘 계시는가요?"

그제야 나는 기억이 났다. 내가 갓 봉천奉天에 이르렀을 적의 일이었다. 그때, 나는 사회 상황을 보다 잘 이해하기 위하여 넉넉히 시간을 잡고 한동안 선양沈陽[2]에서 체류하기로 작심하였다. 그러나 묵을 곳이 문제였다. 여관에 들자니, 돈이 드는 것은 둘째고 밤이면 여행객들에 대한 검문이 있어서 불편하기가 그지없었다. 야심한 밤에 잠자리에서 끌려가기 십상이었는데 아주 괴로운 일이었다. 더군다나 나로서는 헌병들의 웃는 듯 마는 듯한 표정이 눈꼴사나웠다. 셋집을 얻는 것 역시 쉽지가 않았다. 호적을 대야 할 뿐더러 가게 명의의 보증이 있어야 했으며 그 외에도 여러 가지 번거로운 수속을 밟아야만 했다. 이러한 것들 때문에 나는 난처하였다. 결국 나는 친구의 호의를 사양하다 못해, 선양에서 10여 리 떨어져 있는 라오리老李 집으로 거처를 정하게 되었다. 나는 여러모로 번거로움을 피하기 위하여 이 친구의 동생 행세를 하게 되었고 성도 이가로 바꾸었다. 친구는 철도공장의 노동자였는데 사람들은 모두 그를 라오리라고 불렀기에 나 또한 샤오리가 되고 말았던 것이다. 그 이후로 사람들은 라오리를 나의 형으로 알게 되었다…….

"그렇구나, 이제 기억이 나는구나!" 나는 그렇게 외쳤다. "네가 바로 우리 옆집에 살던 페이페이구나."

"그렇죠!" 그녀는 기뻐하며 고개를 끄덕이었다.

"몰라보게 변했구나. 북방어北方語[3]도 제법 늘었는걸."

한다.

2 선양은 중국 동북지역의 랴오닝성 성 소재지로서 근대에 봉천으로 불리우기도 하였다.

3 중국에서는 흔히 장강(長江) 이북 지역을 북방이라 하며 그 남부 지역을 남방이라 한다.

"그래도 아직 중국인이 되지는 못하였는걸요!"

우리는 웃음을 터뜨리고 말았다. 숲 속에 난 오솔길로 가로질러 가다보니, 무성한 나뭇가지와 잎들 때문에 우리는 이야기가 끊기고 말았다. 대신 백양나무들이 사르락사르락 소곤대고 있었고 느티나무들이 바람 속에서 고개를 젓고 있었다. 그녀는 길을 가로막고 있는 가시덤불들을 조심하며 앞장서 걸었고, 나는 묵묵히 그녀의 뒤를 따라가면서 반년 전의 일들을 떠올렸다.

그때, 나는 성도 고치고 형님도 모셨으니, 친구네 집에서 마음 놓고 지낼 수 있으리라 믿고 있었다. 그러나 며칠 지나지 않아, 불편함을 느끼게 되었다. 울안에서 함께 사는 모든 사람들이 의심스러운 눈초리로 나를 주시하였기 때문이었다. 솔직히 나는 비승비속의 어정쩡한 인물이었다. 아무것도 하는 일이 없었고, 거리에 나가지도 않았으며 종일토록 집에만 붙박여 있었기 때문이다. 게다가 나는 남방인인지라 듣는 귀와 말하는 혀가 모두 영민치 못하였다. 한마디로 의심을 살만하였던 것이다. 그러나 그러한 것은 적의敵意에서가 아니라 인류의 호기심에서 비롯된 것이었다. 결국 내가 직장을 잃어 여기에 와 머물게 되었다고 둘러대자, 사람들은 바로 의심을 풀었다. 아마도 같은 울안에 사는 이들로서 누구나 일자리를 잃은 것에 대해서는 너그러웠으리라. 생활이란 본시 정상적이기가 힘들었기 때문이다.

그럼에도, 나는 여전히 마음 놓고 지낼 수가 없었다. 울안 사람들의 눈총을 피할 수가 없었을 뿐더러, 이번에는 조금은 질투가 섞인 멸시가 더해졌다. 그것은 내가 옆방에 사는 고려인 가족과 사귀게 되면서부터였다.

우리가 사는 정원은 아주 작았는데 평행으로 여섯 칸의 작은 방들이 딸려 있었고, 방마다 한 가족씩 들어 있었다. 집집마다 생계를 유지하는 방법이 달랐다. 첫머리에 살고 있는, 집주인을 대신하여 집을 관리하고 집세를 받는 청지기 외에는 다들 가난한 사람들이었다. 그들은 채소를 파는 사람으로, 마차몰이꾼으로 제각기였다. 나의 친구인 라오리(아니, 나의 형 라오리라 해야 할 것이다)의 경우는 제법 유족한 편이었는데, 그는 달마다 '큰 공장'에서 30여 원의 급여를 타곤 하였다. 그중에서 가장 어려운 집이 고려인 가족이었다. 남자가 없이, 어미와 딸 두 사람만 살고 있었다. 그 어미는 이미 나이가 들어 공장에서 고용을 하지 않았기에, 종일 집안에 엎드려 새끼를 꼬곤 하였다. 딸은 또 나이가 너무 어린지라, 이처럼 비정한 사회에서 전혀 살아갈 방도를 찾을 수가 없었다.

어느 하룻밤, 아마 여덟 시경이었다. 나는 아직 잠들지 못하고 있었다. 그때 옆집에서 모녀간에 심하게 다투는 소리가 들려왔다. 방안 가득한 울음소리와 어미가 화내며 딸을 때리고 욕하는 소리, 딸이 대꾸하는 소리 등이 요란하였다. 라오리도 결국 잠결에 놀라 깨어나게 되었다.

"씨팔!" 라오리가 중얼거리며 욕지거리를 하였다. "좆같이 웬 소란이야?"

"우리 옆집이라네." 내가 말했다.

"우리 옆집이 옳네. 옆집의 저 늙은 여편네는 정말 죽어 마땅하이. 만날 딸더러 나가서 몸을 팔라고 한다네! 헌데 저 딸아이만큼은 기개가 있어서 한사코 거부를 한다네. 지금 또 딸애를 때리고 있는 거라네.

젠장!"

소위 위대한 모성애는 이미 사라지고 없는 것일까? 나는 혼자서 그런 생각을 하였다…….

이튿날 아침, 내가 물을 버리러 나가보니, 그 고려인 딸애가 헝클어진 머리를 한 채, 문턱에 멍하니 넋을 놓고 앉아 있었다. 얼굴에는 아직도 눈물 흔적이 남아 있는 듯하였다. 그녀는 실제로 몸이 아주 좋았다. 통통한 것이, 비록 남루한 옷일지라도 그 청춘의 활력을 가리지 못하고 있었다. 아마 내가 자신을 바라보고 있는 것을 느꼈는지 그녀는 고개를 들더니 주저주저하며 물어왔다.

"선생님도 중국인이세요?"

"왜 그리 묻는 게냐?"

"울안의 다른 사람들도 다 알고 싶어 하는 물음이에요. 선생님은 중국말을 할 줄 모르잖아요."

"그래. 나는 북방말을 잘 못하지. 난 중국의 남방 사람이란다."

"정말이세요? 남방 사람도 중국말을 배워야 하는 건가요? 잘된 일이네요." 그녀의 눈이 갑자기 빛났다. 그녀는 다시 아주 진지하게 "샤오리 선생님, 저를 좀 도와주실 수 있을까요? 저에게 어찌해야 중국의 남방인이 될 수 있는지 좀 가르쳐 주세요. 전 남방인처럼 되고 싶어요. 진심으로 그렇게 되고 싶어요" 하였다.

중국의 남방인처럼 되고 싶다니? 무엇 때문일까? 너무나 괴상한 일이 아닌가? 나는 잠자코 있었다.

"일거리를 찾으려고요." 그녀가 설명을 하였다. "어디서도 절 쓰려 하지 않아요. 저를 '가오리반즈高麗板子'[4]라고 욕을 하지요. 가는 곳마다에서 그렇게 괄시를 받아요. 만약 제가 중국인이라면 그런 괄시를 받지 않아도 될 거잖아요. 그러나 저는 아무리 하여도 중국어를 제대로 흉내 낼 수가 없어요. 입을 열기만 하면 들통이 나거든요. 너무 재수가 없어요. 만약 제가 남방인이 될 수만 있다면, 선생님처럼 말이에요, 그럼 되는 거잖아요."

그녀의 말이 너무나도 기상천외한 것인지라 나는 그녀가 나랑 우스개를 하는 것이 아닐까도 싶었다. 그러나 그렇듯 천진하면서도 간곡한 그녀의 말투를 보아, 나는 그녀가 일자리를 찾기 위하여 이미 온갖 방법을 다 써봤음을 알 수가 있었다.

"중국인이 된다 하여 꼭 일자리를 찾을 수 있는 건 아니잖니?" 나는 그렇게 말하였다.

"찾을 수 있고말고요. 있고말고요." 그녀는 아주 단정 지어 말하였다. "방직 공장이든, 담배 공장이든, 모직 공장이든 어디서나 다들 중국 여편네들만 쓴다고요."

그 말은 아마 사실일 것이다. '사변事變'[5] 이후, 사람들은 모두 철도와 공장의 주변으로 모여들었다. 굶주림에 시달린 까마귀 떼처럼, 황폐한

4 '가오리방즈[高麗棒子]'의 변음이다. '가오리방즈'는 중국인들이 한국인을 낮추어 이르는 말이다. 일찍 중국의 명(明) · 청(淸) 시대에 조선의 사절단이 그 잡역들을 '방자'라고 부른 것이 와전되어 '가오리방즈'로 불리우게 되었다고 한다. 청 강희(康熙)제 때 왕일원(王一元)이 저술한 『요좌견문록(遼左見聞錄)』에 '방즈(棒子)'라는 기록이 처음으로 보이며, 청 건융(乾隆)제 16년(1751)에 출판한 『황청직공도(皇淸職貢圖)』 제1권 '조선국 민부(民婦)' 그림의 뒤 페이지에 "조선국 민간인들을 속칭하여 가오리방즈라고 한다"라고 적혀 있다. 건융제 31년(1766) 사신으로 청에 온 홍대용의 『담헌서(湛軒書)』 역시 북경에서 조선 사절단이 중국의 어린애들로부터 '가오리방즈'로 욕보던 일을 기록하고 있다.

5 '만주사변(滿洲事變)'을 지칭한다. 1931년 9월 18일, 봉천(奉天) 외곽의 류탸오후사건[柳條湖事件]으로 시작된 일본의 중국 동북지역 침략전쟁을 말한다.

들판으로부터, 총과 포격에 뒤죽박죽이 된 수림으로부터, 먼 곳에서든 가까운 곳에서든 모두 도시로 몰려들었던 것이다. 살아남겠다는 희망을 안고서. 그리하여 공장이든 작업장이든 사람들로 넘쳐나게 되었다. 이렇듯 생존 경쟁이 치열해짐에 따라, 때로 인종 차별이 이용되기도 하였다. 실제로 그렇지 아니한가. 일본인 노동자는 중국인 노동자보다 급여 차이가 컸는데, 중국인은 매달 많아서 30여 원을 받았지만 일본인 노동자는 백여 원을 받곤 하였다. 누구나가 다 알고 있는 차별 대우였다. 나는 그녀의 말을 믿지 않을 수가 없었다. 그리하여 그녀를 돕기로 결심하였다.

나는 라오리에게 그 사실을 알렸고 그는 그녀를 돕기로 약속하였다.

그 후, 마침내 그녀는 중국 남방인의 자격으로 방직공장의 조방사粗紡絲 작업장에서 여공으로 일하게 되었다. 기쁜 나머지 그녀의 중국어는 전보다 더 엉터리가 되었다.

"라오리 선생님, 샤오리 선생님, 전 뭐라 하면 좋을지 모르겠어요. 말할 줄 모른다니까요. 정말 모르겠어요. 어떻게 두 분 어른께 감사를 드리면 좋을까요?"

그 이후로, 그녀는 늘 나에게 중국 남부 지역의 이모저모에 대해서 물어오곤 하였는데, 오로지 일념으로 남방 아가씨가 되고자 했던 것이다. 내가 가끔 남부 지역의 기후가 얼마나 따뜻한지, 산천이 얼마나 부드럽고 아름다운지를 얘기하기에 이르게 되면 그녀는 더할 나위 없이 즐거워하였다.

"남방은 정말 대단하네요. 참으로 좋은 곳이군요. 우리나라 서울보다도 더 좋아요. 저는 꼭 한번 남방에 가볼 거예요." 그녀는 "하다못해 그곳에서는 거지가 되어도 좋을 거 같아요" 하였다.

그녀는 폴싹폴싹 뛰기까지 하였다. 당장이라도 남방에 이를 것처럼. 그녀는 항상 젊은이로서의 용기와 환상을 지니고 있었으며, 성격 또한 드세고 고집이 셌다. 그녀는 어머니가 욕하고 때린다 해서 양보하는 법이 없었고, 심지어는 제 어머니를 앞에 두고서도 '라오 훈단老混蛋'[6]이라고 욕하기도 하였다.

그 활기차고 고집 센 여자 아이가 바로 지금 나를 안내하여 마을로 가고 있는 페이페이였던 것이다. '페이페이'는 그녀의 이름이 아닐는지도 모른다. 그녀의 어머니가 그녀를 부르는 소리가 이 음과 비슷하여 한 울안에 사는 사람들이 그렇게 부르기 시작하였던 것이다. 그리고 나 또한 스스로도 지나치게 중국화되었다 싶지만, 그 음에 따라 '페이페이佩佩'라는 글자로 적게 된 것이다.

비록 반년밖에 지나지 않았지만 페이페이는 아주 많이 변하여 있었다. 그녀는 더욱 낙천적이고 활달해졌을 뿐만 아니라 사상적으로도 진보하여 있었다. 나는 그녀에게

"페이페이, 너희 '라오 훈단'은 어떻게 되었니?"라고 물었다.

"무슨 '라오 훈단' 말씀이에요?" 그녀는 발걸음을 멈추고 되물었다.

"너희 어머니 말이다!" 나는 웃음을 터뜨렸다.

"하하, 이번엔 기억력이 좋은 걸로 해두지요. '라오 훈단'을 다 기억하시고. 우리 엄마는 죽었어요. '라오 훈단'처럼 죽었지요." 그녀는 잠깐 말을 멈추더니 한숨을 내쉬고 나서 말을 이었다. "우리 엄마도 불쌍

6 '훈단[混蛋]'은 '나쁜 놈'을 뜻하는 중국어 속어이다. '라오 훈단'은 '늙다리'의 뜻을 지니고 있다.

한 사람이에요. 그냥 살아야 한다는 것만 알 뿐이지 어떻게 살아야 하는지는 전혀 모르는 사람이거든요."

우리는 이미 잡목림을 벗어나 길을 재촉하고 있었다. 우리의 눈앞에는 끝없는 들판이 펼쳐져 있었다. 콩과 땅콩의 작은 이파리들이 파랗게 물이 올라 탐스럽기 그지없었다. 그러나 반 이상의 땅은 이미 황무지가 되어 있었다. 일찍 '사변'이 일기 전에나 밭을 붙인 적이 있는지, 쟁기질한 흔적마저도 지금은 잡초에 가려져 있었다. 황톳길이 들판을 곧게 가로지르고 있었다. 멀리 소나무 숲이 막아 나서지 않았더라면 황톳길은 굽잇길을 도는 것조차 잊을 성싶었다. 화사한 아침 햇빛이 등 뒤를 따라오면서 사람의 그림자를 길게 황톳길 위에 드리웠다. 나는 걸음을 다그쳐 페이페이를 따라잡았다.

"그럼 넌 어떻게 살아야 하는지를 안다는 것이니?" 내가 물었다.

"그럼요." 페이페이가 웃으며 대답하였다. "그게 아니라면, 지금 제가 어찌 선생님의 길 안내를 하고 있겠어요?"

"옳거니, 너한테 묻는다는 걸 깜빡했어. 넌 어떻게 여기에 오게 된 것이니? 내가 떠날 때만 하여도 여전히 방직공장에 있지 않았니?"

"예. 방직공장에 있었지요. 그러나 얼마 지나지 않아 사단이 났어요."

"그래?" 나는 계속하여 물음을 던졌다.

"그때 제가 남방 사람을 사칭하였었잖아요. 공장의 경리와 반장은 모두 그렇게 믿고 저를 써주었지요. 그러나 같은 작업장에 앞잡이가 있었어요. 시간이 지나자 그 '훈단'이 알아챈 거예요. 하루는 그녀가 저를 불렀어요. '넌 고려반즈지? 다 알고 있어.' 전 깜짝 놀랐어요. 웃는 얼굴을 해보이며 변명을 했어요. '아이고, 언니, 말씀 조심하세요. 사람 잡겠어요. 전 남방인이에요. 남방, 관내關內[7]에 있는 중국의 남방 말이에요.' 그녀는 냉소를 짓더니 달려가서 반장에게 고해 바쳤어요. 그 '훈단'은 진짜 '훈단'이에요.……"

아마 그녀는 화가 나면 다른 사람을 '훈단'이라고 욕하는 듯하였다. '라오 훈단', '샤오 훈단',[8] '진짜 훈단'! 여하간 듣기에 이상하여 나는 웃고 말았다.

"왜 웃으세요? 그년은 진짜 '훈단'이라니깐요!" 내가 더 큰 소리로 웃는 데도 불구하고 그녀는 말을 이었다. "반장과 경리가 저를 불렀어요. 그들은 '왜 거짓말을 한 거냐? 누가 널 보낸 거냐? 빨갱이[9]들이 널 보낸 거냐?'라며 심문을 하였지요. 저는 어리둥절했어요. 일자리를 찾는 것도 누가 시켜야만 하는 건가요? 전 나 스스로 온 것이라고 말했어요. 그러자 그들은 다시 '그럼 빨갱이는? 알고 있는 것이더냐?'라고 물었어요. 저는 '몰라요. 빨갱이가 무엇이에요?'라고 대답했어요. '빨갱이는 우리랑 엇나가는 자들이지. 너희들을 꾀어서 난을 일으키게 하는 나쁜 녀석들이지.' 그자들은 그렇게 저에게 해석해 주었어요. 저는 하는 수 없이 '예. 알만 합니다'라고 대답을 하였지요. 그자들은 화를 냈어요. '그럼 금방은 왜 모른다고 했느냐?' 전 당황히 대꾸를 했어요. '경리님께서 금방 알려 주신 거잖아요. 그러니깐 알았다고요.' 그자들은 한심한 듯이 웃더니, '빌어먹을' 하고 저에게 욕지거리를 했어요. 그리고는 저더러 자기네는 고려인을 고용하지 않으니 바로 꺼지라고 하는 것이

7 흔히 산해관(山海關) 이남과 서쪽 지역을 지칭한다.
8 '샤오 훈단'은 '작은 나쁜 놈'의 뜻이다.
9 중국어 원문에는 공산당을 비하하여 지칭하는 '홍당[紅黨]'으로 되어 있다.

었어요…….”

“그래서 그만두었니?”

“아니요. 전 작업장에 돌아와 울음을 터뜨렸어요. 언니들이 절 둘러싸고 와서 우느냐고 물었어요. 제가 말씀을 드렸더니, 다들 화가 나서 그 ‘훈단’ 앞잡이를 찾아가 꾸짖었어요. 그 앞잡이는 정말 ‘훈단’이었어요. 우리랑 대놓고 욕지거리를 하면서 전혀 사리를 따지지 않았어요. 결국 우리에게 초주검이 될 때까지 매질을 당하였어요. 그러나 일이 커지고 말았어요. 공장에서는 저와 뚱보 언니, 그리고 셋째 언니를 잡아가기로 하였어요. 저는 엄마가 죽은 후로 그들의 집에서 살고 있었어요. 그들은 저를 참으로 잘 대해주었지요. 친언니처럼…….”

먼발치에서 누런 연기와도 같은 흙먼지가 휘날렸다. 그 속에서 쇠테바퀴를 한 마차가 한 대 불쑥 나타나더니 우리를 향해 달려왔다. 농군 혼자만이 앞에 탄 빈 차였다. 그는 이마에 차일용으로 더럽고 큰, 두툼한 종이를 한 장 붙이고 있었는데 그 투박한 모습이 웃음을 자아냈다. 우리는 갈라져 걸었다. 나는 행인들에게 우리가 동행임이 드러나지 않게 하기 위하여 페이페이더러 혼자서 앞장서 걷게 하였다. 괜스레 우리를 주의하게 할 필요가 없었기 때문이었다. 먼발치에 있던 소나무 숲에 들어선 뒤에야 우리는 다시 이야기를 나누기 시작하였다.

숲은 별로 크기가 않았으나 나무들은 모두 아주 오래된 큰 소나무들이었다. 특히나 넓고 아득한 들판에 자라 있어서 마치도 꿈틀거리는 용과도 같아 보였다. 그루마다 하늘로 당장이라도 날아오를 듯하였다. 숲 속도 남방의 숲과는 달라 많은 잡목들과 들꽃들이 자라 있지가 않았다. 소나무 뿌리가 틀고 앉은 황토 위에는 파란 풀들이 드물게 자라 있었는데, 길고 부드러워 마치 늙은 부인의 머리카락과도 같아 보였다. 비록 몸이 소나무 숲 속에 있지만 내 고향이 아닌 만주에 있음을 일깨워 주는 듯싶었다. 우리 고향의 산에도 큰 소나무 숲이 있었다…….
페이페이가 계속하여 자기 말을 이었다.

"우리는 우리를 잡아갈 것이라는 소식을 알게 되었어요. 한밤중에 큰 언니가 야근을 그만두고 달려와서 우리에게 알려주었지요. 우리는 그 소식을 듣고 몹시도 화가 나, 두려움조차 잊을 뻔하였어요. 허나 큰 언니는 우리에게 위험하니 일단 피하라고 권고를 했지요. 실제로 그자들은 이치라고는 따지지 않는 자들이었어요. 세상의 이치란, 오로지 그자들을 죽여 없앤 후에야 가능하다는 것은 지금에 와서야 온전히 깨달은 거구요. 그때만 하여도 우리는 어리석었지요. 그자들이 착한 사람이겠거니, 다소라도 공정하겠거니 하고 믿고 있었거든요. 그자들이 우리들을 용서해 주었으면 하고 바라고 있었지요. 에그그, 샤오리 선생님, 그땐 정말 위태로웠답니다. 한 걸음만 늦었어도 우리 세 사람은 모두 감옥에서 죽은 목숨이 되었을 거예요. 우리는 도망쳐 나와 왕자툰王家屯에서 며칠간 숨어 지냈지요. 뚱보 언니네 친척집에서 숨어 지낸 것이에요. 그 후 친척집에서도 겁을 먹었답니다. 우리는 다시 길을 나설 수밖에 없었지요. 그러나 갈 곳이 없었어요. 어디로 가면 좋을지를 몰랐어요. 뚱보 언니네 친척은 우리에게 관내로 떠나라고 권하였고 저는 남방으로 가자고 주장하였지요. 저는 그들에게 그 어느 곳에 비해서도 남방이 좋다면서 구구히 말을 하였지요. 그러나 뚱보 언니와 셋째 언니는 쉽게 결정을 하지 못하였어요. 저는 화가 나서 울음을 터뜨렸어요. 한사코 남방에 가야 한다고 고집을 하였지요. 결국 그들이 응낙을 하여 우리는 남방으로 가는 길에 올랐어요. 그러나 우리는 모두 길을 알지를 못하였어요. 뚱보 언니는 뚱뚱하기까지 하여 20리도 못가서 걷기 힘들어 하였어요. 그래서 걸음을 늦출 수밖에 없었지만 한편으로는 그자들이 뒤쫓아올까 봐 두렵기도 하였지요. 마음이 혼란스러워 뒤죽박죽이었어요. 그렇게 엉망이다 보니 길을 잘못 들어서고 말았답니다. 우리는 워낙 차오양청朝陽城[10]으로 가려고 하였지만 동쪽을 향해 걷다 보니 갈수록 반대 방향으로 가게 되었던 거예요. 동쪽 길로 잘못 들어선 것입니다. 얼마나 힘겨웠는지 모른답니다. 한 번은 잘 곳을 찾지 못해 수풀 속에 숨어서 밤을 보내게 되었고요. 또 한 번은 수수밭에서였는데, 우리는 지칠 대로 지친 데다 설움까지 더하여져 셋이서 부둥켜안고 한참이나 울었지요. 우리는 우리가 이처럼 고난에 빠진 이유를 떠올리게 되자 그자들이 더없이 미웠답니다. 하루는 셋째 언니와 뚱보 언니가 갑자기 저 몰래 비밀스레 무언가를 의논하는 것이었어요. 저는 한사코 저에게 알려달라고 하였으나 그들은 알려줄 수 없다고 하였지요. 나중에 제가 화를 내서야 그들은 간도에 갈 예정이라면서 간도에는 우리와 같은 사람들을 받아주는 곳이 있다고 들은 적이 있다는 것이었어요. 누구도 반대를 하지 않았지요. 그렇게 우리는 간도로 가게 되었고, 어떻게 살아야 할지를 알게 된 거예요……."

"그래서 너희가 우리 친구들을 만난 거구나?" 나는 한마디 끼었다.

"그럼요. 그들을 만난 것이지요. 그들과 함께 지낸 지 이미 2개월 남

10 지금의 랴오닝[遼寧]성 서북쪽에 있는 도시이다. 룽청[龍城]이라고도 불리는데 341년에 처음으로 세워져 위진 남북조 시대의 전연(前燕), 후연(後燕), 북연(北燕)의 수도였으며, 홍산 문화 유적지이기도 하다.

짓이 되었답니다."

"페이페이, 그럼 지금도 넌 남방인이 되고 싶니?"

"아니요." 그녀는 웃음을 지었다. "남방인이고 중국인이고 모두 마찬가지가 아니겠어요. 뚱보 언니네도 중국인이지만 여전히 나랑 마찬가지로 불행하잖아요. 그래요, 되고 싶지가 않답니다. 가난한 사람들은 모두 마찬가지로 불운한 법이지요. 일본의 가난한 사람들조차 마찬가지이니까요. 정말로 이젠 남방인이 되지 않을 거예요."

"그럼 넌 제대로 된 '가오리반즈'가 되면 되겠구나." 나는 그녀를 놀렸다. 그녀는 나를 한번 흘겨보더니 웃으면서 결연히 말하였다.

"고려인도 안할 거예요. 아무튼 저는 원래부터 조국이 없었으니까요."

"그렇다면 넌 국경이 없는 여전사가 되거라."

"하하!" 그녀는 큰 소리로 웃었다. 웃음소리에서 그녀가 "국경이 없는 여전사"라는 호칭을 아주 마음에 들어함을 알 수 있었다. 그녀는 "여전사라, 말씀 한번 잘 하셨어요. 한데 전 아직 총 쏠 줄을 모른답니다"라고 하였다.

우리는 이미 소나무 숲을 벗어나 있었다. 수풀 밖은 온통 풍요로운 들판이었다. 벼의 연둣빛이 따스한 바람결 속에서 구름처럼 넘실대고 있었다. 밭에는 김을 매는 사람으로, 물을 대는 사람으로, 밭두렁 사이로 걸어가고 있는 사람으로 일하는 사람들의 모습이 어려 있었다. 그러한 정경을 보아 목적지에서 멀지 않았음을 알 수가 있었다……. 다 온 것이다. 다 온 것이다. 장원 담벼락 밖 버드나무 우듬지가 바라보였다. 벌써 반갑다고 고개를 끄떡이며 우리에게 인사를 하고 있는 것이 아니겠는가……?

"다 왔어요." 페이페이가 나를 향해 고개를 돌리며 말하였다.

—『광명(光明)』 제1권 제1기, 상해 : 생활서점, 1936.6.10(1941년 2월에 출판된 단행본 단편소설집 『씀바귀나물[苦菜]』(상해 : 光明書局)에 「페이페이[佩佩]」라는 제목으로 재수록)

가야[1]

伽倻

1 본고에서의 미주(尾注)는 역주가 아니라 미주형식의 '저자 주'임을 밝힌다.

무명씨無名氏

무명씨(1917~2002)의 본명은 부나이푸[卜乃夫]로서 부닝[卜寧]이란 필명을 쓰기도 하였으며 어릴 적 이름은 부바오난[卜寶南]이다. 1917년 1월 1일 난징[南京]에서 태어나 난징 중앙대학 실험소학(實驗小學), 난징 산민[三民]중학 등을 다녔으며 중학시절부터 작품을 발표한 신동이었다. 그는 고등학교 졸업을 앞두고 대학입시를 거부한 채, 북경대학 중문학과에 이르러 청강생으로 공부하였다. 중일전쟁 발발 후, 중앙 교육부 직원으로 근무하다가, 충칭[重慶]에 이르러 본격적으로 창작에 전념하는 한편『입보(立報)』지에 근무하기도 하였다. 1943년, 시안[西安]에서 '무명씨'란 필명으로 애정소설『북극 풍경화(北極風情畫)』(1943.11~1944.1,『화북신문(華北新聞)』 연재)와『탑속의 여인[塔里的女人]』(1944.1, 상해 : 시대생활출판사 초판)을 발표하여 일약 베스트셀러 작가가 되었다. 일제가 항복한 이후, 줄곧 항저우에서 생활하며, 창작에 전념하였으나 '문화대혁명' 시기 영어생활을 하기도 하였다. 1983년 대만으로 이주하였으며, 집필활동을 계속하다가 2002년 10월 11일 85세를 일기로 타이베이룽민 총병원[臺北榮民總醫院]에서 작고하였다.

그는 일찍이 1939년 홍콩『대공보(大公報) · 문예』 제707기(1939.9.25)에 단편소설「한국의 우울[韓國的憂鬱]」을 발표하였으며, 1941년 11월에서 1942년 4월까지 충칭에서 대한민국 임시정부의 외국인 각료로 선전 사업을 도우며, 이범석 장군과 한 방에서 지내기도 하였다. 충칭 시절 그는 한국 소녀 민영주(閔泳珠)와 사랑에 빠지나 결국 주변의 반대로 결혼에 이르지 못하였다. 1943년에 발표한 중편 소설『북극 풍경화』 역시 이범석 장군을 모델로 하고 있으며, 1946년에서 1960년까지 무려 15년에 걸쳐 창작한 7부작 소설집인『무명서』 역시『야수 야수 야수(野獸野獸野獸)』,『금빛 뱀의 밤[金色的蛇夜]』,『죽음의 암층[死的巖層]』,『성운 밖에 꽃피다[開花在星雲外]』,『창세기 대보살[創世紀大菩提]』 등에서 이범석 장군을 모델로 한 한모한(韓慕韓)이라는 인물이 나온다.

이외에도 그의 소설작품들인「환(幻)」,「붉은 악마[紅魔]」,「기사의 애원[騎士的哀怨]」,「수렵[狩]」,「세찬 흐름[奔流]」,「서정(抒情)」,「러시아의 사랑[露西亞之戀]」 등도 이범석 장군을 모델로 한 소설들이다. 또한 이범석 장군의 이름으로 출판된『한국의 분노－청산리 유혈기[韓國的憤怒－青山里喋血實記]』(서안광복사(西安光復社), 1941)도 무명씨가 집필한 것으로 알려져 있다.

바람은 포효하면서, 아우성을 지르면서 우박과도 같이 거친 눈 알갱이들을 휘몰아쳤다. 바람은 그렇게 주신酒神의 마력이 깃든 열광적인 가무 속에 자신을 한껏 내맡기고 있었다. 세월로 얼룩진 옛 바위 동굴 속에서, 허깨비들의 그림자가 드리운 해변에서, 황금의 빛으로 번쩍이는 황량한 사막에서…… 일사천리로 내닫고 있는 천군만마의 거대한 그림자가 어른거리는 듯, 바람은 노호하며 사면팔방으로부터 쏟아져 나왔다. 잉잉앵앵 바람의 애처로운 울부짖음은 옛 전장의 구슬픈 뿔나팔 소리와도 같이, 꿈틀거리는 용처럼 처량한 광야에서 맴돌고 있었다. 우렁찬 노랫소리와 장엄한 춤사위를 자랑하는 듯싶은 눈보라 속에서 하늘과 땅의 경계선은 흐려지고, 사물의 모든 윤곽과 형태는 사라지고 만다. 거품 모양과 알갱이 모양의 것들이 회오리바람에 날려 도처에서 굴러다니고, 고래 모양의 흰 분무噴霧와 여러 갈래의 신비한 은하의 흐름들, 그리고 반짝반짝 빛나는 다각형의 빛의 입자들이 뒤섞여 있었다. 멀리서 보면 그것은 마치 코다크롬 필름에 투영된, 허공 깊숙이 자리한 백조자리 성운과도 같아 보였다. 관외關外[2]의 눈은 강남江南[3]의 거위털 눈과는 달라 끈적끈적함이나 부드러움, 습윤함이 전혀 없었다. 건조하고 모가 나 있으며, 순연히 분말 상태의 작은 결정체인 것이다. 특히나 광풍이 불어치면 거칠고 단단하며, 맹렬하고 사나워 혼탁하기가 그지없었다. 마치 북방인의 타고난 성품처럼…….

벌판과 산, 하천과 수풀, 산 고개와 마을…… 그 모든 것들은 마치도

2 산해관(山海關) 이동, 이북지역을 지칭하는 바, 주로 헤이룽장성, 지린성, 랴오닝성 등 중국의 동북 3성 지역을 말한다.

3 주로 장강(長江) 이남지역을 지칭한다.

가야

암초에 부딪쳐 가라앉은 배처럼 은백색의 파도 속에서 침몰되고 있었다. 넌장嫩江 강[4] 충적층은 유례없는 흰 물결의 대홍수를 만나 통째로 그 흰빛에 휘감기고만 것이었다. 지형을 식별케 하여주는 미세한 곡선의 무늬들조차 모두 흰 물결의 세탁 속에서 인멸되고 말았던 것이다. 미친 듯이 할퀴고 지나는 눈보라 때문에, 하늘에는 자유로이 비상하는 새의 나래가 더는 보이지 않았고, 땅 위에는 피비린내 나는 야수의 그림자가 더 이상 보이지가 않았다. 사람의 발자취 역시 이곳에서는 불가사의에 가까운 신비로움에 지나지가 않았다. 영하 20도의 기온이 이미 모든 생명을 가두어 버리고 말았던 것이다. 환희와 불빛이며, 희망과 이상이며 그 모든 것은 이미 다른 천체의 기억이 되고 말았다. 우주는 흔들리는 별무리처럼 한껏 움츠러들고, 하늘은 이미 썩기 시작한 빛나는 과일처럼 소리 없이 곪아가고 있었으며, 무겁게 드리운 검은 구름은 당장이라도 광풍에 날려 떨어질 것만 같았다.

구舊 러시아의 시커먼 팽창욕의 작품인 빈주선濱洲線[5]은 집게발 같은 강철로 된 팔을 내밀어 후룬베이얼 고원[6]과 눈강평원嫩江平原을 가로지르고 있었으며, 시베리아와 관동關東[7]의 아득한 옥야沃野를 거느리고 있었다. 눈보라 기병대의 기습으로 하여 이 거대한 수송관의 위풍당당함

4 송화강(松花江)의 2대 원류의 하나로서 헤이룽장[黑龙江]성 서북부에서 시작하여 지린[吉林]성까지 걸쳐 있으며 그 길이가 1,370km이다.

5 원문에는 '합만선(哈滿線)'으로 나와 있다. 헤이룽장성 하얼빈과 네이멍구[內蒙古] 자치구 만저우리[滿洲里]를 이어주는 철도로서 길이가 934.8km이다. 동청철도(東淸鐵道)의 서부 간선에 해당되는데, 1896년 러청밀약에 의해 러시아가 그 부설권을 획득하여 1898~1901년간에 건설되었다. 시베리아 철도와 만주 철도를 잇는 국제선이다.

6 원문에는 발가[巴爾噶]고원으로 되어 있으나, 발호[巴爾虎] 고원의 잘못된 표현으로 보인다. 발호 고원은 현재 후룬베이얼[呼倫貝爾] 고원으로 불리우며, 중국 네이멍구 자치구 북동부에 위치하여 있다.

7 산해관(山海關) 이동지역을 이름하는 바, 중국의 동북지역을 지칭한다.

도 무너져 있었다. 낙엽송으로 된 철도 침목들은 깊이 파묻혀 눈의 순장품이 되고 말았고, 검푸른 빛의 완강한 강철 레일은 두 마리의 죽음을 당한 기다란 흰 뱀처럼 마비된 채 처연히 누워 있었는데, 아득히 먼 곳에서 그 꼬리는 흰 눈의 물결에 삼켜지고 만다. 우연히 레일이 가볍게 떨리지만 않았다면 사람들은 그 눈 아래에 원동遠東 정치사를 반 권 정도 담아내고 있는 교통 대동맥이 숨겨져 있음을 망각하고 말 것이었다. 그 진동소리는 처음에는 아득한 곳에서 비밀스레, 마치도 바다 밑 연어의 가벼운 숨소리처럼 들려왔다. 나중에는 숨소리가 점점 더 다급해지더니, 레일의 경련도 점점 히스테리적이 되어 갔다……. 문득 어두운 그림자 하나가 허무하게 끝없이 새하얀, 하늘과 맞닿은 지평선 가까이에서 가물거리더니 점차 그 모습이 뚜렷하여졌다.……끝내 눈 덮인 들판 위로 마치 위태로운 큰 지진이라도 일듯이, 달리는 기차 바퀴의 무서울 정도로 둔중한 금속 소리가 들려오기 시작하였다. "덜커덩! 덜커덩! 덜커덩! 덜커덩!……" 간간이 귀청이 찢어질듯이 날카로운 기적소리가 섞이곤 하였다. 거인이 울부짖는 소리와도 같이, 천신이 포효하는 소리와도 같이. 푸른색 무쇠 기차가 거대한 악어와도 같은 모습을 드러내며 은빛의 광야를 기어오고 있었다. 만약 이 순간 비행기에서 내려다본다면, 백설로 뒤덮인 설원의 한 부분이 꿈틀대고 있음에 놀라게 될 것이다. 눈보라의 포옹과 작열하는 듯이 눈부신 눈서리 속에서 이 거대한 악어는 발작적으로 눈의 진펄 속에서 몸부림치고 있었다. 그것이 기어 지날 때마다, 꼬리에서는 유백색의 눈보라가 휘날리곤 하였다. 기차는 천식을 앓는 듯한 침울한 숨소리와 탄식이라도 내뱉는 듯한 검은 연기 외에는 눈보라만 몰고 올 뿐 그 어떤 생명의 기호도 가져오지를 않았다. 불과 몇 분이 지나지 않아 기차는 조용히 모습을 감추고 말았다. 광야에 남은 것은 여전히 거칠 것 없는 거대한 설원과 백색의 불투명체뿐이었으며, 그치지 않는 소란스러움과 깊은 적막뿐이었다.

하얀 눈 목걸이는 나부끼듯이 드리워 있었다. 끊어질 듯 말 듯, 기울 듯 말 듯, 미칠 듯 말 듯. 폭풍이 휩쓸고 지나면 그 신비한 구슬 목걸이들은 천만 마리의 흰 지네로 부서지면서, 철도 연안의 측백나무로 된 전신주의 떨리는 몸뚱어리를 장식해주곤 하였다. 이에 첼로 소리와도 같이 잉잉거리는 고압선의 구슬픈 울음소리가 아울러져, 들판에서는 마치도 가장 광열적이면서도 가장 처절한 가면무도회가 열리고 있기라도 하는 듯하였다. 모든 존재가 탈을 쓰고 있었다……. 그 무도회가 절정에 치닫고 있을 때, 멀리 철도 옆길을 따라 가면 무도회의 새로운 춤꾼이 유령처럼 나타났다. 처음에 그것은 가물거리는 잿빛의 작은 그림자였다. 비록 윤곽이 흐릿하긴 하였지만 그것은 고집스레 일종의 의미와 존재를 상징하고 있었다. 레일의 진동 소리가 전혀 들려오지가 않았다. 어렴풋한 그 기호는 앞선 무쇠로 된 파충류와는 전혀 무관한 듯싶었다……. 서서히 그 작은 잿빛의 그림자는 꿈결에서인 양 팽창되고 확대되어 갔다. 흔들리며 점점 뚜렷하여지더니, 마침내는 완전하고도 분명한 형태를 이루어냈다. 눈보라 이외의 유일한 생명의 기호인 사람의 형체였다!

눈보라의 거센 파도 속에서 헤엄을 치고 있는 그는 마치도 무서운 징벌을 받은 그리스 신화 속의 탄탈로스[i]와도 같아 보였다. 그는 마치도 통제 불가능하도록 부서진 배가 가없는 은빛 바다 위에서 요동을 치다가, 결국 세찬 흰 파도에 떠밀려 출렁이며 밀려가듯이 그렇게 앞으로 나아가고 있었다. 멀리서 바라보면 그는 결코 두 발로 걷는 보행동물이 아니라, 낙엽이나 오리털처럼 눈보라에 휩쓸려 다니는 하나의 고체와도 같아 보였다. 조금씩 조금씩 점점 가까이 다가온 뒤에야 워낙은 쇠로 된 지팡이를 짚고서 중동로中東路[8]를 따라 먼 길을 나선 길손임을 알아챌 수가 있었다.

길손은 나이가 서른쯤 되어 보였고, 얼굴이 검고 체격이 우람했다. 떡 벌어진 어깨에 작은 봇짐을 지고 있었는데, 걸음걸이가 몹시도 무겁고 비틀거렸다. 피곤기가 온 몸에서 풍기고 있었다. 마치 방금 사하라 사막에서의 먼먼 여정을 마치고 산과 들을 헤쳐 돌아오는 길손이라도 되는 듯싶었다. 그는 거칠게 쇠지팡이로 눈 덮인 땅 위를 두드리면서 보폭을 크게 내디디곤 하였다. 자주 뒤를 돌아다보곤 하였는데 눈매가 매섭고 고집스러웠다. 마치도 후각으로 먹이를 찾고 있는 몽고산 마스티프와도 같아 보였다. 당연히 이 세찬 눈보라 속에서 푸르스름한 선글라스 뒤에 숨겨진 그의 눈동자가 사냥감을 찾을 수는 없는 일이었다. 외로운 영혼 하나를 할퀴고 잡아 흔드는 이 설야에서 그에게 남은 것은 원시적인 황량함과 절망에 찬 공허, 그리고 구제할 길 없는 음침함뿐이었다…….

포시시한 설광雪光이 기적처럼 부풀더니 연기처럼 솟아올랐다. 그것

8 중동(中東) 철도를 지칭한다. 워낙은 동청(東淸) 철도로 불렸으며, 하얼빈을 중심으로 중국 동북지역에 부설된 철도를 총칭하는 말이다. 빈주선(濱洲線)을 포함한 만저우리[滿洲里]와 수이펀허[綏芬河] 등에 이르는 북부선과 여순(旅順)에 닿는 남부선 등이 있다. 1896년 '러청밀약'에 의해 러시아가 시베리아와 중국 대륙을 잇는 철도 부설권을 획득하여 1903년에 완공하였으며 총 길이가 2,500여 km에 달한다. 1911년 중화민국 정부가 수립된 뒤로 중동철도(中東鐵道)로 불리웠다.

은 강한 전염성을 지니고 있어서, 흐릿하던 잿빛의 하늘도 그에 물들어 처염凄艷히 빛나기 시작하였다. 그것은 불투명하고 혼탁한 빛이었다. 어둠이 금방 물러가고 난 뒤, 두터운 간유리를 뚫고 들어오는 동틀 무렵의 새벽빛처럼 색조가 지극히 음울하면서도 현란하였다. 이때, 지구는 회귀선을 따라 반 바퀴 정도 돈 때인지라, 하루 중 날빛이 가장 강렬할 때였으며, 설광의 흰 빛이 지닌 전염성이 가장 기승을 부리는 때였다. 빛으로 된 한없이 커다란 은빛의 그물이 지상의 모든 것을 포획하고 있었다. 창백한 허무주의가 소리 없이 사방으로 번지면서 강렬하고 짙은, 서늘한 흰 향기로 넘쳐나고 있었다. 조금은 짠맛을 지닌 차가운 습기가 세차게 솟구쳐 올랐다.

마치도 대형폭탄이 터지면서 튕겨 나오는 파편처럼, 화산이 폭발하면서 미친 듯이 용솟음쳐 나오는 용암이 뿜어내는 불덩이처럼, 눈보라는 횡포하게 제멋대로 춤추고 날뛰고 부딪치며 억수로 쏟아지는 소나기처럼 이 보행의 사나이를 채찍질하고 있었다. 수렵용의 검은 양피모자 위에, 굵은 면직의 올리브 드라브 색의 '러시아 '토샤리카'[ii] 위에, 양 털 목도리 위에, 회색의 짐짝 위에 은백색의 눈이 수북이 쌓여 있었다. 그는 몸 전체에서 눈부신 흰빛을 내뿜고 있었는데, 마치도 움직이는 은빛의 건물인 양 단장되어 있었다. 바람은 한사코 그를 향해 눈가루를 듬뿍이 들씌우곤 하였다. 딱딱한 눈싸락들과 모난 얼음 알갱이들이 바늘처럼 그의 피부를 찌르곤 하였다. 그는 수렵용 모자를 눈썹까지 푹 눌러쓰고 모자의 세 귀를 모두 드리워 뒤통수와 귀를 가리고 있었다. 목도리 또한 빙빙 둘러져 있어서 입과 인중까지도 감싸고 있었다. 그의 얼굴은 모자와 목도리가 미치지 못하는 극히 적은 부위만이 드러나 있었는데, 눈보라와 추위의 갈퀴에 끊임없이 긁혀 갈라 터지는 듯한 경련과 진통이 일곤 하였다. 그러나 그러한 진통은 육체의 본능적인 반응에 지나지 않았고 심적인 감각은 이미 풍화석으로 굳어진 지가 오래여서, 완전히 마비가 되어 있었다. 몸 위로 차가운 눈이 쌓이고 있었으나 그는 전혀 무감각하였고 그것을 떨쳐 버리거나 털어낼 생각조차 전혀 하지를 않았다. 그냥 그대로 쌓이도록 내버려 둔 눈은 바람이 휩쓸고 지나가거나 걸음걸이가 흔들릴 때마다 스스로 미끄러져 내리곤 하였다. 그렇게 눈은 끊임없이 쌓이고 또 끊임없이 미끄러져 내리고 있었다…….

황량하고 매섭고 차디차며 음침하고 우울하고 공포스러운, 그리고 적막한…… 오만가지 비극적인 분위기가 동굴 밖으로 뛰쳐나온 맹수처럼 그를 포위하고 덮치고 삼켰다.……그러나 그는 그 모든 것을 멸시하였다. 그의 마음은 차갑게 굳어진 암석과도 같았고, 더할 나위 없는 도도함과 경멸의 눈빛, 그리고 잔인함을 지니고 있었다. 그의 영혼은 이미 오래 전에 외로운 한 조각 얼음처럼 굳어져 지나칠 정도의 냉혹함과 강인함으로 벼려져 있었다. 광야의 황량한 눈자위 속에서, 그는 이미 과거도 미래도 없이 오로지 발자국만 현실로 남은 존재가 되어가고 있었다. 걸음을 내디딜 때마다 하나씩 발자국이 흰 눈 위에 새겨지곤 하였으나, 그것도 잠시 뿐이었고 곧 이어 눈에 파묻히고 바람에 지워지곤 하였다. 그리고 다시 또 새로운 발자국이 생기고…… 그렇게 발자국은 간단없이 죽음과 부활을 거듭하면서 소리 없는 사라짐과 깜빡임을 긴 행렬로 남기고 있었다. 그것은 마치도 강의 물결이 바다로 흘러드는 것과도 같아 비록 찰나적이고 단속斷續적이며 신진대사

新陳代謝적인 것일지라도, 그 사나이가 천지간에서 진실로 존재함을 증명하는 유일한 증빙이었다. 한 자 남짓한 길이에 두 자 남짓한 넓이의 타원형의 흔적 외에 그가 이 세상에 남길 수 있는 것은 아무것도 없었으며, 이 세상이 그에게서 가져갈 수 있는 것도 더 이상 없었다. 그렇듯 그의 영혼과 육체는 발자국 하나로 응축되고 말았던 것이다.

…… 발자국 하나가 죽었다……. 발자국 하나가 태어났다……. 발자국이 하나씩 생겨날 때마다 동그란 흰 점이 눈 위에 나란히 찍히었다가 바로 눈보라에 휩쓸려 발자국과 함께 사라지곤 하였다. 그렇게 새로운 발자국 하나와 새로운 흰 점이 하나씩 생겨나곤 하였으니, 발걸음 소리와 지팡이 소리는 하도 어렴풋하여 고요에 가까웠다.

그는 걸음을 내디디고 있었다. 외롭고 쓸쓸히 걷고 있었다. 주저앉고 무너지며 걷고 있었다. 비틀거리고 흔들리며 걷고 있었다. 고집스럽고 불안하게, 제자리걸음을 하듯이 서서히 걷고 있었다. 눈앞이 아찔하도록 냉혹히 걷고 있었다……. 그는 그렇게 걷고 있었다. 스스로도 이미 몇날며칠이 지났는지를 모르고 있었다.

……지옥에나 있을 법한 그 참혹한 암흑의 나날들에서 시작하여 그는 그렇게 걷기 시작하였던 것이다. 극도의 분노와 절망을 안은 채로. 그는 부상당한 산 미치광이라도 되는 듯이 도망쳤다. 황금으로 도배된 조계지로부터, 사시장철 꽃이 피는 도시로부터, 콩나물시루처럼 빽빽한 사람들의 무리로부터, 웃음소리 속에 울음소리가 섞여 있는 어두운 정치판으로부터, 매우기梅雨期의 곰팡이 냄새가 햇볕에서 풍겨나는 번성하는 시골로부터 그는 줄곧 도망치고 있었다.…… 중동로中東路를 따라서 헤이룽장黑龍江 서북부로 도주하고, 유랑하고 있었다. 그에게는

외부의 그 어떠한 소리도 들려오지가 않았다. 폭풍우의 소리도, 닭이 회치는 소리도, 개가 짖는 소리도 들려오지가 않았다. 마음속에서 울려오는 거대한 소리가 그 모든 것을 억눌러 버렸던 까닭이다.

"도망치자, 도망쳐! 고대 바빌론으로! 소아시아로! 시베리아로!…… 아라비아 사막으로! 인도의 삼림 속으로! 몽고의 황야에로! 아프리카의 불모지로! 이집트의 옛 바위 동굴 속으로!…… 나는 모기떼와도 같은 군중들이 가증스럽다. 인간을 사고파는 도시가 가증스럽다. 창검의 그림자로 얼룩진 기계 역시 가증스럽다. 나는 황금으로 쌓아올린 문명이 가증스럽다. 매니큐어를 바른 손톱과 립스틱을 바른 주홍빛 입술이 가증스럽다. 나는 시체로 강압된 질서를 증오한다. 나는 나팔과 북을 증오한다. 나는 모든 유선형流線型을 증오한다. 차라리 나로 하여금 알프스 산정의 돌멩이가 되게 해다오."

그리하여 그는 날마다 새벽 일찍 길을 떠나 밤이면 별을 이고 풍찬노숙을 하게 되었던 것이다. 그는 유령의 그림자처럼 중동로 위를 배회하며, 객귀처럼 거대한 은빛의 사막 위를 떠돌게 되었던 것이다. 가끔은 열차 뒤에 떨어지기도 하고, 가끔은 열차보다 앞서기도 하였다.

"아마 열흘쯤 되었겠지."

그는 묵묵히 자신의 여정을 돌이켜보았다. 자기도 몰래 마음이 무거워졌다. 그동안 그는 원시적인 감정에 사로잡혀 재촉당하고 있었기에 내처 황폐한 곳만을 찾아 도주할 뿐, 다른 구체적인 타산을 해본 적이 없었다. 그동안 소모한 것들을 생각해보면 주머니 사정을 자세히 셈하여 보지 않고서도 이미 바닥이 보이지 않는 깊은 구렁이 멀지 않은 곳에서 자신을 기다리고 있음을 의식할 수가 있었다…….

"여긴 어디지?"

하얼빈에서 최소 7, 8백 리쯤은 벗어나 있으리라 짐작이 되었다. 이미 전에 그는 앙앙시昂昂溪,[9] 주자칸朱家坎,[10] 이마후루伊瑪胡盧, 넨즈산碾子山,[11] 칭기즈칸,[12] 차오양강朝陽岡,[13] 장더촨張德川, 야루청雅魯城,[14] 자란툰扎蘭屯[15] 등지를 지났었다.

갑자기 고개를 들고 멀리 바라보던 그는 그만 놀라고 말았다. 눈보라의 소용돌이 속에서 불현듯 하늘 높이 치솟는 흰 파도인 양 소리쳐 우뚝 솟은 험준한 산봉우리가 나타났기 때문이었다. 홀로 솟은 이 산봉우리는 마치 북극의 빙산인 양 투명하였고 산꼭대기에는 은백색의 소나무가 한 그루 용처럼 꿈틀거리며 틀고 앉아 있었다. 산봉우리 뒤로는 뭇 산들의 은백의 환영幻影과 수림의 은빛 바다가 펼쳐져 있었다. 산코숭이는 평평하였는데, 사방팔방에서 휩쓸어 오는 광풍에 경사면의 눈이 모조리 날려가고 없었다. 광풍이 불어오자, 황량하고 반질반질한 횡단면이 노을처럼 붉은 빛을 내뿜었다.

9 헤이룽장성[黑龍江省] 서부 넌장[嫩江]강 하류에 있는 도시인 치치하얼[齊齊哈爾]시 남부 구역이 다. 이하 지명들은 헤이룽장성 치치하얼시에서 서북 방향으로 내몽골 자치구 후룬베이얼멍[呼倫貝爾盟] 자란툰시[扎蘭屯市]에 이르기까지의 중동철도 연안 지명들이다.

10 헤이룽장성[黑龍江省] 룽장[龍江]현에 위치한 소도시이다.

11 헤이룽장성[黑龍江省] 서부 도시인 치치하얼[齊齊哈爾]시에서 서북 방향으로 90km 정도 떨어진 곳에 위치한 산지로서 대흥안령(大興安嶺) 동쪽 줄기의 여맥에 속한다.

12 내몽골 자치구 동북부에 위치하여 있는 소도시로서, 자란툰시에서 남쪽으로 28km 정도 떨어져 있다.

13 내몽골 자치구 동부 후룬베이얼멍[呼倫貝爾盟] 칭기즈칸 진(鎭) 북쪽에 위치한 마을 이름이다.

14 대흥안령 남쪽, 내몽골 자치구 후룬베이얼멍[呼倫貝爾盟]에 위치해 있는 현성(縣城)이다. 야루하[雅魯河]강에서 이름이 왔으며, '야루'는 여진어로 '밭 주변', 몽고어로 '강변'을 뜻한다.

15 내몽골 자치구 동부, 후룬베이얼멍[呼倫貝爾盟]에 위치한 주요 도시이다.

"아, 적색토!"[16]

절망에 가까운 외침 소리가 광야에 울려 퍼졌다. 그러나 그것은 그 즉시로 애처로운 등불의 마지막 한 가닥 빛처럼 눈보라에 삼켜지고 말았다.

선글라스를 벗어든 소리의 주인은 눈동자가 튀어나올 정도로 집요하게 붉은 빛을 살펴보았다. 그 얼마나 강렬한 유혹을 지닌 붉은 빛인가……!

그는 걸음을 멈추고 봇짐을 내던진 채 허리를 굽혀 지팡이의 손잡이로 주변에 쌓인 눈을 파헤치기 시작하였다. 그러고 나서 다시 녹비 장갑을 낀 손으로 나머지 눈 찌꺼기들을 털어 내었다. 그러자, 그의 발밑에는 검붉은 땅이 드러났다. 그는 흙을 한 줌 파내어 손바닥 위에 올려놓았다. 붉은 흙은 알록달록하고 축축하였는데, 마치도 피다 진 한 떨기 맨드라미 꽃 같았다. 너무나도 많은 애환과 너무나도 많은 이야기가 깃든…… 그는 핏줄이 선 퉁방울눈을 부릅뜨고서 형용하기 힘든 절망과 공포의 표정으로 그 붉은 흙을 지켜보았다. 차차 그는 응고되고 말았다. 석상石像처럼 우뚝 서서, 시선은 두 가닥 촛불이 되어 손바닥에 꽂히고 말았다. 보고 또 보고, 흙을 받쳐 든 손이 차차 떨리기 시작하였고 온 몸도 차차 떨려오기 시작하였다.……빛나고 투명한 눈물 두 방울이 동그라니 그의 뺨 위로 굴러 내렸다. 소리 없이, 적막하게 흘러내린 눈물방울은 땅 위에 떨어지기도 전에 바람에 흩어지고 말았다.

16 원문에는 적색토를 지칭하는 '홍토(紅土)'로 나와 있다. 홍토는 실은 중국 장강(長江) 남부 지역 구릉지대에서 흔히 볼 수 있는 토양으로서 비옥하지 못하다. 중국의 동북지역은 기름진 토양인 '흑토(黑土)'로 유명한 바, 북부 지역 상황에 밝지 못한 작가의 잘못된 묘사로 보인다.

눈보라는 점점 더 기승을 부렸고 매서워졌다. 흩날리는 눈보라는 마치도 천 길 높이의 서역 사막의 모래 바람과도 같았다. 무정한 광풍은 헤아릴 수 없이 많은 거대한 손처럼, 이 세상을 모두 갈가리 찢어 버리고, 지상에 존재하는 모든 사물을 성냥개비처럼 똑똑 부러뜨려 버리려는 듯싶었다. 바람이 눈을 흩날리고 눈이 바람을 휘감아 하나로 아우러지면서 바람과 눈은 미친 듯이 힘겨루기를 하고 있었다. 벌판은 점점 더 참혹해지고 혼돈에 잠기고 있었다. 그는 요지부동으로 서 있었다. 눈보라와 자기의 존재조차 잊고 있었다. 차차 그의 눈길이 흐릿해졌다. 몽롱해졌다. 그의 눈앞에 어른거리는 것은 헤이룽장 서북부의 설야나 수천만 리 펼쳐진 광활한 아시아 대륙이 아니라, 오래 전에 잃어버린 그의 금수강산 반도의 들판이었다.

……바다의 저쪽, 머나먼 압록강과 두만강의 건너편, 잃어버린 그의 조국의 들에는 가는 곳마다 이러한 적색토가 펼쳐져 있었다. 사람을 취하게 하는 비옥한 땅이여! 눈물겹도록 아름다운 봄아씨가 폭스트롯의 사뿐대는 발걸음으로 아장아장 다가올 때면, 꿈결에서인 양 잔잔한 파문을 일으키며 제비가 가벼이도 비껴 올 때면, 노을과도 같은 적색토 위로 노을과도 같은 진달래꽃이 만발하곤 하였으며, 밤마다 그 다홍빛 꽃향기가 소녀들을 꿈속에서 흔들어 깨우곤 하였다. 산 전체가 흰 바위로 이루어진 금강산 만 이천 봉우리는 빛나는 유리 건축과도 같이 군락을 이루고 서서, 한없이 투명하고 매혹적인 봄날의 구름바다 속에서 그 영혼마저도 빛나고 투명해진다. 박연폭포의 물줄기들은 올올이 번개 치듯 번쩍이며, 좌르르 철썩 오르간처럼 웅장하고 아름다운 음악을 연주한다. 두만강의 파란 물은 어찌나 맑고 깨끗한지 물고기의

지느러미가 하늘거리는 모습까지 들여다보인다. 울산만의 바닷물은 나르시스가 자신의 모습을 비추어 보던 맑은 샘물처럼 거울이 되고, 오색영롱한 물새들이 노니는 연못들을 품에 안은 태백산은 네덜란드의 풍경화가 된다. 울릉도에서는 보름달만큼 큰 복숭아들이 주렁주렁 열리고, 새끼양만 한 고양이들이 햇볕 아래에서 어슬렁거린다.[iii] 가야산 홍류동의 폭포는 바위를 감돌아 흐르며 날듯이 춤추다가 종내는 밝은 웃음소리와 노랫소리를 아스라니 쏟아낸다. 천년 인삼[17]이 자라는 연꽃과도 같은 산은 어떠한가![iv] 명태와 해삼이 노니는 바다며, 꿀과 우유의 향을 풍기는 울울창창한 숲이며, 하얀 무궁화는 또 어떠한가![v] 스페인 수녀들처럼 흰 옷 입은 소녀들이 머리 위에 고대 그리스 항아리와도 같은 물동이를 이고, 종종걸음으로 물을 길으러 간다. 사슴처럼 맑은 샘물가에 몸을 기울여 살며시 꽃이라도 꺾듯이 조용히, 서서히 맑고 빛나는 물을 길어 올린다. 샘물이 흐르는 소리가 또렷이 들려오고, 멀리서는 꿈결에서처럼 가야금 소리가 울리기 시작한다…….

손이 떨리는 순간, 적색토가 그의 손바닥에서 흘러내리고 말았다.

……

10분 뒤, 그는 다시 봇짐을 어깨에 걸머지고 걸음을 옮기기 시작하였다. 새로운 결심이 불길처럼 그의 마음속에서 타오르기 시작하였다. 그는 도무지 이 붉은 토양을 버리고 떠날 용기가 생기지 않았다.

1942년 7월 19일 집필 완료

17 원문에는 "천년 사람[人]이 맺혀 있는"으로 되어 있지만, 인삼(人蔘)의 '삼'자가 탈락된 것으로 보인다.

—이 작품은 "무명총간 제7종(無名叢刊第七種)"인 단행본 『용의 굴[龍窟]』(상해 : 진선미도서출판공사(眞善美圖書出版公司), 1947.9), 1~12쪽에 수록되어 있다. 그러나 이 소설은 푸닝[卜寧]이란 필명으로 저자가 일찍 구이양[貴陽] 발간의 『중앙일보』 부간에 150회에 걸쳐 연재(부간 『앞길[前路]』에 149회, 『중앙일보』 제5판 『금일담(今日談)』 부간에 1회 게재함)한 장편소설 『광야에 선 사람[荒漠里的人]』(1942.8.19~1943.7.24)의 제1장 제1절을 발췌하여 단편 소설 형식으로 수록한 것이다. 5장 36절에 걸쳐 연재하다가 중단된 이 장편소설은 한국광복군 참모장이었던 이범석(李範奭) 장군의 전설적 삶을 모델로 창작된 소설로서, 한국 망명 군인인 김요동(金耀東)이 1929년에서 1931년 9 · 18사변 직전까지 헤이룽장성[黑龍江省] 서북부 외흥안령(外興安嶺) 지역에서 겪은 피난과정을 그리고 있다.

---

i 신의 징벌을 받은 탄탈로스는 영원히 바닷물 속에서 부침하면서도 시종 물을 한 모금도 마실 수가 없었다.

ii '토샤리카'는 러시아 평민 노동자들의 복장으로서 모양이 외투와 비슷하며 광목으로 만든다.

iii 한국 울릉도의 복숭아와 고양이는 크기가 아주 크다.

iv 한국 서울의 삼각산은 세 떨기 연꽃의 모양을 하고 있다.

v 무궁화는 한국의 국화(國花)이다.

붉은 악마[1]

紅魔

1 이외, 본고에서의 미주(尾注)는 역주가 아니라 미주형식의 '저자 주'임을 밝힌다.

무명씨無名氏

본명은 부나이퓌[卜乃夫]로서, 「가야」의 저자와 동일인이다.

1

아아, 이 절망과 광란의 세상이여!

불길은 힘차게 춤을 추면서, 사처로 내달리고 사처에서 쏟아졌다. 야수처럼 길길이 날뛰면서, 서로를 물어뜯고 할퀴면서 몸싸움을 벌였다. 날아드는 불덩이들은 공중으로 용솟음쳐 올라 노호하며 뜨겁게 타올랐다. 어둠의 이편에서 저편으로, 이곳에서 저곳으로 옮겨가며 타올랐다. 뭉게뭉게 타오르는 연기의 기둥 또한 흉흉히 솟아올라, 빠른 춤사위를 선보이다가 구렁이처럼 불길을 뚫고 용솟음치곤 하였다. 회오리바람인 양 미친 듯이 감돌다가 점점 속도가 빨라지면서 일사천리로 내달아 허공을 삼키곤 하였다. 불길과 연기는 마구 감돌며 갈수록 포악해지더니, 어둠을 찢고 공간을 불태웠다. 끝이 보이지 않는 이 공간의 해양을 붉게 물들이면서 섬뜩하고 음침한 지옥으로 변형시키고 있었다. 수천수만 그루의 나무들이 휘황찬란하게 타오르는 가운데, 수천수만의 핑크빛 구더기들이 나신을 드러낸 채 꿈틀거리고 있었다.

천둥이 울듯이 포성이 굉음을 울리며 작열하였다. 세찬 충격파가 사방팔방으로 짓쳐나갔다. 헉헉 가쁜 숨을 몰아쉬며, 하늘과 땅을 마치도 폭풍 속에서 이리저리 휘날리는 나뭇잎처럼 뒤흔들고자 하였다. 포효하는 파열음 속에서 이글거리는 불덩이들이 연이어 어둠을 가르며 맹렬히 날아왔다. 비행하다가 비행하다가 그것들은 갑자기 거대하고 시커먼 그림자가 되어 힘겹게 맥주병 같은 꼬리를 내흔들며 "쉬익, 쉬익, 쉬익, 쉬익, 쉬익……" 하는 무시무시한 괴성을 내질렀다. 그러다가 돌연히 "쾅! 콰르르!……" 하고 폭발한다. 순식간에 공기의 색깔이 변하고 돌멩이와 흙덩이들이 마치 지심의 용암처럼 뿜겨져 나온다. 이글거리는 불덩이들이 끊임없이 어둠 속에서 날아다니고, 허공을 가르는 "쉬익, 쉬익, 쉬익, 쉬익" 하는 괴성이 들려온다. 연이은 미친 듯한 폭발과 하늘땅을 진동하는 굉음 속에서 화염은 끊임없이 하늘로 솟아오른다. 인체의 부서진 조각들이 끊임없이 공중으로 날아올라 춤을 춘다. 반 토막 난 팔과 다리 한 짝, 반쪽이 난 머리와 손바닥 하나! 화염 속에서는 선혈이 낭자하게 흐르고 불빛은 갈라터진 시체들을 비추었다.

불길은 포효하며 가쁜 숨을 몰아쉬었다. 마치도 급물살을 만난 여울이나 폭포와도 같이, 흉포하게 날뛰는 중생대의 공룡과도 같이 미친 듯이 날뛰며 질주하였다. 횃불과 불길, 불 까마귀와 불 구름, 불타는 사랑과 증오, 불타는 격정이 가는 곳마다에서 차 넘쳤다. 흙과 모래, 폭우와 사람을 질식케 하는 티엔티 폭약의 냄새가 가는 곳마다에서 차 넘쳤다. 사활을 건 아비규환과 구역질나는 냄새가 가는 곳마다에서 차 넘쳤다. 대지는 문드러져 썩고 있는 연주창連珠瘡이나 옴으로 채워진 듯하였고, 대기층은 신창을 태운 듯한 매캐한 냄새에 찌들어 있었다. 고약한 냄새 속에서 일장기가 타오르고 있었다. 입, 귀로 살무사의 하얀 침을, 독이 든 피를, 새빨간 웃음을 뚝뚝 흘리는 겨자색 흡혈 거머리처럼 꿈틀거리고 있었다…….

"쉬익, 쉬익, 쉬익 쉬익!……" 급박한 울부짖음과 함께 유성우流星雨처럼 수천수만의 총알들이 허공에 촘촘히 그물을 친다. 총알들은 하이알라이 공처럼 동에서 번쩍, 서에서 번쩍, 남에서 번쩍, 북에서 번쩍하며 좌우, 상하, 전후 사처로 튕겼다. 가끔은 깊은 바다에서 무리 지어

다니는 물고기 떼처럼 꼬리에 꼬리를 물기도 하였으며, 가끔은 과녁을 향해 몰려드는 억 만 개 화살인 양 사방팔방에서 하나의 중심을 향해 돌진하기도 하였다. 땅을 구르는 다급한 말발굽 소리가 갑작스럽고 요란스레 들려왔다. 그것은 노도와도 같이 몰려오고 또 몰려와 덮쳐들곤 하였다. '죽음'이 아우성치고 '절망'이 아우성을 쳤다! '증오'와 '훼멸'이 아우성을 지르고 '신념'이 아우성을 질렀다!

총과 대포, 작탄이 아귀인 양 광분하며 피와 살의 향연에 도취되어 있었다. 그것은 마치도 만 길 깊이의 구렁인 양 천백만 년이 지나도 채워지지 않을 시뻘건 아가리를 한껏 벌리고 있었다. 무수한 불화살들이 불꽃이 튕기듯이 번쩍이며 미친 듯이 질주하고 내달렸다. 요염하게 타오르는 불꽃이 도처로 흩날렸다. 화광火光은 거울이 되어 분노로 일그러진 헤아릴 수 없이 많은 얼굴들을, 광기에 찬 얼굴들을, 시체와도 같이 피곤한 얼굴들을 비추었다. 시커먼 몸뚱이들이 다리가 달린 늙은 갈참나무라도 되는 듯이, 누런 연기와 흙먼지 속에서 미친 듯이 돌진하고 있었다. 검은 빛의, 붉은 빛의, 노란 빛의 인간들이. 그들의 어깨 위에서 흔들리는 것은 인간의 머리통이 아니라 고깃덩어리로 된 이상한 캐릭터라도 되는 듯싶었다. 그 고깃덩어리들은 우글거리고 있었다. 인간의 형체를 갖춘 검은 고깃덩어리들이 떼를 지어 우글거리고 있었다. 그것들은 수분을 흡수한 아라비아고무처럼 고체 형태에서 접착제의 형태로 변화하더니 무시무시하게 우글거리면서 섬뜩한 창검의 독살스런 웃음을 지어 보였다. 가끔은 비장한 외침 소리가 무성한 숲처럼 솟구쳐 오르곤 하였다. "대한국大韓國 만세!", "국방군國防軍 만세!", "일본 날강도들을 타도하자!", "왜놈들을 죽여라!", "적들을 쏴라!", "돌격, 돌격!……" 분노의 노도와 함께 선혈이 샘처럼 솟구쳤다. 또 한 차례 육체들이 갈가리 찢어지고, 또 한 차례 시체들이 무더기로 쌓이고, 또 한 차례 신음소리가 진동하였다…….

불바다와 연기 기둥, 포격이 뿜어내는 활화산, 유산탄榴散彈이 터지고 유탄榴弹이 터지는 소리, 말발굽이 연주하는 금속성의 음악, 탄알이 연주하는 행진곡. 대형 건물이 무너져 내리고 거대한 담벼락이 주저앉고 대들보가 부서졌다. 비가 그친 뒤의 뽀얀 물안개와 누렇고 검은 연기, 다갈색과 노란색의 탄약들, 모래와 흙들. 이 모든 것은 마치도 천군만마가 내달리는 듯하였다……. 대지는 벌집처럼 구멍이 숭숭 나고, 오가잡탕의 수많은 소리와 색깔들이 난무하고 있었다. 더할 나위 없이 거대한 훼멸과 현기증의 색조가 모든 사물들을 물들이고 있었다. 혼란과 공포가 시간과 공간의 숨통을 조이고 있었다. 지구는 이미 수억 년 전으로 퇴행하고, 자줏빛 나선형 성운이 파열하고 있었다. 지각地殼이 불타고 있었다…….

2

구릿빛 불기둥이 계속 솟구쳐 오르고 있었다. 거인의 장엄한 모습인 양 흔들리는 그것에는 모략과 음흉함, 잔인함이 배어 있었다. 그러나 화력 제어 지역으로 발사되던 구포臼砲와 단신포의 아우성은 이미 멈추어 있었다. 뇌홍雷汞이 기폭할 때마다 포강砲腔에서 뿜겨져 나오던 화염도 부쩍 달아오른 어둠속에 영원히 사라지고 말았다. 곡사탄도와 직사탄도에서 벗어난 포탄이 허공을 날며 그려내던 가공의 포물선과 평행선들도 더 이상 보이지가 않았다. 맥심 중기관총 역시 분당 600발의 연속 사격에서 60여 발로 줄더니 결국엔 안전쇠를 걸어닫고 말았다. 경기관총과 보총 소리만이 계속하여 울렸다. 가끔 수류탄 파편이 작열하는 소리가 뒤섞이곤 하였다. 전투는 이미 끝나가고 있었다. 산발적인 시가전이 정면 공방전을 대체하였다. 연대 수비군은 가장 절망적인 최후의 저항을 하고 있었다. 끝내는 메피스토가 승리를 거둔 셈이었다. 악이 정의를 정복하고 말았던 것이다. 남대문의 성첩 가에서 마지막으로 방아쇠를 당기고 난 왜국의 포병들은 고저호 톱니바퀴와 세로 전류기가 맞물리는 조준기를 떠나, 구리로 된 방패막 뒤에 편히 앉아서 후지富士 권련을 한 가치 피울 수가 있었다.

이미 정해진 비운悲運이었다. 가장 조잡한 장비로서는 패배할 수밖에 없었다. 시위연대侍衛聯隊의 병영을 포기한 국민군은 혼란에 빠져 철퇴를 시작하였다. 후퇴 시설도 없이, 진내 사격도 없이, 엄호 화력도 없이 이미 모든 것이 무정부 상태가 되어 있었다. 침략자의 날카로운 창검은 여전히 미쳐 날뛰며 그들을 진공하였다. 얼마 남지 않은 연대 관병들은 제각기 뿔뿔이 흩어졌다. 혹은 거리와 골목에 엎드려서, 혹은 무너져 내린 기와나 벽돌 조각 위에 꿇어 앉아, 혹은 퇴락한 담 뒤에 숨어서, 혹은 다른 집 지붕 위에 기어올라, 혹은 시체 더미 속에 엎드려서, 혹은 도랑에 숨어 숨을 돌리는 한편 계속 저항을 하였다. 땀과 피가 한데 얼룩져 흘렀다. 찢어진 태극기가 나부끼고 있었다. 하얀 배꽃 문양의 모표가 어둠 속에서 빛났다. 피투성이의 고동색 얼굴들이 사방을 두리번거리고 있었다. 탄알은 날카롭고 긴 소리를 내며 꿇어앉거나 엎드려 있는 이들을 과녁으로 끊임없이 날아왔다. 금속음이 계속하여 들려왔다. 일부 검은 제복의 병사들이 산 미치광이처럼 맹렬히 앞으로 돌진하였다. 마치도 검은 나래를 퍼덕이듯 하며 갑작스러운 역습으로 포위망을 뚫고자 하였으나, 미처 적들과 접촉도 하기 전에 경기관총 소리와 함께 쓰러지고 말았다. 그러나 죽음은 결코 인간의 존엄과 신념의 광환을 앗아갈 수는 없었다. 비장한 외침 소리가 간단없이 울려 퍼졌다. 그것은 마치도 어둠을 가르는 동녘의 아침노을처럼 장엄하고 침통한 것이었다. "대한국 만세!", "국방군 만세!", "박대대장 만세!", "일본 날강도들을 타도하자!", "왜놈들을 죽여라!", "적들을 쏴라!", "돌격, 돌격!……" 피눈물 나는 그 외침이 죽음을 장식하고 유린당한 경성을 장식하고 있었으며, 군사상의 패배의 비극 또한 그로 인해 장식되고 있었다.

가두에서, 불길 속에서, 시체 더미 속에서 처참한 신음 소리가 계속하여 울려왔다. 신음 소리는 피비린내 풍기는 피범벅의 중상자들의 모습을 보여주고 있었다. 동강난 팔이며 나뒹구는 다리, 찢어진 가슴이며 일그러진 창백한 얼굴, 불에 그슬린 바짝 마른 몸뚱이와 독사에게 물린 듯이 퍼렇게 멍들고 짓이겨진 살갗…… 도처에 부상병들이 널려 있었다. 그들에게 붕대 한 조각, 물 한 모금 가져다 줄 이가 없었다. 그들은 애절히 울부짖으며 쇳덩어리들을 저주하였다. 폭탄 한 방에 통째로 사라진 사람들이 되레 부러웠다. 불의 파도는 연대 병영 부근에서 세차게 길길이 날뛰고 있었다. 민가들이 연이어 불길에 삼켜지고 있었다. 시커멓게 탄 거대한 숯 기둥이 쾅하고 무너져 내렸다. 불길 속에서 고함 소리와 통곡 소리, '사람 살려' 하는 소리와 비명 소리가 들려왔다.

전과戰果가 지속적으로 확대되고 있었다. 포로들이 잔혹한 죽음을 당하고 있었다. 피투성이의 머리통 하나가 동시에 일여덟 개 총검의 먹이가 되어 뜯기다가 고무공처럼 이리저리 채이고 있었다. 종내는 누군가가 그것을 높이 꼬나들더니 원반처럼 화염 속에 던져 버리고 말았다. 어떤 시체들은 갈가리 찢어져 있었다. 넓적다리가 완전히 칼질을 당한 경우도, 머리와 몸뚱이가 '사별'한 경우도 있었다. 마치도 육상 경기라도 하듯이, 유연체조라도 하듯이, 공놀이라도 하듯이, 주둔군은 피의 게임을 즐기고 있었다. 그자들은 전갈의 무리처럼 행악질을 일삼고 있었는데, 얼굴에는 파충류의 음침한 표정이 서려 있었고, 입가에는 습지 동물인 두꺼비의 하얀 독액이 분비되어 있었다.

성성이와도 같은 광란적인 웃음소리가 화염 주변에서 터져 나오고 있었다. 시위군 연대에 도움을 주었던 인민들이 수천 수백 배의 앙갚음을 당하고 있었다. 각색의 살육이 그네들을 덮치고 있었다. 서늘한 총검이 그네들의 몸에서 핏빛 향연을 즐기고 있었다. 선혈의 꽃밭이 그네들을 포위하고 있었다. 사처에서 빨간 양귀비꽃들이 피어나고 있었다. 백의白衣 노인이 등이 밀려 불길의 품속에 내맡겨졌다. 백의의 아기가 총검에 찔려 불의 천국에 내던져졌다. 백의 여인이 실 한 올 걸치지 않은 알몸으로 벗겨져, 천만 떨기 양귀비꽃의 바다 속에서 발가우리하고 희디흰 육체를 부들부들 떨면서 강시僵尸와도 같은 섬뜩한 괴성을 흘리고 있었다. 사람의 고기가 타는 고약한 냄새가 넘쳐났다. 피로 낭자한 화장火葬이 계속되고 있었다. 애도사와 조문처럼 저주가 이어지고 있었다. "키사마 와쿠나이!", "키사마 호카구노카!", "바카야로 야케로!", "코로세, 코로세!……", "조센진 코로세……!", "아, 아, 아, 아, 아!……", "하하하 하하하……."[i]

불길이 점점 더 붉게, 점점 더 사납게 타올랐다. 그것은 악마주의를 장식하는 '하나님의 불'이요, 정의를 심판하는 지옥의 불길이었다. 갈가리 찢어진 청, 흑색의 태극기가[2] 불 속에 던져졌다. 핏빛의 일장기가 찬연하게, 우쭐대듯이 나부끼고 있었다. 박차 소리가 철거덕거렸다. 보검이 쟁그랑거렸다. '죽음'이 불과 연기 속에서 감돌고 있었다. 시체의 바다와 시체의 바다가 맞닿아, 마치도 피의 파도가 몰아치며 흐릿하고 처절한 울먹임을 연주하는 듯하였다. 시체의 바다 위로는 프랑스식을 본뜬 상단上壇이 빳빳한 검은 군모와 7발짜리 기마총, 메이지 30 보병총과 모제르, 폭발하지 않은 수류탄, 모난 기와 조각과 벽돌 조각들, 무너져 내린 담벼락과 고려 인삼 광고 깃발, 부서진 쇳조각들과 검, 납 탄환과 놋쇠 탄피 등이 떠돌아다녔다.

각색의 기괴한 냄새들이 뒤섞이어 발효되고 있었다. 혼탁한 화약 냄새, 둔중한 흙냄새, 시체가 타는 냄새, 피비린내, 끈적끈적한 곰팡이 냄새, 유황 냄새…… 공기는 당장이라도 사람을 질식시킬 듯한 이름 모를 냄새로 가득 차 있어서 견디기 힘들 정도로 무서웠다. 낮게 드리운 어두운 구름장들은, 당장이라도 무너져 내릴 듯 위태로워 보였다. 별빛 한 점 보이지 않는 어두침침한 하늘은 마치도 거대한 검은 탈을 쓰고 있듯이 허위적으로 보였고 그 아래로는 기괴한 광경이 적나라하게

2 원문이 이러함.

드러나 있었다. 가로수 높은 가지에 사람의 머리통이 걸려 있고 회칠한 담벼락에는 사람의 팔이 드리워져 있었다. 물소리가 졸졸 들려오는 배수구 가에는 찢어진 사람의 가슴팍이 움츠린 거북이처럼 널려 있었고 거리 한가운데 넘어져 있는 붉은 꽃이 만발한 자귀나무 위로는 선혈이 낭자한 동강난 사람의 몸뚱이가 겹쳐져 있었다…….

패잔병들의 저항은 갈수록 뜸해졌다. 나중에는 순전히 개인을 전투단위로 하는 극소수의 사람이 남았을 뿐이었다. 그들의 저항은 적들을 타격하기 위해서라기보다 차라리 자신을 희생하기 위해서였으며, 마지막 몇 방 남지 않은 총알을 써버리기 위해서였다.

이곳저곳에서 불빛은 여전히 날름거리며 주위를 밝히고 있었다. 음모를 꾸미는 주술사의 사주라도 받은 듯이 백의민족의 모든 적개심과 강인함을 깡그리 불태워 버리기라도 할 듯이 사특하고 사납게 타오르고 있었다.

3

경성의 북쪽 한 모퉁이만은 이상하리만큼 괴이한 평화로움에 잠겨 있었다.

어둡고 희미한 등불 빛이 들쭉날쭉한 가운데, 궁궐형의 위풍당당한 건축물들이 줄지어 서 있었다. 고독 속에 침잠하는 찬연한 공작새들처럼 건물들은 장엄히 모든 것을 부감하고 있었으며, 침묵에 잠겨 화려함을 뽐낼 뿐이었다. 주홍빛 대문과 주홍빛 문설주들이 처연히 어둠 속에서 차고 그윽한 붉은 빛을 번쩍이고 있었다. 붉은 대문의 금빛 사자 모양의 문고리는 기괴한 표정을 짓고 있었다. 질서정연한 붉은 기둥은 아테나 신전의 원주圓柱처럼 조화로움과 곡선미, 통일됨과 평화로움을 자랑하고 있었으며 마치도 생명력이 왕성한 거인처럼 당장이라도 몸을 날릴 듯하였다. 처마 또한 새의 나래처럼 공중으로 뻗어 있었다. 어둠 속인지라 마룻대 사이의 주작, 현무, 봉황, 기린 등 조각들은 분별하기가 어려웠다. 단지 일부 모서리와 포물선, 그리고 삼각형만이 그 어렴풋한 그림자를 묵묵히 땅위에 드리우고 있었다. 비록 건축물들은 터키 식의 어둠의 면사포에 가려져 있었지만 어둠 속에서도 여전히 그 화려하고 의젓한 기품과 숙연한 도도함을 느낄 수가 있었다.

어둠 속에서 두 형체가 흔들거리며 점점 가까이 다가오고 있었다. 걸음걸이가 황급하고 비틀거렸다. 이쪽 건물 쪽으로 다가오는 것이 분명하였다.

멀리 불꽃을 배경으로, 겹겹이 서려오는 어둠의 포옹 속에서 두 그림자는 마치도 사람이 아니라 요정 혹은 바다 괴물이 만 길 깊이 사해死海의 해저로부터 솟아오르는 듯하였고, 머나먼 지평선으로부터 다가오는 듯하였다. 악어처럼 기어서, 점점 사납고 빠르게 기어서, 결국에는 돌연히 석상과도 같은 두 개의 형체로 응고되었다. 검은 옷차림의 두 사람이었다.

스멀스멀 가까이로 다가오는 두 사람의 모습에는 촉망함 속에서도 강인함이, 황급함 속에서도 냉정함이 엿보였다. 모습을 드러내는 첫

순간부터 그들은 평화롭던 이곳에 무언의 견책과 고발, 불안과 부조화를 가져왔다. 그들의 걸음걸이와 움직임 하나하나마다에서 특별한 정감과 의미가 차 넘치고 있었다. 이러한 정감과 의미는 평화로운 이곳에 있어서는 커다란 풍자이자 조롱이었다. 총총히 걸음을 옮기고 있는 그들 중, 키가 큰 사람은 한쪽 다리를 절고 있었다. 그는 쩔뚝거리며 한쪽 손으로 다른 한 사람의 어깨를 짚고서 안간힘을 다해 걸음을 옮기고 있었다. 마치도 수렁에 빠진 사람처럼 아주 힘겹게 행진하고 있었다. 진흙투성이와 피투성이가 된 모습을 관두고서라도 그들의 황급한 행색이나, 헐떡이는 숨소리만으로도 그들이 얼마나 고달프고 낭패스러운지를 알 수가 있었다. 그들은 마치도 태고 적 혼돈 속의 가장 혼란스러운 광경에서, 홍수와 맹수의 겹겹의 포위 속에서 금방 도망쳐 나온 사람인 듯싶었다. 침울한 위압감과 생각에 짓눌린 채, 질서정연하고 평화로운 세기로, 질서정연하고 평화로운 섬으로 발을 들여놓은 사람인 듯싶었다.

그들은 그렇게 걷고 또 걸었다…….

끝없는 어둠 속에서 쉬고 메마른 목소리가 나직이 울렸다.

"강재하姜載河!…… 좀 쉬었다 가세!…… 자네 한나절이나 날 부축하지 않았는가?…… 많이 힘들 걸세……."

키가 보다 큰 사람이 하는 말이었다. 그는 숨을 몰아쉬면서 띄엄띄엄 말을 이었다. 아주 온화한 목소리였다.

"괜찮습니다. 힘들지 않습니다.……중대장님, 아직도 상처가 많이 아프십니까?……" 강재하는 아주 공손하게 대답하였다. 갈린 목소리가 앙칼졌다.

"아직 좀 아프네.…… 괜찮네.…… 헌데 너무, 너무나도 지치는군!…… 목이 많이 마르네……!"

"중대장님, 여기 앉아 조금 쉬십시오.…… 조금만 기다려 주세요. 제가 가서 물을 좀 구해 오겠습니다……."

그들은 그중 한 저택의 흰 돌로 쌓아올린 계단 위에 앉았다. 두 사람 모두 지칠 대로 지쳐 있었다. 두 사람 모두 말할 기력조차 없었다. 한참이 지나서야, 조금은 기력을 되찾은 듯 중대장으로 불리는 이가 나지막이 물었다.

"여긴 어딘가?…… 어찌 이리도 조용할 수 있단 말인가?…… 다른 세상에라도 온 듯싶네……."

"여긴 예전의 용동궁龍洞宮입니다. 지금은 용동가로 바뀌었지요. 조금만 더 가면 황궁이옵니다."

"아, 용동가!…… 여긴 황족皇族들이 사는 곳이 아닌가!……글쎄 이리도 조용하고 평화롭다 했더니……." 그리고는 문득 무엇인가 깊은 생각에 잠긴 듯 침묵하였다. 한참이 지나서야 냉랭히 혼잣말로 중얼거렸다. "그래, 이토 히로부미가 보호조약에서 약속하였지. '황족의 존엄'을 삼가 받들어 드리겠노라고, '황족의 안전'을 고이 지켜드리겠노라고. 약속 한번 잘 지키는군……!"

"잘 되었습니다. 여긴 황족들이 사는 곳이니깐 당분간 왜놈들이 찾아와 소란을 피우는 일은 없겠군요. 좀 더 쉬었다 가도 될 것 같습니다……"

강재하가 계속하여 말을 이으려는데, 다른 한 사람이 문득 그를 흔들어 저지하였다.

"쉿!…… 저게 무슨 소린가……?"

멀리 길 입구로부터 구둣발 소리와 함께 박차 소리가 들려왔다.

몇 분 뒤, 구둣발 소리와 박차 소리는 용동가 방향이 아니라 골목을 돌아 다른 길거리로 향하였다.

중대장은 안간힘을 다해 일어나더니 단호히 말했다.

"안되겠네. 여긴 쉴 만한 곳이 못되네.……어디라도 들어가서 몸을 피해야 할 것일세……!"

"중대장님, 일어나려고 하지 마시고 앉아서 쉬고 계십시오. 제가 가서 문을 두드려 보겠습니다."

4

황급하게 문을 두드리는 소리가 어둠 속에 울려 퍼졌다.

"뉘시오?"

"저희는 부상당한 국방군입니다. 미안하지만 어서 문을 좀 열어 주십시오. 저희 중대장님께서 중상을 당하시어 반드시 휴식을 취하고 물도 좀 마셔야 할 것 같습니다. 적들이 뒤에서 쫓고 있으니 피신할 수 있게 어서 문을 좀 열어 주십시오."

"아니 되오."

문 두드리는 소리가 계속하여 울렸다.

"어르신, 제발 좀 도와주십시오. 저희는 이미 이틀 낮 이틀 밤을 쌀 한 톨 물 한 모금 없이 꼬박 싸웠습니다. 제발 문을 좀 열어 주십시오. 잠깐만 쉬다 갑시다."

"아니 되오! 다른 집에 가서 피신토록 하시오!"

"어르신, 어찌 부상당한 사람을 문전박대하십니까? 중상을 입으신 분이 우리 중대장님이십니다. 너무나도 지치고 목이 마르는 데다가 부상까지 당하였습니다.…… 아무쪼록 잠깐만 쉬다 갈 수 있게 해주십시오. 그냥 잠깐 앉았다가 물만 한 모금 마시고 가겠습니다. 절대로 오래 머물지는 않겠습니다."

"안 된다면 아니 되는 줄로 아시오! 사람이 어찌 이리 말귀를 알아먹지 못하고 귀찮게 말이 많으시오! 솔직히 말해, 위전에서 일찍부터 분부가 계셨소. 잡놈들은 얼씬도 하지 못하게 하라고 말이오. 백번 말해도 소용이 없는 일이요. 그만 되었으니, 다른 집에나 가서 구걸해 보시오!"

문을 두드리던 소리가 뚝 그치고 말았다.

문고리의 금빛 사자 머리 위에 놓여 있던 손이 맥없이 처지고 말았다. 마치도 수직으로 한 대 얻어맞기라도 한 듯이 문을 두드리던 사람은 풀이 죽어 고개를 푹 떨어뜨리고서 말없이 몸을 돌려 느린 걸음으로 되돌아왔다.

"다음 집에 가서 두드려 보겠습니다." 그는 떨리는 목소리로 나지막이 말하였다.

중대장은 제자리에 그냥 앉아 꼼짝달싹하지 않고 있었다. 어둠 속에서 무엇인가 중대한 문제를 사고하는 듯싶었다. 드디어 그는 처연히 말하였다.

"그만 두게. 그냥 이렇게 밖에서 잠깐 쉬다가, 좀 지나 우리가 왔던 곳으로 되돌아가세. 여긴 우리가 있을 곳이 못되네. 본시 오지 말았어야 하네!"

"아닙니다. 중대장님. 제발 이런 일로 힘들어 하지 마십시오. 화내실 필요가 없습니다. 몸에 상처도 심하신데 꼭 안전한 곳을 찾아 푹 쉬셔야지요. 밖은 너무 안전치 못합니다. 수시로 그자들이 수색하러 올 수도 있습니다."

"올 테면 오라지……! 흥, 나에겐 그자들을 해치울 방법이 있네……!" 중대장은 가볍게 쓴 웃음을 짓더니, 자기도 모르게 손으로 옆구리를 매만졌다.

"중대장님, 조금만 참으십시오. 제가 다음 집에 가서 한 번 더 두드려 보겠습니다. 금방 그 집처럼 비정한 집은 우연에 지나지 않을 것입니다. 한국의 황족이 모두 저처럼 무정할 리는 없습니다.…… 만에 하나 다음 집도 거절한다 하여도 세 번째 네 번째 집이 또 있지 않습니까……?"

잠시 후, 어둠 속에서 문 두드리는 소리가 다시 울리기 시작하였다. 그 소리는 아주 오랫동안 계속되었는데, 중간에 다섯 번인가가 끊겼다. 말하자면 선후하여 다섯 집에서 거절당한 셈이었다. 문 안 쪽에서 응대하는 사람들은 그 신분이 하인이건 주인이건 그 대답이 모두 대동소이하였다. 다들 칼로 자르듯이 단칼에 안 된다며 거절하였다. 마치도 문을 두드리는 이가 콜레라나 흑사병이라도 되는 듯이 그들에게 있어서 이들을 받아들인다는 것은 무서운 역병을 받아들이는 것이나 마찬가지였다. 응대를 하는 그들의 어투는 암석처럼 냉랭하고 딱딱하였다. 구구절절 모든 부탁과 사연이 예리한 칼날이 되어 그에 부딪칠지라도 아무런 효험이 없었다. 단지 쓸모없는 자극과 텅 빈 메아리가 될 뿐이었다. 세상은 워낙 넓디넓은 것이었으나 이때만큼은 가공할 정도로 협소해 보였다. 본시 따스하고 밝게 빛나던 등불조차도 이때만큼은 가공할 정도로 어둡고 차가와 보였다. 문을 두드리던 이가 이 협소한 세계에 숨 막혀 가쁘게 숨을 몰아쉬었다. 끊임없이 몰려오는 어둠과 추위에 덜덜 떨었다. 짧디 짧은 이 한 시간 사이에 그는 난생 처음으로 무엇이 더위이고 무엇이 추위인지, 무엇이 밝음이고 무엇이 어둠인지, 무엇이 광대한 것이고 무엇이 협소한 것인지를 체감하게 되었던 것이다. 그는 세상에는 자신이 미처 발견하지 못하였던 다른 세상이 또 하나 있음을, 아니 심지어는 열 개 이상이 숨겨져 있음을 깨닫게 되었다. 마치도 마술사의 쇠고리에서 수많은 쇠고리가 줄레줄레 걸려나오듯이, 이 모든 것은 완전히 상상 밖의 일이었다. 고통스러웠지만 그는 여전히 안간힘을 다해 몸부림쳤다. 마치 물에 빠진 사람이 지푸라기라도 잡으려는 것처럼.

앞선 다섯 집들과 동맹과 밀약이라도 맺은 듯이 여섯 번째 집에서도 마찬가지로 그를 거절하고 말았다.

사형을 언도받은 죄수처럼 그는 말없이 고개를 떨어뜨렸다. 한숨을 내쉬지도 고개를 내젓지도 않았다. 그냥 묵직한 비애 속에 한없이 침전하도록 자신을 내버려 두고 있었다.

몸을 돌려 자리를 뜨려던 그의 머릿속에 언뜻 무엇인가가 번개처럼 스쳤다. 순간적으로 그는 잊고 있었던 말과 이유가 떠올랐다. 그 말과 이유들은 반드시 뱉어내야만 하는 것이었다. 그리하여 그는 몸을 돌려

다시 쇠고리를 두어 번 두드렸다. 그리고는 극히 침통한 어조로 말하였다.

“어르신, 마지막으로 다시 한 번 부탁드립니다.…… 우리는 모두 단군[ii]의 후손입니다. 모두 한국인입니다. 부상당한 중대장님을 도울 마음이 없으시더라도 같은 단군의 후손임을 생각해서라도, 같은 겨레임을 생각해서라도 저희가 들어가 물을 한 모금 마시게 좀 해주세요. 부탁입니다.”

“젠장, 정말 귀찮은 병정이군! 안 된다면 안 되는 것이여! 단군이고 겨레고 나발이고! 헛소리 그만두고 썩 꺼지게!”

“어르신, 어찌 그리 사리분별을 못하십니까?”

“뭐가 어째? 사리분별? 그럼 내가 사리분별을 좀 해주지. 여긴 한국의 공작公爵이신 이범무李範懋 대감님 댁이시다! 귀하신 황족님의 공관이란 말이야. 반란군과 탈영병은 일절 얼씬도 하지 못하게 하라는 엄명이시렸다. 알겠느냐? 반란군과 탈영병은 일절 얼씬도 하지 말렸다.”

그때, 근처 멀지 않은 계단에서 급격한 고함 소리가 들려왔다. 극도의 분노에 찬 쉰 목소리였다. 문을 두드리는 소리보다도 더 쩌렁쩌렁하게 어둠 속에서 울려 퍼졌다.

“제기랄! 여기 어디 반란군이 있으며 탈영병이 있다더냐! 여긴 오로지 조국의 자유를 위해 싸우다가 부상당한 자만이 있을 뿐이다! 제기랄! 네놈은 자기 조상이 어느 나라 사람인지도 모른단 말이더냐!”

문 안쪽에서는 그제야 조용해지고 말았다.

문을 두드리던 사람이 계속하여 무언가 말을 하려고 하는데, 중대장의 쉰 목소리가 다시 들려왔다.

"강재하, 그만두게……. 우린 거지가 아니네!…… 흥, 되먹지 못한 놈이라고는……!"

"어휴, 중대장님!……"

중대장은 말이 없었다. 긴 침묵의 시간이 지나서야 그는 고개를 들어 어둠을 노려보았다. 깊은 수렁에라도 빠진 듯한 고통스러운 목소리로 혼잣말을 내뱉었는데, 그 마디마디가 묵직하고 영글고 힘이 들어가 돌멩이가 되었다.

"한스럽네, 내 자신이 한스럽네. 자네가 날 구하게 내버려두는 것이 아니었네.…… 이놈의 세상, 이게 무슨 세상이란 말인가!" 불현듯 목이 메어 그는 말을 잇지를 못했다.

"중대장님, 지금 눈물을 흘리시는 겁니까?" 강재하는 고통스레 그를 바라보았다.

"그러네. 눈물을 흘렸네!…… 어찌 눈물을 흘리지 않을 수가 있단 말인가!…… 이 한 시간 사이에 나는 우리들이 장장 30년간 겪은 굴욕스러운 역사를 보았다네. 차마 눈 뜨고 볼 수가 없는 비참한 현실을 말일세!…… 옳거니, 어찌 눈물을 흘리지 않을 수가 있단 말인가……!"

"어인 말씀이십니까?"

"나는 우리 한국이 결국 멸망하고 말 것을 본 것일세!"

"……."

"……."

그들은 말없이 서로를 고통 어린 눈으로 바라보았다. 마치도 상대방의 얼굴에서 무슨 기적이라도 읽어내려는 듯이. 그렇게 바라보고 있던 그들은 갑자기 서로를 부둥켜안고 울음을 터뜨리고 말았다.

이웃고 강재하는 눈물을 닦으며 결연히 말하였다.

"중대장님, 성치 못한 중대장님의 몸을 생각해서라도 한 번만 더 문을 두드려 볼 수 있게 윤허해 주십시오! 마지막입니다. 만약 이번에도 실패한다면 중대장님을 모시고 함께 돌아서겠습니다……."

"그럼 마지막으로 한 번만 더 두드려 보게. 그러나, 단 한마디라도 애걸하는 말을 해서는 안 되네!……"

잠시 후, 문 두드리는 소리가 다시 어둠 속에서 울려 퍼지기 시작하였다.

"뉘시오?"

"저희는 부상당한 국방군입니다. 저희 중대장님께서 중상을 입으셨습니다. 감사합니다. 저희가 들어가 좀 휴식을 취하고 물을 마실 수 있도록 하여 주십시오. 감사합니다!……"

문 안쪽에서는 잠시 주저하는 듯싶더니, 평온한 목소리로 회답을 하여왔다.

"잠시만 기다려 주시오. 제가 들어가 여쭈어 보겠습니다.……"

확답은 아니었지만, 문을 두드리던 이에게는 뜻밖의 작은 위안이 되었다.

"중대장님, 이번에는 가망이 있어 보입니다.……"

"흠, 가망이라.…… 환자가 죽기 전에 의사들은 늘 가망이 있다고 하는 법이지……!"

5

똬리를 튼 용이 그려진 붉은 양초가 노란 불빛을 토해내고 있었다. 붉디붉은 촛농이 마치도 장미 꽃잎이 지듯이 고요히 은으로 된 격자 모양의 촉대에 흘러내리고 있었다. 촛불 가에서는 독경 소리가 섬세한 떨림으로 울리며 가볍게 나래를 펼치고 있었다. 그것은 마치도 사람의 목소리가 아니라 '앵 앵' 들려오는 곤충의 파닥이는 날갯짓과도 같았다.

"부처님께서 가라사대, '대왕大王이여, 그대는 쉼 없이 이루어지는 변화를 보면서 자신이 종내 멸滅하고 말 것을 깨닫지 아니하였는가? 마찬가지로 그대는 멸할지라도 결코 멸하지 않는 것이 자신의 몸속에 있음을 알지 아니한가?' 하시었다. 파사닉왕波斯匿王은 합장을 하고나서 부처님께 아뢰었다. '솔직히 저는 잘 모르겠사옵니다.' 부처님께서 가라사대, '지금 나는 그대에게 불생멸성不生滅性에 대하여 현시코자 하노라. 대왕이여, 그대는 몇 살 적에 갠지스 강을 보았는가?' 하시었다. 왕이 말하기를 '제가 태어나 세 살이 되었을 적에 모친께서 저를 데리고 기파천耆婆天을 배알하러 가는 길에 그 강을 지나게 되어, 그때 그것이 갠지스 강임을 알게 되었습니다' 하였다. 부처님께서 가라사대, '대왕이여, 그대의 말처럼 스물이 되면 열 살 적보다 쇠衰하게 되는 법이노라. 예순이 되기까지 세월과 시간은 그처럼 순간마다 변하는 것이 아니겠는가. 그대가 세 살 적에 그 강을 보았다 하니, 나이가 열셋이 되었을 적에 그 물은 또 어떠하였는가?' 하시었다. 왕이 고하기를, '세 살 적과 마찬가지로 전혀 다름이 없었습니다. 지금 저의 나이 예순둘이오나 여

전혀 다름이 없사옵니다.' 하였다. 부처님께서 가라사대, '지금은 그대가 많이 상傷하여 머리가 세고 얼굴에 주름이 생겼으니 그 얼굴이 필히 동년에 비해 주름졌을 터이노라. 그러나 지금 그대가 갠지스 강을 관觀할지언데 과거 어린 시절에 그 강을 보았을 때의 견식과 어리고 늙음의 차이가 있는가?' 하시었다……."

초연한 모습이 고대의 운유雲遊 도인을 방불케 하는 한 사내가 촛불 옆 자단목紫檀木 태사의太師椅[3]에 앉아 있었다. 의자에는 금실로 구슬을 희롱하는 두 마리 용을 수놓은 푸른 비단 깔개가 깔려 있었다. 그는 나이가 마흔 남짓하였고, 마른 몸매에 키가 컸다. 얼굴은 야윈 편이었고 턱에는 세 가닥으로 나뉜 긴 수염이 표연히 드리워 있었는데, 그것은 흰색 '두루마기'[iii]의 앞섶에까지 닿아 있었다. 머리에는 말총으로 만든 터키식 흰 '감투'[iv]를 쓰고, 발에는 흰 소가죽으로 된 '신'[v]을 신고 있었다. 전체적으로 용모가 단아하고 차분하였으며 그 기품에는 속세를 벗어난 듯한 허허로움이 서려 있었다. 만약 빛 잃은 두 눈에 우울함이 잔뜩 담겨져 있고 아래 눈꺼풀이 축 드리워져 있지만 않았다면, 깊은 생각이라고는 전혀 해본 적이 없는 사람으로 보였을 것이었다. 그의 눈동자는 평화롭고 아늑해 보였다. 그러나 그 누구든지 오래도록 그 눈길의 주목을 받노라면 그것에 갇히고 말 듯한 공포와 마치도 거대한 손이 숨통을 조이는 듯한 이름 못할 숨 막힘과 갑갑함을 느끼게 될 것이었다.

그는 나지막한 소리로 염송念誦을 하고 있었다. 비록 범패梵唄의 반주

---

3 등받이와 팔걸이가 있는 품위 있는 의자로서 청(淸)나라 풍의 가구이다.

는 없었지만, 그 음률音律이 자연스럽고 고적하여 선취禪趣가 있었다. 염송을 하고 있는 그의 얼굴에 패인 주름들은 더할 나위 없는 강인함과 고독함을 드러내고 있었다. 마치도 숙명적으로 야수와 독사의 겹겹의 포위 속에서 몸부림쳐야 하는 석기 시대의 사람인 듯싶었다. 그칠 줄 모르고 이어지는 독경 소리를 듣노라면 그가 마치도 목판본의 방송체仿宋體[4] 글자 크기만큼 자신을 끊임없이 축소시켜 책갈피 속에라도 숨어들려는 듯싶어 보였다. 그는 경을 읽고 있다고 하기보다 어디론가 도주를 하고 있었다. 자신으로부터의 도주, 이 세상으로부터의 도주…….

지금 이 순간, 그는 처음 염송을 멈추고서 바깥을 향해 귀를 기울이고 있었다. 멀리 대문 어귀에서 문을 두드리는 듯한 희미한 소리가 들려왔기 때문이었다.

그는 선봉綫縫의 능엄경楞嚴經에서 눈을 뗐다. 파사닉왕이며, 갠지스강이며, 부처며 아득히 사라졌다.

잠깐 벽을 향하였던 그의 시선은 다시 유유히 포물선을 그리며 옮겨졌다. 객실은 절당처럼 고요하였으며 절 특유의 서늘함과 어두움이 깃들어 있었다. 벽에는 노르끄름한 비단으로 표구한 단군의 상과 몰골화법沒骨畵法으로 그려진 금강산 산수화, 백두산 남천문 천지 수묵화, 이미 퇴위한 황제 광무제光武帝가 정몽주의 시를 옮긴 족자, 고려[5] 호태왕비의 탁본 등이 걸려 있었고 탁상卓床 위에는 분채粉彩, 법랑채琺瑯彩 등속의 송도 도자기가 놓여 있었다. 이 모든 사물은 마치도 소리와 움직임이 없는 그늘진 생명이라도 되는 듯이 눈과 귀가 먼 이의 간절한 표정으로

4 손글씨와 비슷한 한자 인쇄체의 일종이다.
5 응당 '고구려'이어야 하나 중국어 원문에 '고려'로 되어 있다.

그를 향해 묵묵히 무엇인가를 선언하고, 무엇인가를 하소연하고 있었다. 그러한 정적은 공포에 가까운 무거움으로 그를 휩싸고 있었다.

어둡고 불투명한 공기 속에서, 드문드문 울리는 총소리와 혼탁한 소음이 들려왔다. 그러한 소음들은 마치도 밖에서 울려오는 것이 아니라 그의 마음속에서 울려나오는 듯싶었다. 그는 이상하리만큼 압박감을 느끼었다. 그는 다시 시선을 경문經文으로 옮겼다. 파사닉왕, 갠지스강, 부처 그 모든 것이 춤이라도 추듯이, 빛과 그림자가 파사婆娑하고 흐릿해져 도무지 집중할 수가 없었다. 실은 그는 이미 오래도록 경을 읽고 있었고, 그를 빠지게 하는 것은 경문이 아니라 자신의 목소리에 지나지 않았다. 경에 적힌 사상들은 그에게 있어서는 어디까지나 다른 별에서나 있을 법한 내용들이었다. 그로서는 그것을 정확히 짚어낼 길이 없었고, 그 사상들 역시 그를 사로잡을 수가 없었다.

발걸음 소리가 객실 밖에서 들려왔다.

고개를 들자 노복奴僕 복장에, 코 밑에 몽고식의 팔자수염을 기른 몸이 튼실한 중년의 사내가 걸어 들어오는 것이 눈에 띄었다. 사내는 허리 숙여 인사를 하고 나서 공손하게 말하였다.

"나으리, 부상당한 두 국방군이 들여 주십사 청하옵니다."

그는 조금 의아해 하며 하인을 바라보았다.

"국방군이라니?……"

"예. 그중 한 사람은 중대장인데 중상을 입었다고 하옵니다. 들어와 좀 쉬다 갔으면 하나 봅니다……."

그는 잠깐 놀라더니, 다시 세 가닥으로 꼰 수염을 매만지며 느긋이 말하였다.

"들라 하게!"

하인은 허리를 곧추 펴더니 "예" 하고 대답하였다. 그리고는 다시 허리를 굽혀 절을 하고 나서 물러갔다. 열 걸음도 채 못가서 주인이 그를 불러 세웠다.

"아닐세, 아니야. 들이지 말게나.…… 석룡石龍이, 자네 생각엔 어떠한가? 정말 부상이 심하던가?"

"나으리, 소인의 생각에도 들여놓지 않는 것이 좋을 듯하옵니다. 문밖으로 나가 살펴보지 못한 터라, 그들이 부상을 당한 건지 아닌 건지 알 길이 없사옵니다. 시국이 시국인지라, 이 난리 통에 무슨 불상사라도 생길지 누가 알겠습니까? 소인이 듣기로는 평소 국방군들의 품행이 별로 신통치 못하다고 하옵니다……."

주인이 대꾸하려는 참에 불현듯 우렁찬 목소리가 들려왔다.

"어느 건방진 놈이 국방군의 '품행이 별로 신통치 못하다'고 하더냐? 도대체 누가 감히 국방군의 품행이 성실치 못하다고 그래……?"

몸매가 우람한 젊은이가 곁채의 안방에서 뛰쳐나오며 큰 소리로 고함을 질렀다. 그 목소리에는 얼마간 애티가 섞여 있었다.

"'품행이 별로 신통치 못'한 그 국방군들이 지금 이 시각에도 한민족의 존엄을 위해 일본 강도들과 목숨을 걸고 싸우고 있지 아니한가? '품행이 별로 신통치 못'한 그 국방군들이 지금 이 시각에도 자네를 보호하기 위해, 나를 보호하기 위해, 왜놈들과 목숨을 걸고 싸우고 있지 아니한가? '품행이 별로 신통치 못'한 그 국방군들이 지금 이 시각에도 최후의 핏방울을 흘리며 일본 침략자들과 목숨을 걸고 싸우고 있지 아니한가!…… 흥! 석룡이 자네 말을 함부로, 아무렇게나 해서는 안 되네!

국방군을 능욕하는 것은 바로 우리 한민족의 존엄을 능욕하는 것이자 자네 자신을 능욕하는 것임을 알아야 할 것이네!"

"예, 암요, 암요. 소인이 말을 잘못하였사옵니다. 말을 잘못하였사옵니다. 도련님, 그만 화를 푸십쇼." 석룡은 연이어 허리를 굽실거렸다.

"기箕야, 그만 소리를 낮추어라. 너희 모친께서 아직 주무시고 계시지 않느냐!…… 왜 좀 더 자지 않고서? 날이 아직 밝지도 않았는데."

"총소리 폿소리가 그치지 않고, 밖에서 사람이 사람을 죽이고 있는데, 어찌 잠들 수 있겠습니까? 전 이미 이틀 꼬박 잠을 자지 못하였습니다. 좀 전에 총소리가 줄어들고, 지칠 대로 지쳐 이제 자려는 참에 말소리가 들려 일어난 것입니다.…… 보세요, 밖은 이미 동이 희붐히 트기 시작하였습니다……."

그렇게 말하는 젊은이는 나이가 열여덟, 열아홉 살쯤 되어 보였다. 물론 몸이 조숙하여 그렇게 나이가 들어 보일 뿐, 실제 나이는 그보다 조금 더 어렸다. 그는 사자 눈을 하고 있었는데 맹수의 눈처럼 강렬한 빛을 띠고 있었다. 콧대가 우뚝 높았으며 정직해 보이는 입은 종래로 거짓말을 해본 적이 없어 보였다. 얼굴은 햇볕에 검게 그을고 탔으며 짧은 머리카락은 헝클어져 있었다. 그는 몸매가 보통 사람보다 훨씬 우람했는데, 온몸의 근육이 아주 발달되어 있었고 가슴팍도 쩍 벌어져 있었다. 한눈에도 자주 운동을 하여 특별히 근육이 발달했음을 알 수가 있었다. 그는 격해나는 감정을 참으며 부친의 곁으로 다가가 애원조로 말하였다.

"아버님, 국방군이 부상을 당하였는데 어찌 들이지 말라 하십니까?…… 반드시 들여야 합니다. 제가 가서 문을 열어 드리도록 하겠습니다. 괜찮으시죠?"

"집에 들이는 것이야 무엇이 문제가 되겠느냐? 단지 남의 뒷공론을 듣게 될까 봐 걱정이 되어서 그러는 것이니라. 어제 누군가가 국방군을 위해 모금을 왔더구나. 양식이며 얼마간 기증을 하였더니, 너희 백부께서 전해 들으시고 줄곧 탓하시더구나. 쓸데없는 일에 괜히 관여하였다면서, 일본인이 우리 황족들을 오해하면 어쩌겠냐 하시더라. 지금 와서……."

"백부께서야 장차 일본 국적에 가입할 터이니, 한국의 일쯤이야 강 건너 불 보듯 할 것이 빤하지 않습니까? 우리까지 불구경만 하고 있을 수는 없지요. 불길이 우리 몸에까지 미쳤으니 물이라도 길어야 하지 않겠습니까?…… 아버님, 밖에 있는 두 분을 반드시 안으로 모셔야 합니다.…… 제가 가서 문을 열어 드리겠습니다……."

젊은이는 그렇게 말하고 나서, 대답도 기다리지 않은 채 총총히 대문가로 걸어 나갔다.

"나 원, 녀석도! 뭐나 제 고집대로만 해야 하니, 쇠고집일세……."

6

날이 밝았다. 은으로 도금한 듯한 아침 햇살이 아름다운 꽃무늬가 영롱히 그려져 있는 창살에 비추었다. 멀리서 들려오던 소란스런 소리들은 이미 서서히 사그라지고 있었다. 다만 간혹 가다 산발적인 총소리가 몇 분에 한 번씩 울려 올 뿐이었다. 그것은 한 생명의 멸망을 전하는 부음이었다. 마치 운석의 빛이 어느 한 작은 별의 멸망을 알리는 부음이듯이.

객실의 촛불은 여전히 하늘거리고 있었다. 금실로 상서로운 공작과 연꽃의 무늬를 수놓은 자줏빛 융단 위로 네 사람의 검은 그림자가 희미하게 드리워 있었다. 실내의 분위기는 마치 살인이라도 난 듯이 무거웠고 촛불이 흔들리는 소리조차 들려 올 듯이 고적하였다. 누구나 혹은 짙은, 혹은 옅게 감도는 어두운 기운을 감지할 수가 있었다. 그 기운은 그들의 몸 밖을 부유浮遊하다가 다시 그들의 몸 안에서 부유하였다. 몸 안팎의 어두운 기운이 하나로 합쳐지면서 쇳덩이와도 같이 응고되더니, 마치 소를 도살할 때처럼 그들의 이마를 강타하여 왔다. 그들은 강렬한 도살장의 기운을 느낄 수가 있었다. 그 기운 때문에 공허해지고 고통스러워졌으며, 절망과 분노에 빠지게 되었다. 그들은 지난 4천 년간 가꾸어온 삶의 터전이 순식간에 폐허가 되고 말 것임을 알고 있었다. 피는 고요한 어둠 속에서 흐르고 있었고, 눈물은 환희의 축배 속에서 소리 없이 샘솟고 있었다. 해골은 화려한 연회석상에서 색깔도, 윤곽도, 소리도 없는 무도를 연출하고 있었다. 사랑하던 자가 살해되고, 살해한 자가 사랑을 받고 있었다. 실내에 모셔진 금칠한 보살의 두 팔마저도 두 자루 보검인 듯싶었다…….

중대장 김좌진金左眞의 간략한 설명을 듣고 나서 집주인은 분명 목전의 전세에 대해서 절망하고 말았다. 그는 세 갈래 긴 수염을 떨리는 손으로 매만지면서, 침통히 떨리는 목소리로 물었다.

"허면, 이 나라가 실로, 도무지 구할 도리가 없단 말이시오? 전세를 돌이킬 여지가 전혀 없단 말이시오?"

"예, 돌이킬 도리가 전혀 없습니다."

"그럼 이 나라 다른 지역에 있는 국방군들도 모두 그리 손 놓고 해산되었단 말이시오? 전혀 저항이 없었단 말이시오?"

"저항이야 당연히 있었습니다. 허나 모든 저항은 결과적으로 마찬가지였지요. 궤멸의 운명을, 빠르든 늦든 궤멸의 운명에서 벗어날 수가 없었지요!"

"저항조차 우리를 구할 수가 없었던 말이시오?"

"예. 저항조차 우리를 구할 수가 없었습니다. 그러한 저항은 환자가 죽기 전에 맞는 강심제와 같은 것이지요. 어찌 인간이 강심제에만 기대어서 목숨을 부지할 수가 있겠습니까?"

중대장 김좌진은 침착하게 주인의 말에 대답하였다. 그 마디마디가 칼날처럼 과단성 있고 분명하게, 요행을 바라는 집주인의 마음과 환상을 사정없이 잘라 버렸다.

물을 양껏 마시고 충분한 양의 음식을 섭취하고 난 뒤인지라 중대장 김좌진의 기력은 많이 회복되어 있었다. 그러나 그의 창백하고 수척한 얼굴에는 여전히 피곤함과 혐오스러움, 초조함이 가득 차 있어, 모든 것을 성가셔 하는 듯싶었다. 그는 나이가 서른 좌우 되어 보였고, 몸매가 젊은이인 이기李箕보다도 더 우람져 보였다. 검고 짙은 눈썹에 눈빛이 형형하였고 기품 또한 헌앙軒昂하였다. 한눈에도 생각이 깊고 결단력 있는 사람임을 알 수가 있었다. 머리에 쓴 검은 군모의 챙에는 탄알구멍이 몇 군데 나 있었고, 배꽃 문양의 모표는 떨어져 나간 지가 오래었다. 몸에 걸친 검정색 군복은 마치도 진펄에서 금방 건져낸 듯이 엉망진창이었는데, 더러운 핏자국이 군데군데 나 있었다. 바짓가랑이 역시 온통 찢겨져 있었고, 왼쪽 넓적다리와 좌우측 어깨에는 헝겊을 동여매고 있었다. 그 세 곳에 심한 부상을 입은 것이 분명하였는데, 검은 천에서 새어 나온 피가 응고되면서 여기저기 자줏빛으로 얼룩져 있었다. 그의 옆자리에 강재하가 앉아 있었다. 키가 작달막하고 나이가 서른예닐곱 되어 보였으며, 토끼 눈에 마른 귤껍질 같은 얼굴을 하고 있었다. 그 역시 시위 연대의 검은색 제복을 입고 있었는데 전신에 흙과 피가 엉겨 있었다. 오른쪽 팔꿈치에는 거의 핏빛으로 찌든 흰 천을 동여매고 있었다.

"허면, 대한제국은 군사 하나 없이 빈 제국이 되어 꼭두각시가 되었단 말입니까?" 이기가 분노하여 물었다.

"꼭두각시가 아니면 무엇이겠나?" 중대장이 고통스레 대답하였다. 얼굴에 가벼운 경련이 일었다. "오늘부로, 한국은 모든 무기를 빼앗기고 적수공권이 되고 말았네.…… 오늘부로 한국은 문도 문지기도 없는 텅 빈 창고가 되고 만 것일세!…… 비고 말았지, 텅 비고 말았지!…… 강도들은 수시로 이 창고를 털 수가 있게 된 것이네. 수시로 유린하고 능욕할 수 있게 된 것이네!…… 마음만 먹으면 일본군은 30분 이내로 이 큰 서울을 통째로 점령할 수가 있다네!"

"후유, 말도 마세요. 어디 싸움이라 할 수도 없었지요. 인간이 무쇠와 싸우고, 맨몸이 기계와 싸우는 격이었지요." 강재하는 비통히 고개를 내저었다. "저희 연대는 다해서 겨우 2천여 명에 지나지 않았는데, 왜놈들은 5, 6천 명이나 몰려들어 저희를 포위하였지요. 그자들은 구포臼砲며 단신

포, 중기관총이며 대형 폭탄, 없는 것이 없었지요. 저희에게는 경기관총과 보병총, 수류탄뿐이었고, 중화기라고는 가진 것이 없었습니다. 만약 백성들이 도와 나서지 않았다면 저희가 그리 오래 버텨낼 수가 없었을 것입니다.…… 저희 중대장님은 세 곳에 부상을 입고서도 퇴각하기를 거부하셨지요. 그때, 거탄이 부근에서 폭발하면서 저희는 모두 혼절하고 말았답니다.…… 몰려 온 적들은 저희가 죽은 줄로 알고 저희를 지나쳐 돌격하였지요. 제가 먼저 깨어나 적들이 지나가기를 기다려, 흙탕물을 뿌려 중대장님을 깨웠지요. 중대장님께서는 몸을 움직일 수가 없는지라 떠나는 것을 한사코 거부하셨습니다. 제가 입이 닳도록 설복하였지요. 날이 어둡기 기다려서야 겨우 중대장님을 업고 떠날 수가 있었답니다. 다행히 저는 부상이 심하지 않았습니다. 그렇게 한창 가던 중 끝내 중대장님께서 조금씩이나마 움직일 수 있게 되었지요.…… 후유, 말도 마세요. 저희 중대 6, 7백 명 가운데 겨우 둘만 살아남았답니다…….”

“이건 전쟁이 아니라, 배신이지. 암, 배신이고말고!” 중대장은 이를 갈며 중얼거렸다. “저희는 패배당한 것이 아니라 배신당한 것입니다!…… 저희를 패배시킨 것은 적이 아니라 친우들입니다. 저희를 지휘하는 장군들이었습니다. 만날 구국애민을 부르짖는 현명한 관리들이었지요!”

“우리 군대가 적들에게 이리도 허망이 해산 당하였단 말입니까? 우리 정부에서는 항의도 하지 않았답니까?” 이기가 눈을 둥그렇게 뜨면서 물었다.

“항의라니. 국방군 해산 조서는 바로 우리 황제께서 반포한 것일세! 국방군 해산 명령은 바로 우리 군부軍部에서 선포한 것일세!”

이야기를 듣던 두 사람은 그 말을 듣고 나서 약속이라도 한 듯이 "아!" 하고 비명을 지르며 놀라고 말았다. 그들에게는 청천벽력과도 같은 뜻밖의 소식이었기 때문이었다. 이기는 오래도록 멍해 있다가 뒤늦게야 분노하며 큰 소리로 꾸짖기 시작하였다.

"에잇, 그자들이 어찌 이리도 고약하단 말입니까? 어찌 이리도 어리석을 수 있단 말입니까? 나 원, 이거야 말로 천고의 기문奇聞이 아니겠습니까?"

"그러네. 우리 정부는 이처럼 고약하고 어리석기 짝이 없다네! 최근 수십 년간, 그자들은 줄곧 이리 고약하고 어리석었지. 그렇지 않다면 한국이 어찌 오늘의 이 지경에 이르렀을 수가 있겠나!"

깊은 생각에 잠겨 있던 집주인이 조용히 물었다.

"김대장께서 이번에 국방군을 해산하게 된 경위를 대략이나마 말씀해 주실 수 있겠소?"

김좌진이 고개를 끄덕이며 입을 열고자 할 때, 문득 석룡이가 황급히 뛰어 들어오더니, 숨을 헐떡이며 말하였다.

"나, 나으리, 밖, 밖에 일본 헌병들이 검문을 나왔습니다……!"

"아니, 일본 헌병이……!"

집주인은 몸을 일으키며 손을 비비더니 평온하게 말하였다.

"기야, 넌 먼저 두 분을 모시고 창고로 가서 피신하도록 해라. 어서!"

1분 뒤, 복도로 사라지는 세 사람의 뒷모습을 눈으로 배웅하고 나서야, 집주인은 대문을 향해 걸어갔다. 걸음걸이가 제법 태연자약하였다.

7

"송구합니다만 나으리께 폐를 끼치게 되었습니다. 두 반란군이 여기 오지 않았습니까?"

낯선 일본 군관 한 명이 이제는 귀에 익은 말투로 집주인에게 인사를 건넸다. 겸손한 척하지만 되레 교만함이 투영되어 있는 억양이었다. 군관은 누런색 제복을 입고 소좌 견장을 달고 있었다. 뒤에는 일곱에서 여덟 명의 일본 헌병들이 따르고 있었는데 모두 온몸에 진흙과 피 흔적이 묻어 있었고 구둣발에도 흙탕물과 땟자국이 가득하였다.

"'반란군'이라니? 무슨 '반란군' 말씀이시오?"

"반란군은 바로 당신네 국방군이올시다. 바로 시위연대 말입니다." 군관은 귀찮은 듯이 이마를 찌푸렸다.

"여기서 국방군이니 뭐니를 본 적은 없소이다."

"본 적이 없다니요? 그자들은 모두 시위연대 제1대대 소속입니다. 그중 하나는 중대장이구요. 우리 짐작으로는 김좌진이라는 자일 가능성이 큽니다. 이번 반란수괴 중의 한 놈이지요. 반드시 체포해야 할 자입니다!"

"여기에 시위연대 중대장이니 뭐니 하는 자가 온 적은 없소이다." 집주인은 시종 평온한 어조로 짤막하게 대답하곤 하였다.

소좌는 집주인의 짤막한 부인이 별로 맘에 들지 않는 눈치였다. 그는 다시 이마를 찌푸리더니 의심스러운 눈초리로 물었다.

"없다니?…… 아닐 텐데요. 이건 당신네 이곳 사람들 스스로 보고한 것입니다."

"'스스로 보고'하다니? 우리 이곳 사람들이 말씀이시오……?" 마음 속으로는 조금 불안하였지만 어투는 여전히 평온하고 자연스러웠다.

군관은 비웃는 듯한 눈초리로 집주인을 한번 뜯어보고 나서 음흉한 미소를 지으며 말하였다.

"그렇습니다. 형님이 되시는 이범무 대감께서 사람을 보내 보고하였습니다. 이 일대에 적병 두 명이 나타났으니 대일본 황군들이 이 일대의 치안을 유지하고 한국 황족의 안전을 보호해 달라고 말입니다.……"

"그러시오. 혹여 이 일대에 그런 사람들이 나타났을 수도 있겠군요." 집주인은 가볍게 안도의 숨을 내쉬었다. "허나, 우리 집에서는 진실로 그런 자를 본 적이 없소이다. 요 이틀 내내 대문을 닫아걸고 낯선 자들은 한 사람도 들이지 못하게 하였소이다. 하물며 반란군이라니, 그자들은 내가 가장 싫어하는 자들이올시다."

"정말 보시지 못한 것입니까?" 군관은 뚫어지게 쳐다보며 물었다.

"소좌께서는 내 대답이 별로 석연치 않아 하는 듯하니, 군사들을 풀어 집안을 수색해 보도록 하시오. 그럼 되시겠소?"

군관은 화려하고 웅장한 저택을 한번 바라보더니, 문득 어투를 달리하여 교활하게 웃으며 말하였다.

"아닙니다. 어디 될 말씀이십니까?…… 우린 나으리의 말씀을 믿습니다. 대일본제국의 황군은 진작부터 대한제국의 황족에 대해 존경해 마지않아 왔습니다. 이번 반란군 소탕도 온전히 한국 황실의 안전을 도모하기 위해서이므로 당신들께서도 협조해 주시기를 부탁드리는 겁니다.…… 죄송합니다. 폐 많이 끼쳤습니다. 그럼!" "착" 하는 소리와 함께 발뒤축의 박차를 한데 모으더니, 힘 있게 경례를 올려붙였다.

군관은 헌병들을 거느리고 얼마 멀리 가지 않아, 돌연히 제 혼자만 총총히 되돌아왔다. 그리고는 관심조로 말하였다.

"만약 반란군이 이곳에 와서 소란을 피우게 되면, 아무 때나 부근의 보초병들에게 연통하여 주십시오. 군사를 꼭 보내어 보호해 드리도록 하겠습니다.…… 그럼요, 이제 곧 부근에 보초를 세우도록 하겠습니다……."

"알겠소, 고맙소이다."

"그럼!" 또 다시 "착" 하는 소리와 함께 발뒤축의 박차를 한데 모으면서 힘 있게 경례를 올려붙였다.

"그럼, 안녕히 가시오." 주인 역시 허리를 굽혀 답례를 하였다.

군관이 떠나자마자 문득 옆에서 분노에 찬 목소리가 터져 나와 주인은 흠칫 놀라고 말았다.

"백부는 정말, 정말 제정신인 것이에요? 어찌 고발을 할 수 있단 말이에요? 어찌 달려가 고발을 할 수 있단 말이에요? 흥, 자신이 한국인이라는 것마저도 잊고 사는군요!"

이기의 목소리였다. 그들의 대화를 엿들었던 것이다.

"기야, 그런 어투로 백부님을 말해서는 못쓴다. 일본인의 말인데 믿을 만한 건지 아닌지 누가 안단 말이냐!"

"믿을 만하고말고요. 천백번 믿을 만하고말고요! 백부님께서 무슨 일인들 못하겠습니까?…… 보호조약, 그 악랄한 보호조약 있지 않습니까? 황족 중에서 가장 어리석고 무능한 자조차 모두 통곡하며 반대를 하였거늘, 백부와 숙부만이 유독 매국노 이완용, 송병준과 한 편에

서서 이토伊藤 그 나쁜 놈의 역성을 들지 않았습니까? 한국이 멸망치 않을까 봐 안달이 나서.…… 요 이틀 새에 적어도 2천이 넘는 우리 사람들이 일본 놈의 창검에 살해당하였는데도 그 집에서는 내일의 생일연을 준비하느라 집을 새롭게 꾸미며 요란을 떨고 있지 않습니까? 일본인들을 대접하기 위해서 말입니다…….”

“내일 너희 백부님 쉰아홉 생신이니, 종친들이 미리 환갑을 경축해 드리기로 한 것이지. 너도 내일 일찍 건너가 돕도록 하거라. 괜히 탓하실라!”

“도우라고요? 흥, 전 그 집 대문 가까이에도 가기가 싫습니다!”

“기야!” 부친은 엄한 눈초리로 아들을 바라보았다. “그 어떤 일이 있어도, 백부는 영원히 백부인 법이다. 그렇게 버르장머리가 없어서는 못쓴다! 넌 늘 그렇게 입을 함부로 놀리곤 하여서 이미 백부님 눈에 나지를 않았느냐!”

“흥, ‘백부’라고?……” 이기는 분에 겨워 콧방귀를 한번 뀌고 나서 더는 말이 없었다.

그렇게 대화를 나누며 그들은 어느새 객실로 들어섰다. 집주인은 하품을 하고 나서 길게 한숨을 내쉬고는 약간의 피곤기가 섞인 목소리로 말하였다.

“이틀 꼬박 잠을 제대로 자지 못하였더니, 좀 휴식해야 할 것 같다.…… 어서 가서 내 말을 전하도록 하거라. 석룡이와 박영례朴泳例 더러 손님들을 잘 보살피도록 말이다. 창고에 침대를 둘 마련하도록 하고, 괜히 말이 밖으로 새어나가지 않도록 입 단속하도록 단단히 일러두거라. 일본 헌병이 다시 검문을 나올지도 모를 일이니라.…… 그리고 박영례에게 말하여 붕대를 갈고 약을 발라 드리도록 하거라.…… 김대장 얘기로는 그냥 외상일 뿐 뼈는 다치지 않았다 하니, 아마 큰일은 없을 것이다."

"예, 아버님, 어서 들어가 쉬세요. 제가 조처할게요.…… 신중을 기하기 위해서 하인들에게 분부하기보다는 아무래도 제가 직접 그들을 시중드는 것이 좋을 듯합니다. 아는 사람이 많으면 괜히 말이 새어나가 일이 꼬일 수도 있지 않겠습니까? 붕대를 갈고 약을 바르고 하는 일들은 제가 박영례보다 더 능숙합니다.……"

집주인은 잠깐 생각을 하고나서 고개를 끄떡였다.

"네가 수고로움을 마다하지 않는다면야 그게 낫겠다. 만약 혼자서 하기 힘들면 다시 하인들을 시키도록 하거라……." 잠깐 말을 멈추었다가 다시 "한 가지 더 명심하도록 하거라. 이틀 밤과 낮을 꼬박 지새운 분들이니 일을 끝내고 나서는 많은 얘기를 나누느라 하지 말고 푹 쉴 수 있도록 해드리거라."

"명심하겠습니다. 어서 들어가 쉬세요."

이기는 그렇게 말하고 나서 신이 나 뒤편으로 향하였다.

8

깊은 밤.

모든 총소리와 소음이 뚝 그치고 말았다. 사랑과 증오도 그치고 말았다. 희망과 절망 역시 그치고 말았다. 어둠 속에는 더는 소란과 감격이 존재하지 않았다. 화석처럼 모든 사물이 조용해지고 말았다. 무서울 정도의 고요였다. 이 고요한 밤을 두고 누구든지 하루 전 같은 시간에 세상의 일각에서 화산 폭발과도 같은 참극이 발생하였음을 도저히 믿을 수가 없었다. 그 용암에 불타 죽은 이들은 이미 '대지大地'라는 본연의 고향에 돌아감으로써, '에너지 보존'의 법칙의 마지막 예증이 되고 말았던 것이다. 선혈은 이미 어둠에 지워지고 생명의 모든 빛깔 역시 어둠에 지워지고 말았다. '시간'은 멈추고, 세상 역시 응고되어 차고 단단한, 커다란 암흑의 고체로 굳어지고만 듯싶었다. 차고 단단한 그 '힘' 외에는 존재의 가치를 지닌 사물이란 더는 없는 듯싶었다. 고대 이집트 고분의 궁륭穹窿과도 같은 어둠 속에서 창밖의 귀뚜라미와 매미 소리만이 여전히 들려오고 있었다. 들릴 듯 말 듯한 그 울음소리는 눈물 없는 흐느낌에 가까웠다. 견줄 데 없는 그 흐느낌은 지구에 남은 유일한 소리일는지도 몰랐다. 나머지 모든 것은 아마 이미 몰살되고 만 것이리라!

문득 누군가가 창고의 등불을 "후!" 하고 불어 껐다. 심지의 마지막 불그스레한 빛에 방 안의 세 생명체의 모습이 어렴풋이 드러났다. 그 중 두 사람은 흰 침대에 누워 있었고 다른 한 사람은 침대용의 흰 의자에 누워 있었다. 그들은 이미 많은 얘기를 나누었는지, 잠시 침묵을 지키며 어둠과 한 덩어리가 되어 갔다.

심지의 마지막 불그스레한 여광도 끝내 어둠 속에 함몰되면서 실내의 모든 빛이 사라지고 말았다.

종국에는 생명체가 소리를 내기 시작하였다.

젊은이가 먼저 말문을 열었다. “김대장님, 왜 불빛을 싫어하십니까? 눈이 시려서인가요?”

“나는 밤에 대화를 나눌 때면, 집안이 어두운 쪽이 좋다네.”

강재하가 입을 열었다. “중대장님께서는 특별한 일이 없이는 밤에 불을 켜지 않는 습관이 있습니다.”

김좌진이 말하였다. “나는 어둠 속에서 대화를 나누는 것이 가장 좋다네. 더 이상 여러 가지 표정이나 제스처를 취하지 않아도 되니 말일세. 보다 순수하고 용감하고 솔직할 수가 있지 않은가.”

젊은이가 말하였다. “피곤하신 건 아니시지요?”

“전혀. 열 몇 시간이나 푹 자지 않았나.”

“상처가 아직도 아프십니까?”

“전혀, 아닐세. 내 몸은 이 정도 상처가 일여덟 곳 덧난다 하여도 별 문제가 없을 것일세.”

“그럼 이 어둠을 타, 저희에게 이번 국방군 해산 경위를 말씀해 주시는 게 어떻겠습니까?”

“젊은이, 다른 얘기를 하면 안 되겠나? 이미 다 지나간 일이네.”

“아닙니다. 꼭 들려주셔야 합니다. 이런 일을 모든 한국 청년들에게 알리는 것은 중대장님의 책무이시기도 합니다.”

“흐음, 나에게는 너무나도 고통스러운 일이라네!……”

“말씀해주세요. 저희도 중대장님의 고통을 분담할 수 있도록 말입니다.”

“좋아, 좋네. 그럼 내 말하리다…….”

그렇게 잠시 뒤, 쉬고 분노에 찬 목소리가 어둠 속에서 울려 퍼지기 시작하였다. 샘물이 흐르듯이 어둠 속에서 말소리가 두런두런 울리기 시작하였다.

9

1907년 8월 1일, 이날은 무릇 영혼이 있는 한국인이라면 누구나 통곡해 마땅할 날일세! 인류의 비열함과 파렴치함이 극에 달한 하루였으니! 인류의 절망과 고난 역시 극에 달한 하루였으니! 우리가 슬퍼하는 것은 한 민족의 멸망을 슬퍼하는 것이 아니라, 인류의 비열함과 파렴치함을 슬퍼하는 것이오, 인류가 이러한 비열함과 파렴치함을 눈앞에 두고서도 후안무치함을 슬퍼하는 것일세!

1907년 8월 1일, 이날은 한국의 4천 년 역사에 있어서 가장 비참한 하루였네. 이날, 한국은 처음으로 무장해제를 당하였지. 도살장에 끌려 들어가, 어둠 속에서 최후의 쇠몽둥이와 최후의 분신쇄골을 기다리고만 있었지.

1907년 8월 1일, 이날은 지옥과도 같은 하루였지. 아침부터 날이 흐리고 세찬 폭풍우가 몰아쳤지. 하늘이 눈물을 흘리고 땅이 통곡하고 '죽음'이 난무亂舞하였던 것일세!

오전 여덟 시경, 비가 여전히 내리는 와중에 군부의 전령 기병이 각

시위연대의 본부에 나타났지. 여러 연대장과 대대장들이 전갈을 받는 즉시로 일본 주둔군 사령부에 이르러 담화를 나누라는 군부의 공식 훈령이었네. 내리는 비를 바라보면서 다들 갈 것인지 말 것인지 주저하였지.

기왕 소가 도살장 어귀에 이른 바에는 주저함이 허용되지 않는 법이네. 각 연대의 일본인 교관들은 거의 10분마다 한 번씩 기병을 보내어 재촉을 거듭하였지.

비를 무릅쓰고 다들 주둔군 사령부에 모였다네. 시위 제1연대 제1대대장과 제2연대 제1대대장만이 불참하였지.

"그 둘은 기다리지 않겠소!"

매국노 송병세宋秉世[6]가 정중히 국방군 해산에 관한 황제의 칙서를 꺼내 들더니 큰 소리로 점잖게 읽기 시작하였지.

"짐은 국가가 다난多難한 시기에 이르러 마땅히 쓸모없는 비용을 줄이고 이용후생利用厚生의 도를 다해야 할 것이다. 군제軍制를 쇄신하고, 사관仕官을 양성하고자 하는 지금, 우리 군대의 용병傭兵 중 짐이 선정한 황실 시위 이외의 자들은 일체 해산토록 하라. 이에 짐은 장병들의 노고를 불쌍히 여겨 특별히 하사금을 내리는 바이니, 각자 돌아가 본업에 종사할 것을 명하노라!"

매국노는 즉석에서 열 시에 훈련소에 집결하여 해산식을 거행할 것을 선포하였다네.

모두 서로를 바라보며 얼굴빛이 변하였지. 비분에 숨이 막혔지. 그

6 응당 송병준이어야 할 것이나, 중국어 원전의 여러 곳에 송병세로 나와 있다.

러나 다만 '비분'해 할 뿐이었다네. 결국 그들은 가까스로 '고통을 참으며' 명령을 받아들였다네. '고통을 참으며' 일본 주둔군의 창검으로 이루어진 '가로수 길'을 걸어 나오고 말았다네.

그들은 그렇게 '고통을 참으며' 병영으로 돌아와, '고통을 참으며' 관병들을 속였다네. 열시에 훈련소에 이르러 도수훈련徒手訓練을 하니 무기를 휴대할 필요가 없다고 말일세. 훈련이 끝나고 나서 고위 장령의 군사 특강이 있을 것이라고 말일세.

"빗속에서 도수훈련이라, 그것 참 한 재미 하겠군." 다들 비를 쳐다보며 그렇게 생각하였지.

열 시가 되어서도 비는 계속 내렸지. 눈물이 흐르듯이 방울방울 떨어지던 비는 점점 작아졌지.

각 연대 군사들은 비를 맞으며 훈련소로 모여들었다네. 다만 제1연대 제1대대장과 제2연대 제2대대장만이 불참하였다네.

훈련소의 주변에는 도처에 중기관총이 걸려 있었다네. 왜놈 사수들이 붉게 상기된 두 눈을 부릅뜨고 우리를 노려보고 있었지.

이 많은 중기관총은 도대체 도수훈련을 보호하기 위해서일까? 연설을 한다는 고위 장령을 보호하기 위해서일까? 아니면 청중을 보호하기 위해서일까?!

끝내 의문이 풀렸지.

일본 무관이 즉석에서 황제폐하의 국방군 해산 조서를 낭독하였다네. 송병세는 이미 빼소니치고 없었다네. 그러고 나서 무관은 짤막한 연설을 하였지. 일본과 한국의 상호 협력이니 뭐니 하는 위안의 말들을 늘어놓았지. 그야말로 어느 고위 장령의 연설보다도 더 정채로운 연설이 아니었겠나 말일세.

전신무장한 일본 헌병들이 우르르 몰려들더니 국방군들의 견장과 패검을 해제시키기 시작하였다네. 그야말로 도수훈련보다도 더 재미나는 일이 아니었겠나 말일세.

그리고 하사금을 수여하기 시작하였다네. 하사관은 80원, 일 년 이상 복역한 자는 50원, 일 년 미만의 자는 25원이었네. 하사관 이상 군관들은 별도로 책정하되 계급에 따라 넉넉히 우대해 줄 것이라 하였다네.

이 '군사 특강'의 최후 결론은 "자유로 해산함!"이었네.

훈련소 주변에는 수십 정의 번쩍이는 기관총들이 우뚝 버티고 서 있었고, 훈련소 안에서는 어둠으로 가득 찬 수천의 억장이 무너져 내리고 있었지. 그 일본 무관의 말이 옳았던 것일세. "우리 일본과 한국 두 나라는 수천 년 동안 친동기와도 같은 돈독한 우의를 쌓아왔던 것"이었네.

여기저기서 종이를 북북 찢는 소리가 들려왔지. 갈기갈기 찢어진 지폐의 조각들이 공중에서 나비처럼 춤추었지. 땅을 치며 통곡하는 소리가 가을날 바람소리와 빗소리보다도 더 요란히 울려 퍼졌다네. 비록 하늘은 우리를 불쌍히 여겨 어두운 수심을 드리우고 있었으나, 땅 위에는 냉소와 쌀쌀한 표정들만이 있었을 뿐이었네.

울 수밖에, 울 수밖에! 적들의 잔인함을 울고, 벗들의 잔인함을 울고, 자신의 잔인함을 울 수밖에! 이토록 잔인한 비겁함이, 이토록 잔인한 열등감이 이 세상 그 어디에 또 있단 말인가! 우리는 그렇듯 잔인하게 모든 존엄을 포기하고 말았던 것일세!

울 수밖에, 울 수밖에! 눈물은 군인이 자신의 영예를 지키는 최후의 무기였네. 비장의 이 무기를 더 이상 사용하지 않는다면 다시는 이처럼 좋은 기회가 오지 않는 법이지. 물론, 호랑이는 눈물을 흘리는 법이 없지. 표범도 눈물을 흘리는 법이 없지.

훈련소를 나선 우리의 얼굴은 빗물과 눈물로 범벅이 되고 말았다네.

거리에 나서자 인민들의 목소리가 들려왔지.

"흥, 비겁한 놈들! 죽음이 그토록 두렵더냐! 이 식충이 같은 놈들! 상바보 놈들! 어서 땅바닥에 구멍을 파고 기어 들어가지 않고 뭣들 하는 것이여? 무슨 낯짝으로 거리를 활보하는 거여? 하얀 이밥이 아깝다 아까워! 개돼지를 먹여도 네 놈들에게 먹이는 것보다는 덜 아까워. 우리가 괜히 먹여 살린 것이여!……"

병영에 돌아오니, 기관총을 내건 일본 주둔군이 우리를 통과시키지 않았다네.

그리고 제1연대 제1대대.

오전 여덟 시, 대대장 박승환朴勝煥은 병을 핑계로 일본 사령부로 가지를 않았지.

열 시에는 부대를 훈련소로 집결시키는 것을 거부하였지.

열한 시, 흉보가 전해오자, 박승환은 바닥에서 뒹굴며 통곡하였지.

11시 20분, 총소리가 한 방 울렸다네. 대대장실로 달려가 보니, 박승환은 이미 피바다 속에 쓰러져 있었고 온몸에 선혈이 낭자하였지.

"스스로 목숨을 끊는 것은 도리가 아니다. 적들의 숨통을 끊어 버리는 것이야말로 우리가 살 길이다!" 이는 내가 임시로 군사들에게 한 연설에서 내린 마지막 결론이었다네.

처량하고 쓸쓸한 비바람이 그치고 대신 복수의 폭풍우가 몰아치기 시작하였다네.

우리는 밀물처럼 무기고로 몰려가 무기와 탄약을 깡그리 빼앗았지.

12시 40분, 우리는 교관이며 고문이며 통역이며, 우리 대오 속의 모든 일본인을 죽였다네.

1시 20분, 제2연대 제1대대도 이에 호응하자, 두 대대가 합류하여 일본군이 점령한 각 연대의 병영을 향해 맹렬한 공격을 시작하였다네. 일본군은 이러한 대규모 기습을 예상치 못하고 있던 차라 짧은 접전 끝에 패배하여 전면 후퇴를 하였지. 우리는 잃었던 모든 것을 되찾았다네.

그리고 2시 10분, 일본 주둔군 사령부를 공격하였지.

세 시가 좀 지나자, 일본인들은 대규모의 지원군을 동원하여 사령부를 사수하였지.

치열한 전투가 시작되었다네.

앞서 훈련소에서 대성통곡하던 군인들도 이제는 총을 들고 큰소리로 외쳤다네. "왜놈들을 쳐부수자!", "일본놈들을 쳐부수자!", "일본 강도들을 쳐부수자!" 해산당한 일부 군사들이 우리의 대오에 합류하였지.

일부 백성들도 칼과 쇠몽둥이를 휘두르며 우리의 대오에 가담하였지. 증오가 샘솟듯이 솟구쳤다네. 필경 한 민족의 존엄이란 쉽사리 말살할 수 없는 것이었으니.

밤이 되자, 일본군은 지원 병력을 두 차례 증원하였지. 남대문에 대포를 걸어놓고 각 병영을 향해 맹렬히 포격을 가하였다네. 기계와 맨몸 간의 싸움이 시작된 것이었지. 광물鑛物과 동물 간의 싸움이 시작된 것이었지. 19세기 문명이 남겨준 전부의 유산이란 바로 광물로 동물을 살육하는 것이었네. 동물을 광물로 대체하여 동물을 살육하는 것이었지. 광물의 정령精靈인 강철로 동물 중의 정령인 사람을 살육하는 것이었지.

우리는 중무기도, 붕대도, 지원 병력도 휴식도 없었다네. 우리가 가진 것이라고는 뜨거운 피가 흐르는 붉디붉은 심장뿐이었네. 개와 돼지가 되기를 거부하는 심장 말일세! 그 붉디붉은 심장이 부글부글 끓어오르면서 포효하였지. 우리로 하여금 동포와 적들의 시신을 넘어서서 전진토록 하였지. 우리로 하여금 머리와 가슴으로 적들의 기관총과 대포의 화구를 막도록 하였지. 우리로 하여금 산산이 육체가 부서질지언정 존엄 두 글자만을 위해 내달리도록 하였지.

우리는 빗발치는 총탄을 무릅쓰고 돌격하였다네. 뜨거운 피는 불길처럼 타오르고 의지는 강철처럼 벼려졌지. 우리는 돌격하고 또 돌격하였지. 분노에 차서 돌격하였지. 야성에 넘쳐 돌격하였지. 말처럼 돌격하고 비호처럼 돌격하였지. 북에서 남으로, 서에서 동으로 돌격하고 또 돌격하였지. 어두운 밤에서 동이 틀 때까지, 동이 터서 다시 어두운 밤이 될 때까지. 돌격하고 또 돌격하였다네. 4천 년 전의 시조 단군을 위하여 돌격하였지. 4천 년 뒤에 올 미래의 한국의 어린이들을 위하여 돌격하였지. 우리를 낳아준 부모님들을 위하여 돌격하였지. 우리가 낳은 자녀들을 위하여 돌격하였지. 금강산과 백두산을 위하여 돌격하였지. 두만강과 대동강을 위하여 돌격하였지. 아름다운 무궁화를 위하여 돌격하였지. 짓밟힌 들과 벌을 위하여 돌격하였지. 못생긴 한국의 가시나무를 위하여 돌격하였지. 햇볕 아래에서 투박하게 잎담배를 말아 피우는 농군을 위하여 돌격하였지. 나무 아래에서 한가롭게 차를 마시는 노동자를 위하여 돌격하였지. 한국의 흙 한 줌과 돌멩이 하나하나를 위하여 돌격하였지. 돌격하고 또 돌격하였지.

포탄은 우뢰와도 같이 괴성을 지르고 기관총은 미친 듯이 울부짖었다네. 작탄이 포효하고 파편과 흙먼지가 샘솟듯이 솟구쳤다네. 가로수들은 공중으로 날아올랐다가 다시 땅 위에 곤두박질치곤 하였지. 도처에 튕기는 불꽃은 정월 대보름의 불꽃놀이보다도 더 찬연하고 진달래꽃보다도 더 선연하였지. 사람들은 악귀인 양 미친 듯이 내달리다가 한 사람 또 한 사람 썩은 고목나무 무너지듯이 쓰러지곤 하였지. 나무와 담벼락에는 맷돌에 갈리기라도 한 듯이 짓이겨진 핏덩이들이 더덕더덕 붙어 있었지. 작열하는 대지는 마치도 바다와도 같아, 갑작스레 사나운 파도가 사품치곤 하였다네. 김이 물물 나는 뜨거운 파도며, 핏빛으로 빛나는 파도며, 집채 같은 시뻘건 불의 파도가 사자처럼 날뛰곤 하였지. 마치 그 갈퀴로 공간 전부를 찢어버리기라도 하려는 듯이 말일세. 어두운 밤이 울부짖고 동트는 새벽이 아우성을 질렀지. 부상당한 말들은 억울한 죽음을 당한 원혼冤魂인 양 세상이 떠나갈 듯이 애처로이 울부짖었다네. 우주의 온갖 소리들이 악다구니가 되어 거대한 역류逆流를 이루었지…….

우리는 아홉 차례 진격을 하였다네. 7, 8백 명의 왜놈들을 사살하고 부상자도 최소 천 이상은 내었다네. 우리 군사도 태반이 희생하였지. 2천여 명이 죽거나 부상을 당하였지. 성한 사람은 2, 3백 명이 채 안 되었지. 적들이 지원 병력을 투입해 마지막으로 반격을 가하자 우리는 완전히 무너지고 말았다네. 우리는 여러 병영에서 철수하여, 산발적인 시가전으로 이 거대한 비극의 최후를 장식하였지. 그러네. 무너지고 말았지! 무너지고 말았다네! 이틀 밤 이틀 낮 동안 한 톨의 쌀도 구경하지 못하였는데, 어찌 무너지지 않을 수 있었겠나? 이틀 밤 이틀 낮 꼬박, 잠시도 눈을 붙이지 못하였는데 어찌 무너지지 않을 수 있었겠나? 우리네 장군들과 고관대작들이 대일본 황군의 보급품 준비에 바삐 돌아치고 있는데 어찌 무너지지 않을 수 있었겠나? 한국정부가 한국의 적과 손을 잡고 한국 인민들을 소멸하는데 어찌 무너지지 않을 수 있었겠나? 무너지고 말았지! 무너지고 말았네! 무너지지 않는다면 그것이야말로 하늘의 이치가 아니지! 무너지지 않는다면 그것이야말로 하늘의 법도가 아니지! 법도가 아니고말고……!

10

목소리가 그쳤다. 불길과 창검도 그에 그치고 말았다. 다시금 무덤과도 같은 분위기가 모든 사물을 지배하기 시작하였다. 야밤의 정취가 무르익어가고 있었다. 다시금 어둠의 느낌이 서서히 짙어지기 시작하였다. 사방이 달밤의 폐허보다도 더 고요하였다. 다만 창밖의 풀벌레 울음소리만이 나직이 들려왔다.

문득, 흐느끼는 소리가 어둠 속에서 들려왔다. 이야기를 듣고 있던 이가 두 손으로 얼굴을 가리고서, 조수처럼 밀려오는 비애에 자신을 내맡기고 있었다.

"그치게나! 눈물이란 여인네들이나 흘리는 것일세! 뼈대 있는 한국의 남정네들은 울 권리가 없다네!…… 옳거니, 우리에게 필요한 건 눈물이 아니라 강철과도 같은 심장일세!" 김좌진이 큰 소리로 말하였다.

흐느끼는 소리가 차차 가라앉더니 끝내 멈추었다.

강재하가 비통히 입을 열었다. "에휴, 중대장님, 한국이 아직 가망이 있겠습니까?"

"현재로서는 별 가망이 없네. 장차에는 희망적일 수도 있겠지."

젊은이가 놀라며 물었다. "어인 말씀이십니까?"

"내 말은, 우리 이 민족은 한 번쯤은 반드시 죽었다 살아나야 한다는 것일세! 그래야만이 장차 사람답게 살 수가 있을 것이네!"

"허면, 한국이 기필코 멸망하고 말 것이라는 말씀이십니까?"

"그러네. 틀림없이 망하고 말 것일세."

10분 정도 침묵이 흘렀다.

"김대장님께서는 저희 황족들이 많이 원망스럽지요?"

"원망이라?…… 아닐세. 난 다만 가여울 뿐일세."

"가엾다니요?"

"그러네, 가엾네. 그토록 우매한 것이 가엾네. 쥐도 죽을 때가 되면 훔쳐온 양식을 동족들에게 나누어 주는 법일세. 그네들은 쥐보다도 못하지 아니한가!"

"허면, 저희 아버지나 저 역시 많이 미우실 겁니다."

"자네 왜 그리 생각하나?"

"저희도 황족이 아닙니까?"

"황족이라 해서 미워할 까닭은 없네. 나는 단지 황족이라는 화려하고 고귀한 두 글자에 포장된 썩은 영혼을 미워할 뿐일세. 춘부장이신 이범의李範儀 나으리께서는 높은 절개와 지조를 지니신 분인지라 평소 내가 늘 흠모하여 왔었다네. 그리고 자네는, 사랑하는 우리 아우가 아닌가? 자네가 이렇듯 훌륭하거늘, 종일토록 우리를 시중들기까지 하였는데 내가 미워할 까닭이 있는가?"

"허면, 저랑 영원히 변치 않는 친구가 되어 주시겠다고 약속하실 수 있습니까?"

"우리는 이미 벗이 아니었던가?"

"허면, 여기서 며칠 푹 쉬시다가 상처가 다 나으신 담에 떠나십시오."

"아닐세. 내일 새벽 일찍 떠나야 하네!"

"어인 일로 내일 새벽 일찍 떠나시려는 겁니까……?"

"여기가 내가 오래 머물 곳이 못 된다는 것을 자네가 모를 리는 없겠지? 일본 헌병들이 수시로 수색을 나올 수가 있네. 설령 자네 가문의 안위를 생각지 않더라도, 우리 자신의 안위를 위해서라도 일찌감치 떠나야만 하네!"

"그럼 상처는 어떻게 하시려고요?"

"내 상처는 괜찮네."

"……."

"단 자네에게 세 가지 부탁이 있네. 첫째, 내일 아침에 약을 다시 한 번 갈아 주겠나? 둘째. 평상복을 한 벌 구해줄 수 있겠나? 셋째, 우리를 위해 마차를 한 대 준비해 주게. 역전까지만 실어다 주면 되네.…… 이 세 가지를 도울 수 있겠나?"

"암요. 전혀 문제가 되지 않습니다."

"고맙네, 아우! 자넨 너무 훌륭하이."

"아닙니다, 김대장님. 저희가 되레 고마운걸요. 두 분께서는 요 며칠 사이에 우리 민족 모두의 자존심과 자신감을 지켜내 주신 걸요!"[vi]

32년[7] 9월 시안/西安에서

—이 작품은 "무명총간 제7종(無名叢刊第七種)"인 단행본 『용의 굴[龍窟]』(상해 : 진선미도서출판공사(眞善美圖書出版公司), 1947.9), 83~130쪽에 수록되어 있다. 미주 6에서 작가 스스로 밝혔다시피 이 작품은 미완성 장편소설의 제1장에 해당되는 내용이다.

저자 주

i 이 말들은 대부분 일본어로서, "죽여라, 죽여!", "조선인을 죽여라!"의 뜻, 혹은 악다구니이다.

ii 단군은 한국의 건국 시조로서 중국의 황제와 마찬가지이다.

iii 한국식의 장삼으로서 중국의 도포와 비슷하다.(중국어 원문에서는 아래에 나오는 '감투', '신' 등과 함께 음역을 하였기에 저자가 별도로 주해를 단 것이다—역자)

iv 한국에서 평상시에 쓰는 모자의 일종이다.

v 한국에서 평상시에 신는 신이다.

vi 이 단편은 미완성 장편의 제1장 초고이다. 상세한 내역은 「용의 굴」 주해 1의 해석을 참조하라.

7 중화민국 32년, 즉 서기 1943년을 가리킨다.

김영

金英

류바이위劉白羽

류바이위(1916~2005)는 중국 근대의 저명한 수필가이자 소설가이다. 본명은 류위잔[劉玉贊]으로서 베이징에서 태어나 1930년 북평(北平)시 제1중학에 입학하였으나 1931년 만주사변 이후 종군하였으며, 1934년 휴양중 다시 북평의 민국대학(民國大學) 중문과에 입학하였다. 1936년 등단하였으며, 1938년 2월 옌안[延安]에 이르러 중화전국문예계항적(抗敵)위원회 옌안분회 당지부서기로 활동하면서 중국 화북지역의 여러 항일 유격구들을 답사하였다. 1944년에 충칭에 이르러 『신화일보』 부간의 편집부 주임으로 근무하다가 신화사 수행기자로 중국 동북지역에 파견되었다. 한국전쟁 당시에는 두 차례 조선 최전선에 이르러 고찰을 하였으며 『포화 속에서 전진하는 조선[朝鮮在戰火中前進]』, 『평화의 이름으로[對和平宣誓]』 등 수필 통신집과 『전투의 행복[戰鬪的幸福]』 등 단편소설집을 펴냈다. 1955년 이후 중국작가협회 부주석, 문화부 부부장, 『인문문학』 주필 등 여러 요직과 국제펜클럽 중국필회센터 부주석, 중국 전기(傳記)문학학회 회장 등 직을 역임하였다.

1

“여보시오. 13호와의 통화 부탁합니다.” 짤막하고 힘 있는, 그러나 조금은 갈린 듯한 목소리에서 그가 중년의 사내임을 짐작할 수가 있었다. 그는 쩍 벌어진 가슴에 입이 큼직하고 입귀에 두 가닥 주름이 깊이 패어 있었다. 그러나 집안은 너무나 어스레하였다. 장막을 쳐놓은 듯이 흐릿하고 어두운 광선속에서 양식 창고의 뜬 냄새가 강하게 코를 자극하여 그는 “흡” 하고 코를 몇 번 들이켰다. 잠시 뒤, 거친 손에 쥐여 있던 전화기에서 “따르릉” 하고 두어 번 응답 신호가 울리고 곧 통화가 시작되었다. 많은 얘기가 가볍게 오고갔고, 그는 너털웃음을 터뜨리기도 하였다. 나중에 그는 목청을 높이어 우렁찬 목소리로 말하였다. “옳네, 그렇지. 자고 일어나서 내일, 아니, 오늘 밤으로…… 만약 정말로 부부라면, 한시라도 일찍 상봉하게 하는 게 좋지 않겠나? 그러세!” 그는 전화기에 달린 손잡이를 돌리는 한편 고개를 돌려 물고기의 멀건 눈동자와도 같이 생긴 창문에 대고 고함을 질렀다.

“적공敵工[1] 과장을 불러오시오!” 그러고는 머리를 쓰다듬으며 오락가락 방안을 거닐었다.……

고요한 밤이었다. 멀지 않은 곳에서 횃대에 오르기 직전의 닭들이 꼬꼬댁거리는 소리가 들려왔다. 잠시 후, 뚜벅뚜벅 발걸음 소리가 들려오더니 밖에서 누군가가 소리쳤다.

1 ‘대적공작과(對敵工作科)’ 혹은 ‘적군공작과(敵軍工作科)’의 약칭으로서 적후 사업 담당 부서이다.

"안에 사령원 동지 계십니까?"

"어서 오시오, 오동무." 손전지가 푸른 색 광선을 환하니 내뿜었다. 두 눈에 정기가 감도는 키가 작달막한 사람이 문안으로 들어섰다. 그는 A지대支隊 대적공작과 과장 우카이吳凱였다. 요즘 행군으로 몹시도 지쳐 있었지만 방금 휴식을 취하자마자 바로 또 불려왔던 것이다. 사령원은 근무병이 바람막이 램프를 가지고 들어설 때까지, 손전지의 스위치를 꾹꾹 눌러대었다. 사령원은 얼굴에 장난기 어린 웃음을 띠며 물었다. "그녀는 좀 어떻소? 우리네 손님 말이요…… 여직 말문을 열지 않는 것이오?" 그리고는 고개를 갸우뚱한 채 불 보듯 빤한 대답을 기다렸다.

"예. 아주 뿔이 돋아서 먹지도 마시지도, 대꾸도 하지 않습니다."

"허허" 사령원은 우카이의 어깨를 팔로 감싸면서 말하였다. "그럼 한 번 더 가보지요!" 우카이가 미처 고개를 끄떡이기도 전에 사령원은 바람처럼 휭하니 우카이를 끌고 밖으로 나섰다.

2

……남포등이 켜져 있었다. 여자는 연한 석유 냄새가 풍기는 가운데 하얗게 빛나는 방 중간에 서 있었다. 그녀는 흰 치마에 소매가 짧은 하얀색 저고리를 받쳐 입고서 황혼녘의 백양나무처럼 고즈넉이 서 있었

다. 낯빛은 어둡지가 않았으나 맨발에, 꼭 다문 입술이 화난 듯 뾰로통해 보였고, 양 볼의 근육은 바람 탄 돛처럼 긴장으로 팽팽해 있었다. 눈매가 서글서글하고 아름다웠지만, 긴 속눈썹을 꼿꼿이 세운 채 유리알 같은 눈동자에서는 당장이라도 무엇인가를 찌를 듯한 서릿발 같은 분노의 빛을 내뿜고 있었다. 그녀는 서성이며 갑작스레 두어 걸음 앞으로 내달리다가는 다시 멈추어 서곤 하였다. 그렇게 멈추어 서서 고개를 떨어뜨리면 잔등까지 느슨히 드리워진 머릿결에서는 공포와 절망이 묻어나곤 하였다. 여하간, 그녀는 이곳 핑시[2] 산협 지대의 시골 여성은 아닌 듯싶었다. 훤칠한 키에, 자태가 아름답고 강건하여 기품이 있었다. 그러나 그녀는 마치도 지금 막 철창 속에 갇힌 승냥이처럼 오락가락하며 분노에 찬 눈길로 주변 사람들을 쏘아보고 있었다. 문이 열리며, 사령원이 우카이와 함께 들어섰다. 그들은 문어귀에서 두어 걸음 떨어진 곳에서 걸음을 멈추고 그녀를 바라보았다. 문이 열리는 소리에 그녀는 곧추 몸을 일으키며 고개를 돌렸다. 분명 강인한 그 눈빛에 제압되어 사령원의 얼굴에 어려 있던 장난기 짙은 미소가 잠깐 주춤하였다. 사령원은 객쩍은 듯이 뒤통수를 어루만지더니 의견을 구하는 듯한 눈길을 우카이에게 던졌다. 그리고는 고개를 숙여 우카이에게 말하였다.

"이리 전하시오. 우리 B지대가 그날 백마관白馬關[3]에서 일본인 포로

2 핑시[平西] 항일 유격구를 지칭하는 말로서, 베이징[北京]시의 서부 외곽 지대이다. 1938년 3월 초, 팔로군(八路軍) 진찰기군구(晉察冀軍區)의 제1지대가 이곳에 진군하여 적후(敵後) 항일 근거지를 개척하였다.

3 백마관은 현재 베이징시 동북쪽 밀운현(密雲縣) 경내의 명(明) 장성(長城)에 위치해 있다. 중요한 전략 요충지로서 중일전쟁 당시 일본군의 요새이기도 하였다.

도 한 명 사로잡았다고 말이요. 남자였소…….”

우카이는 그녀 가까이 다가가 고개를 끄떡여 인사를 하고나서 뭐라고 한참이나 말하였다. 처음에 그녀는 전혀 믿으려 들지를 않았다. 마치 머리가 세모인 독사라도 바라보는 듯한 눈으로 우카이를 쳐다보았다. 그러나 황혼녘의 미풍이 그녀의 노르끄레한 얼굴을 스치고 지나기라도 한 듯이 점차 서글서글한 두 눈에 아스라한 표정이 어리더니 얼마간 믿는 눈치였다. 그녀는 기도라도 하듯이 고개를 들어 창밖을 바라보았다. 대화는 대략 20분간 이어졌다. 끝날 즈음에 우카이는 사령원의 뜻을 그녀에게 전하였다. “걱정 마시오. 곧 그를 불러 당신과 만날 수 있게 하겠소. 필연코 그는…… 내가 보기엔 설사 당신의 남편이 아니더라도 적어도 당신의 친구일 것이오.” 그녀는 잠자코 듣고 있다가 그의 말이 끝나기 바쁘게 찻잔을 내던지기라도 하듯이 손을 힘 있게 뿌리치며 또랑또랑한 목소리로 단호히 한마디 내뱉고 나서 그들을 피해 창문 아래로 가 섰다.

“‘절 속이려 들지 마세요. 결코 믿지 않을 겁니다’라고 합니다.”

우카이의 통역이 있고나서, 두 사람은 고개를 절래절래 흔들며 밖으로 나갔다. 노르스름한 외로운 불빛이 방 안에서 불안에 떠는 그녀의 모습과 탁자 위에 놓여 있는 밥과 반찬을 비추었다. 그녀는 전혀 손을 대지 않았을 뿐더러 한사코 눈길조차 판 적이 없는 음식들이었다. 이미 하룻밤 하룻낮이 흘렀다. 백마관금광공사白馬關金鑛公司에서 한동안 총소리가 울린 것은 어제 오후의 일이었다. “유격대 습격 엄중 방지”의 심리가 그녀를 강렬하게 사로잡았다. 그녀는 숨을 가쁘게 몰아쉬었다. 회사에 남은 남편이 걱정되었던 것이다. 총소리가 멈추자마자 그녀는 한 마리의 새하얀 새처럼 산 아래로 난 작은 길로 미친 듯이 달려 내려갔다. 그때 불현듯 총을 든 중국 군인들이 눈앞에 나타났다. 그녀는 나지막한 외마디 소리를 지르며 억센 손아귀에 두 팔을 잡히고 말았다. 그리고 밤 내내 줄곧 코를 찌르는 유격대원들의 땀 냄새 속에 에워싸여, 울퉁불퉁한 어두운 밤길을 걸어 여기까지 왔던 것이다. 이미 밤은 깊어가고 있었다. 밖에는 총을 멘 사람들이 서성이고 있었다. 그녀 역시 서성이며 마음속으로 남편의 이름을 나지막이 불러 보았다. "마츠다松田, 마츠다……." 그러다가 우카이가 한 말이 떠올랐다. "대체 누구일까? 마츠다인 것일까? 그이가 옳은 것인가? 아님, 오오시마大島라도 좋지. 필경은 일본인이잖아. 아는 사이잖아. 아니야, 내가 왜 이런 생각을 하는 거지? 괜한 환상이야! 약해져서는 안 돼! 만약 마츠다라면……." 힘없이 걸음을 옮기던 그녀는 점차 걸음이 무거워지면서 머리도 흐릿해졌다. 그녀는 짚을 깔아 둔 구들이 아니라, 긴 나무 걸상 위에 쓰러지듯이 누웠다. 그녀에게 짓눌리면서 나무 걸상은 삐걱거리는 소리를 내다가 이내 적응이라도 한 듯이 조용해졌다.

B지대支隊로부터 밤을 도와 포로를 압송하여온 말 몇 필이 농가 밖에서 멈추어 섰다. 사람들이 말 등에서 뛰어내리고 말들은 입김을 물물 내뿜었다.

말들이 울부짖는 소리에 놀라 깨어난 그녀는 튕기다시피 뛰어 일어나며 밖을 향해 고함을 질렀다. "여보세요, 유격대, 유격대!" 헌데 눈앞의 이 사람은 과연 누구란 말인가! 별로 작지 않은 키에 날씬한 몸매를 한 검은 눈동자의 주인은 학생과도 같은 모습이었다. 그는 가장 낯익은 자세를 하고서 친근하면서도 떨리는 목소리로 그녀를 불렀는데 그

또한 그녀에게 가장 익숙한 목소리였다. "김영이!"

"당신, 아, 마츠다……."

김영은 그렇게 외마디 소리로 하면서 와락 달려들어 그를 끌어안았다. 그렇게 그들은 안하무인으로 서로를 부둥켜안고 입맞춤을 하더니 목소리를 높여 일본 노래를 부르기 시작하였다…….

"이게 사실인 거죠? 어서 말씀해 보세요. 대체 꿈인지 생시인지. 방금 전에 제가 꿈을 꾸었는데 꿈에서 유격대를 보았지요. 유격대를."

"쉿, 소리를 좀 낮춰요." 마츠다는 겁먹은 눈길로 그녀를 제지하였다. 그러나 그녀는 멈출 수가 없었다. 피가 한꺼번에 확 달아오르는데 어찌 멈출 수가 있겠는가! 고삐에서 풀려난 망아지처럼 그녀는 퐁퐁 뛰었다. 은방울 굴리는 듯한 목소리로 노래를 부르듯이, 천진한 목소리로 응석을 부리듯이 그녀는 종알거렸다.

"겁날 게 뭐예요! 저자들을 혼내려던 참이었어요!"

마츠다와 김영은 결혼한 지 4개월이 채 안 되는 신혼 부부였다. 마츠다는 24살 난 교토 사람으로서 귀족 혈통이 있는 가문의 출신이었다. 그는 일념으로 '대륙정책大陸政策'을 신봉하고 있었다. 마침 6월의 흐드러진 양귀비꽃인 양 중일전쟁이 치열한 때를 맞아, 그는 대학을 졸업하자마자 곧 식민의 길로 나서게 되었다. 그는 먼저 조선에 이르렀고, 거기서 자기보다 세살 어린 처자인 김영과 사귀었으며, 한 달 반 전에 X개척회사의 파견을 받고 구석진 이곳 백마금광공사白馬金鑛公司에 이르러 월 백 엔의 급여 생활을 시작하게 되었던 것이다. 두 사람은 끔찍이도 금슬이 좋았다. 비록 조선인 처자라고는 하지만, 김영은 아직 아무 근심 걱정 없이 천진하기만 한 나이였으니 말이다. 이튿날 아침이 되어, 햇빛이 하얗게 눈부신 방안을 비추었다. 탁자 위의 밥과 반찬은 이미 사라지고 빈 양푼과 사발만이 덩그러니 남아 있었다. 김영은 구들 가에 걸터앉아 맨발 채로 두 발을 꼬아 드리우고 있었다. 마침 우카이가 찾아왔다. 그는 굵직한 손마디로 방문을 노크하고 나서 집안으로 들어섰다. 마츠다와 김영은 나란히 그의 앞으로 다가와 말하였다.

"……실로 당신네 중국군은 참으로 훌륭합니다. 우리가 포로임에도 불구하고 함께 모일 수 있도록 해주시다니."

우카이는 미소를 지었다. 그는 짚신을 신은 두 발을 번갈아 가며 움직였다. 그의 수장袖章[4]을 유심히 바라보던 마츠다가 문득 뛰어 일어나며 오른손을 치켜들고 외쳤다.

"아! 당신네 부대는, 그럼 그렇겠지요. 그럼요."

3

김영네 부부는 그렇게 함께 생활하게 되었다. 비록 기쁜 일이었지만, 그들은 자신들의 '포로'생활을 의식하고 있었기에 여전히 적개심과 분노를 마음속 깊이에 감추고 있었다. 김영은 가끔 조선 노래와 일본 노래를 부르곤 하였는데, 그토록 애절하고 처량할 수가 없었다. 간혹

4 '팔로(八路)' 즉 '국민혁명군 제8로군'의 약칭이 새겨진 수장으로서, '팔로군'은 중일전쟁 당시 중국공산당이 지휘하던 부대였다.

가다 두 사람은 서로를 마주하고 남몰래 눈물을 흘리기도 하였다. 이 동안, 우카이와 적군공작과의 다른 두 동지인 숭더宋德, 우뤄스伍若石 등이 그네들의 벗과 보호자가 되어 주었다. 그들은 자주 전투에서 노획한 일본 술과 물고기 통조림, 과자 등 속을 가져와 탁자 위에 늘어놓고서는 이야기를 나누기 시작하였다. 그러나 매번 문제의 핵심에 접근할 때마다 마츠다는 "백 엔의 화폐는,…… 천황께서 주신 겁니다. 천황께서는 우리를 우대하여 주셨습니다. 당신네 중국인들은……"라고 하였고 그 말들은 독침처럼 아프게 그들을 찌르곤 하였다. 그 이상 얘기가 계속되면, 마츠다와 김영은 예의 완고한 침묵으로 대답을 대신하곤 하였다. 조금 지나, 마츠다는 종군 훈련반에 가서 일본어를 가르치는 임무를 받아들였다. 김영은 재봉틀을 다룰 줄 알았기에 공급부供給部에 남아 재봉공으로 일하게 되었다. 서로 5리쯤 상거해 있었기에 가끔 마츠다가 그녀를 보러 다녀가곤 하였다. 그러나 마츠다가 류머티즘으로 다리를 앓게 된 이후로는 대부분 김영이 우카이 혹은 숭더나 우뤄스와 약속을 잡고서 그를 만나러 가곤 하였다. 비록 두 사람 모두 완고하긴 하였지만, 일에 있어서만큼은 열심이었다.

공급부의 재봉공 가운데에는 꼬마가 여럿이 있었다. 꼬마들은 김영과 낯이 익게 되자 그녀에게 자주 중국어를 배워주었다.

"김영 동지!"

"꼬마 동지!" 그녀는 그렇게 서툴게 내뱉고 나서는 재봉틀 위에 엎드려 함박웃음을 터뜨렸다. 방안의 바람벽은 습기가 많아, 징두리에 곰팡이가 목화솜처럼 피어나 있었고 그녀의 재봉틀은 창문을 마주한 곳에 놓여 있었다. 처음 이 방에 들어설 때부터 그녀는 고갯짓으로 고집스레 그 자리에 재봉틀을 놓아 달라고 하였다. 그녀는 가끔 눈길을 들어 푸르른 하늘을 바라보면서 드르륵거리는 재봉틀의 경쾌한 소리에 맞춰 조선 노래를 흥얼거리곤 하였다. 조선의 해협과 산길은 비록 그곳에 있을 터이나, 아득히도 멀어 눈길이 닿지가 않았다. 꼬마 중에는 북평北平[5]에서 방랑길에 올라 유격대에 참가한 애가 있었다. 언젠가 그는 김영에게 이렇게 물었다.

"히히, 시내에서는 모두 가오리방즈高麗棒子라고 그러거든요. 헤로인을 파는 사람들을요. 당신도 그런 거죠?"

"아니란다."

그녀는 그렇게 짤막하게 대답하고서는 꼬마의 얼굴을 유심히 들여다보더니, 좀 지나 밖으로 총총히 달려 나갔다. 그녀는 한나절이 지나서야 되돌아왔는데 눈언저리가 붉게 상기되어 있었고 촉촉이 젖어 있었다. 그러고 나자, 방안에는 요란한 재봉틀 소리만이 남고 말았다. 꼬마들은 마치도 그 아픔을 덮어버리기라도 하려는 듯이 더욱이나 분주하게 돌아쳤다. 퇴근 후, 그들은 그 꼬마에게 다시는 그런 말을 해서는 안 된다고 핀잔을 주었다. 사실 김영은 꼬마들을 많이 좋아하였다. 매번 수업이 있을 때마다 그녀도 함께 들으러 가곤 하였는데, 알아들은 듯 만 듯 늘 웃음을 띠곤 하였다. 식사를 할 때면 그녀에게는 밀가루로 빚은 만두가 차려지곤 하였다. 그러나 아이들이 조밥에 얼마 되지 않는 야채 탕湯을 먹는 것을 보고서는 자신의 만두를 모두에게 나누어주려고 하였다. 그러자 꼬마 중의 하나가 일어서며 그녀에게 말하였다.

5 베이징[北京]을 칭하던 옛 이름.

"김영 동지, 그냥 드시라요. 당신은 외국인이기 때문에 특별 대우하는 겁니다. 우리끼리는 누구나 다 똑같답니다. 사령원조차도 우리랑 같아요. 사령원 동지는 고생을 마다하지 않아야만 일본…… 을 물리칠 수 있다 하였습니다." 아이는 두 눈을 디룩디룩하더니 중간에 말을 삼키고 말았다. 그러나 여간 총민하지 않은 김영은 중간에서 끊긴 내용을 그의 눈길에서 알아채고 말았다. 그녀는 동생을 대하듯이 자신의 부드러운 손을 아이의 어깨 위에 얹은 채 한참이나 말없이 서 있었다. 나중에 그녀는 이렇게 말하였다. "아니란다. 난 일본인이 아니라 조선인이란다."

"예. 우리랑 같고말고요." 아이들의 뜬금없는 말에 그녀는 결국 이해가 되지 않는지 고개를 절레절레 흔들고 말았다.

일요일이 되자, 우카이는 그녀를 대동해 종군 훈련반에 가서 마츠다를 만나고 돌아오게 되었다. 돌아오는 길에 금빛 해살이 풍요로운 계절의 대지를 비추고 있었다.

"우카이!"

앞장섰던 김영은 걸음을 멈추더니 우카이의 코끝을 응시하였다. 그간 오래도록 생각해온 말들을 그녀는 순간적으로 재빨리 털어놓았다. "당신들은 정말로 좋은 사람들입니다. 꼬마 동지들이 제가 당신들이랑 같은 사람이라고 그러더군요. 헌데 전 이해가 잘 안갑니다. 제가 마츠다랑 같은 사람인지, 아님 당신들이랑 같은 사람인지 잘 모르겠어요."

"아, 예……" 우카이는 잠깐 깊은 생각에 잠기더니, 고개를 들며 말하였다. "제 생각으로는 당신은 우리랑 같은 사람입니다."

"왜인가요?"

"생각해 보십시오. 조선은 워낙 독립되어야 마땅한 민족이며, 자유로운 나라입니다. 조선은 1910년 일본인들에게 강점이 되면서 비로소 식민지가 되어 아무에게나 유린당하고 억압과 착취를 당하는 노예가 되었습니다……. 일본인들의 야심과 욕망은 당신네 조선 해협처럼 그 깊이를 이루 헤아릴 수가 없습니다. 그들은 지금은 또 중국을 침략하고 있지 않습니까? 그렇습니다. 우리는 같은 사람들입니다. 우리는 모두 피압박 민족입니다. 그러나 우리 민족은 결코 이대로 헛되이 죽임을 당하고 있지는 않을 것입니다. 우리는 해방을 위하여 저항을 하고 있습니다.…… 당신도 우리 꼬마들을 보지 않았습니까? 나와 같은 어른이나 그들과 같은 어린 나이를 막론하고, 모두 그러한 결심을 내렸습니다. 이번만큼은 일본 군벌들이 악착스러운 상대를 만난 것입니다……. 참, 알고 계시는지 모르겠습니다. 그대들의 조선민족 역시 남에게 영원히 압박받고 있지는 않을 것입니다. 그대들 역시 수많은 혁명 지사들이 일본인에게 잡혀가 피살되었지만 여전히 혁명 투쟁을 멈추지 않고 있습니다. 현재 우리의 전방만 하여도 많은 조선 동지들이 함께 하고 있습니다. 그렇습니다. 당신들과 우리들은 똑같은 사람들입니다. 남의 노예가 되지 않기 위하여, 행복하고 자유로운 민족이 되기 위하여, 모두 함께 유혈을, 피를 흘리고 있습니다. 당신과 우리는 같은 사람입니다." 그 말에 귀 기울이고 서 있는 김영의 얼굴에는 태양과도 같은 붉은 빛이 감돌았다. 그녀는 오던 길을 바라보며 이맛살을 찌푸리더니, 침을 탁 내뱉었다. 그러고 나서 몸을 돌려 걸음을 옮기기 시작하였다.

그 이후로 며칠 동안 줄곧 그녀는 침묵을 지켰다. 분명 무엇인가 무거운 생각에 잠겨 있었다. 해변에서 자란 그녀의 서글서글한 눈동자는 더 이상 바닷물처럼 넘실거리지 않았다. 여름날 고갈되어 버린 웅파리와도 같은 눈빛이었다. 그것은 가장 정열적인 인간이 생명의 여정에서 무언가 각성을 할 때만이 갖게 되는 눈빛이었다. 그것은 죽음과도 같은 침묵이자 종잇장과도 같은 침묵이기도 하였다. 그녀는 종일토록 손과 발을 재봉틀 위에 올려놓은 채, 거의 밥도 먹지를 않았다. 누군가가 말을 걸어와도 "예", "아니오" 하고 간단히 대답할 뿐이었다. 공급부의 정치위원은 이러다가는, 물속에서 사는 새우를 땅 위에 놓아 말라죽게 하는 격이 되고 말 것이라는 생각이 들었다. 하는 수 없이 그는 우카이 동지를 찾아가게 되었고 결국에는 사령원에게까지 알리게 되었다. 그가 사령원과 우카이를 모시고 돌아와 보니 김영은 탈곡장의 햇볕 속에서 있었다. 몸에 달라붙은 흰 옷은 더러워질 대로 더러워져 있었다. 작업할 때 묻어난 땀자국들이 얼룩져 마치도 문드러진 배추 잎사귀 같아 보였다. 그럼에도 옷은 그녀의 몸에 알맞아 편해 보였고, 풍만한 몸매의 라인을 유난히도 드러내 주었다. 꼬마들이 아기 뻐꾹새들처럼 그녀를 에워싸고 있었다. 그녀는 그네들을 향해 꾸밈없이 웃으며 무엇인가를 얘기하고 있었다. 마지막 한마디만이 들려왔다.

"난 너희들이랑 같은 사람이란다……."

사령원이 다가가 그녀와 악수를 하며 물었다.

"마츠다 선생은 잘 계시오? 가보셨소?"

김영은 들은 둥 마는 둥 그냥 서글서글하고 아름다운 두 눈만을 껌뻑이었다. 꼬마들이 수업을 볼 때, 늘 '일본' 뒤에 '파시스트'라고 꼬리를 달던 것이 떠올라 그녀는 이렇게 물었다. "'파시스트'가 뭐죠? 뭘 말하는 거죠? 왜 당신들은 일본을 파시스트라고 하는 거죠?" 그녀는 마치도 초등학교 저학년 학생이 교사에게 "닭이 먼저입니까? 알이 먼저입니까?"를 묻듯이 진지하고 열성스레 물어왔다. 여러 동지들은 그 물음에 큰 흥미를 느꼈다. 마치도 꽃을 심은 이가 꽃이 피어난 것을 바라보는 듯한 심정이었다. 그렇게 그네들은 겨끔내기로 한두 마디씩 설명을 해주었다. 다들 동지를 대하는 성근한 태도로 김영을 대하였다. 그녀는 마치도 가뭄에 든 개구리가 단비를 만난 듯이, 하나라도 놓칠세라 귀담아 들었다. 살짝 이마를 찌푸린 채, 설명을 해주는 사람마다를 향해 시선을 옮겨 그의 입을 응시하곤 하였다. 가끔 이해가 가지 않으면 고갯짓으로 우카이에게 통역을 청하곤 하였다. 나중에 사령원은 간결하고 쾌활한 어조로 그녀에게 말해 주었다.

"일본 파시스트는 남을 침략하는 자들이오.…… 또한 이 자들은 자국 내에서도 노동 인민들을 압박하고 착취하는 법이오. 이치가 이럴진대 우리와 그대는 모두 침략을 당한 것이오. 우리가 반대하는 것은 일본의 압박 계급이오. 그러하니, 그 노동 인민 중에 각성한 이와는 서로 손을 잡아야 하는 것이오."

그녀는 미소를 지으면서 여러 사람과 굳게 악수를 나눔으로써 고마움을 표하였다.

두 주가 지나고 석 주가 지났다. 김영은 다시는 마츠다를 보러 가지를 않았다. 휴식일이면 여러 꼬마들과 함께 어울리곤 하였다. 평소 꼬마들이 듣는 정치 강의도 더욱 적극적으로 따라다니며 듣곤 하였다. 적군공작과의 동지들은 윤번으로 그녀와 이야기를 나누곤 하였다. 그녀는 가끔은 아주 반가워하기도 하였으나, 가끔은 그들을 피하기도 하였다. 그녀는 남몰래 숨어서 적군공작과에서 가져다 준 일본어로 된 인쇄물을 읽는 것을 좋아했다. 그 책자들을 통해 처음에는 반전反戰 의식과 적에 대한 타매를 읽곤 하였으나 갈수록 재미를 느끼게 되었다.…… 요 며칠 그녀는 다른 재봉공들보다 늘 반시간씩 늦게 퇴근하곤 하였다. 그녀는 정치위원에게서 회색 천을 한 감 얻어 다른 이들의 군복과 같은, 자신이 입을 군복을 만들고 있었던 것이다. 예의 토요일이 되었다. 늘 그러하듯이 이날 밤에도 꽤나 성대한 야회가 열릴 예정이었다. 금방 등불을 밝힌 뒤였다. 담벼락 한 모퉁이에 쌓은 장작더미에서는 모닥불이 타오르고 있었다. 붉은 화염이 나부끼며 주변을 환하니 비추고 있었다. 김영도 야회에 참석하였다. 그녀는 회색 군복을 입고 흰 끈으로 허리를 동여매고 있었다. 그녀는 야회장에 걸음을 들여놓는 순간 웃음을 터뜨렸다. 배를 끌어안다시피 웃으며 얼굴을 손바닥 사이에 파묻었다. 다들 박수를 쳤다. 휘날리는 눈보라와도 같은 박수소리 속에서 그녀는 재빨리 가장 친한 재봉반의 꼬마들 뒤로 몸을 숨기었다. 그녀는 다른 사람들과 마찬가지로 팔을 옆 사람의 목에 두른 채, 다리를 뻗고 바닥에 두툼하게 깔아놓은 수숫대 위에 앉았다. 그녀의 차례가 되자 이곳저곳에서 사람들이 외쳐댔다.

“김영 동지, 조선 노래 부르라요!……”

그녀는 전혀 쑥스러워하지 않고 자리에서 일어나 흔들리는 불길이 비추는 화광 속으로 천천히 걸어 들어갔다. 그녀는 불편한 듯이 군복의 소매 자락을 잡아당기고 나서 반쯤 익힌 중국어로 말하였다.

“보세요. 전 당신들이랑 같은 사람이랍니다. 조선 노래가 아니라 중국 노래를 부르렵니다.”

이 조선 여성의 모습은 야회장 모두의 눈동자 속에 비끼었다. 호수와도 같이 맑고 서글서글한 그녀의 눈동자가 반짝이었다. 그녀는 입술을 몇 번 적시고 나서 노래를 부르기 시작하였다.

"우리는 모두 명사수라네.

총 한 방에 원수 한 놈을, 우리는 소멸한다네.……"

그녀의 목소리는 티 없이 맑고 깨끗하였다. 그러나 서툰 발음과 언어가 부자연스러워 전혀 박자가 맞지 않았다. 노래를 부른다기보다 가사를 읽는다고 하는 편이 나았다. 밤의 미풍이 휘감아 올리는 불꽃의 검은 연기 속에서, 이곳 저 곳에서 참지 못하고 킥킥거리는 웃음소리가 들려왔다. 그러나 그녀는 아주 정색하며 노래를 부르고 있었다. 비록 서툴렀으나 실개천에서 연달아 돌돌 흐르는 물소리인 양 열정적이고 경쾌한 목소리였다. 그녀의 큰 눈에 눈물이 가득 고일 때까지, 그 눈물 속에서 미소가 우러날 때까지 그녀의 노랫소리는 이어졌다…….

4

시간이 아주 오래 지나 마츠다가 그녀를 찾아 왔다. 그들은 아주 짧은 대화를 나누고 나서는 불쾌하게 헤어졌다. 마츠다는 고향으로 돌아가고 싶어 하였다. 그는 땀 냄새 나는 유격대원들 속에서 늘 두렵기만 하였고, 결국 만사가 귀찮아졌던 것이다. 이 모든 것은 그의 '대륙 개척'

의 야심을 무너뜨리고 말았다. 그는 자주 교토가 그리웠고 돌아가고 싶어졌다. 이번 만남은 그에게 큰 자극을 주었다. 김영의 눈에서 그는 더 이상 반짝이는 빛을 볼 수가 없었다. 그녀는 아주 냉담하였고 돌아갈 뜻이 전혀 없어 보였다. 짧은 대화였지만 그녀는 자신의 뜻을 거의 있는 그대로 또박또박 그에게 전하였던 것이다. 마츠다는 이틀 밤 꼬박 고통스러운 눈물을 흘렸다. 남자로서의 자존심이 크게 상하였던 것이다. 전날 두 사람이 말다툼을 할 때 김영은 "……당신은 일본인이고 저는 조선인이에요. 당신도 이걸 아셔야 해요. 전 이미 깨달았거든요" 라는 말을 반복하여 하였다. 그들은 다른 일로도 실랑이를 벌였는데, 김영의 호주머니에 있는 책이 문제였다. 마츠다는 그것이 해로운 것이라고 하였다. 헌데 김영은 눈살을 찌푸리며 그에게 되물었다. "왜 어떤 조선인은 헤로인 장사를 하는데 또 어떤 조선인은 중국에서 의용군이 되었을까요?"

그날 밤, 가을비가 내리고 나서 먹장구름이 하늘을 흘러 지나자 씻은 듯이 푸르른 하늘에 달이 비끼었다.

"누구얏!" 보초병이 검은 그림자를 향해 고함쳤다.

"접니다."

"아, 김영 동지군요."

김영은 고개를 가슴팍까지 푹 떨어뜨린 채, 총을 맨 보초병의 곁을 걸어 지났다. 질척이는 진흙길을 걸어서 작은 관목들의 그림자가 드리워져 있는 작은 언덕으로 올라섰다. 거기서 그녀는 서성이며 오갔다. 낮은 목소리로 노래를 부르기도 하였고 가끔은 그 단아한 얼굴을 들어 멀거니 달을 올려다보기도 하였다. 달은 그녀의 그림자를 길게 잡아당겨 일직선을 그렸다. 그것은 마치도 땅 위에 무엇인가 부지런히 적고 있는 붓과도 같아 보였다. 보초병은 멀리서 그녀를 지켜보았다. 이슬이 관목 위에서 커다란 물방울을 이루었다가 제 무게를 이기지 못하고 아래로 굴러 내렸다. 땅은 그것을 힘껏 들이키는 듯하였다. 그러나 그녀는 그 모든 것을 느끼지 못하고 있었다. 밤기운이 찼으나 그것 역시 느끼지 못하고 있었다. 밤이 깊어 별들이 단추처럼 더욱 빛날 무렵이 되어서야 그녀는 돌아섰다. 작업할 때 쓰는 남포등 아래에서 그녀는 총망히 편지를 적어 내려갔다.

"우카이, 끝내 깨달았습니다. 지난날 저는 한낱 다른 사람의 다리 한 짝에 불과했습니다. 이제부터는 온전한 사람이 되고자 합니다."

그녀는 그 편지를 두 번이고 세 번이고 다시 살펴보고 나서야 조심스레 접고서 잠자리에 들었다.

이튿날, 꼬마들의 떠들썩한 소리에 그녀는 놀라 잠에서 깨었다. 그녀는 전령병에게 편지를 우카이에게 전달해 달라고 부탁하였다. 가장 간략한 필치로 가장 깊은 도리를 담아 낸 쪽지를 받은 우카이는 세수도 미처 하지 못한 채 한달음으로 사령원에게 달려갔다. 홍당무같이 굵직한 손가락으로 안경테를 쓸어 올리며 그는 설명을 하였다. 근시 안경 너머로 그의 작으면서도 쏘는 듯한 눈빛이 사령원의 적갈색 토양과도 같은 얼굴을 살펴보았다.

"잘 되었소. 이야말로 그녀의 자각된 민족의식이 아니겠소? 자신이 다른 사람의 압박을 받아왔음을 끝내는 깨달은 게 아니겠소! 민족의 원한을 깨달았으니 잘 된 것이오. 앞으로 더 잘 일깨우도록 합시다. 내가 보기엔 본성이 아주 순결한 사람이란 말이요."

사령원은 그렇게 말하고 나서 다시 고개를 숙여 앞에 놓인 군용지도를 골몰히 살펴보았다.

5

동쪽의 전투는 아주 치열하였다. A지대는 이미 새벽녘에 성공적으로 차오허潮河와 바이허白河[6]를 강행 도하하였다. 쾅쾅 폿소리가 연이어 울려 퍼지며 수수밭이 끝없이 펼쳐져 있는 이 풍요롭고 비옥한 대지를 뒤흔들었다. 수수잎들은 지친 듯이 시들어 있었으나, 붉게 익은 이삭들은 보석인 양 반짝이는 알들을 품은 채 고개를 잔뜩 쳐들고 훈훈한 향기를 풍기고 있었다. 해는 이미 지기 시작하였다. 수채화와도 같은 이곳, 붉은 노을과 노오란 땅, 푸르른 곡식들 사이로 대오는 행진하고 있었다. 점차 행진 속도가 느려지더니 대오는 멈추고 말았다. 전방에서는 기관총이 여전히 맹렬히 울부짖고 있었다. 지평선 위로는 하얀 불꽃이 솟아올랐다가는 사라지곤 하였다. 전초 부대는 산 중턱에 있는 토치카를 공격하고 있었던 것이다. 다갈색 소로를 따라, 사령원은 검정말을 끌고서 작은 마을을 향해 내려가고 있었다. 사령원의 뒤로 몇 사람이 뒤따르고 있었는데, 김영도 그중 하나였다. 그녀는 머리에 군

6 현재 베이징시 미윈[密雲] 저수지로 흘러들어 다시 차오바이허[潮白河]로 합류되는 두 하천이다.

모를 비스듬히 쓰고 있었는데, 머리카락을 대부분 군모 안에 밀어 넣어 몇 오리 귀밑머리만이 밖으로 흘러내려 있었다. 그녀의 코끝과 입술 위에는 작은 땀방울들이 송송 돋아나 있었다. 그녀가 이번 전투에 참가한 지는 이미 이틀째가 되었다. 그 한적한 산골짜기에 남아 있기를 원치 않고 한사코 따라나섰던 것이다. 현재 그녀는 정치부政治部 선전대宣傳隊에 소속되어 있었다. 마츠다 역시 적군공작부를 따라나섰다. 그의 눈빛과 젊은 얼굴에서 그녀 때문에 따라 나선 것임을 알아챌 수가 있었다. 그는 그녀를 사랑하고 있었으나 그녀는 마치도 다른 무언가에 홀린 듯이 그들만의 아리송하고 꿈결 같은 세계를 잊고 있었다. 그들은 마을에 이르렀다. 그곳에서는 파리들이 날아다니고 있었다. 기병들의 군마 몇 필이 두 그루 소엽小葉의 포플러 나무에 매여 있었다. 군마들은 아직 김을 내뿜으며 꼬리를 휘저어 뾰족한 주둥이를 한 모기와 등에를 쫓아버리곤 하였다. 모제르 권총을 가죽 혁대에 단, 땀투성이의 두 동지가 사령원에게 쪽지를 건넸다. 그들은 전선에서 달려오는 길이었다. 사령원은 이마를 찌푸린 채, 총망히 몇 글자를 적어 되돌려주면서 말하였다. "연대 정치위 동무에게 전달하시오!" 그리고는 성가시다는 듯이 황토 위에 펴놓은 녹두 짚 검불 위로 올라섰다. 녹두알들은 햇볕 아래에서 톡톡 소리를 내며 튕기고 있었다. 김영은 땀을 훔치고 나서 대추나무 아래에서 한동안 꼼짝하지 않고 서 있었다. 그녀의 눈길은 달려가는 두 말의 형체를 뒤쫓고 있었다. 검은 점과 흰 점이 황토빛 먼지 속에서 멀리로 사라져가고 있었다…….

뒷전에서 나타난 우카이가 그녀에게 조용히 일러주었다. "저기요. 좀 쉬세요. 야간 행군을 할지도 모릅니다."

고개를 끄덕이고 나서 김영은 무너진 벽돌담 뒤에 있는 관목림으로 걸어갔다. 그곳은 아주 조용하였다. 포격 소리는 이미 멈추고 산발적인 총소리만이 들려왔다. 금황색의 벌 한 마리가 머리 위에서 맴돌며 윙윙거렸다. 그녀는 자리를 잡고 앉았다. 그러나 마츠다가 버드나무 가지를 꺾어들고 고개를 숙인 채 점점 다가오고 있는 모습이 보였다. 그녀는 그를 바라보았다. 마츠다는 눈에 띄게 수척해 보였는데, 수염이 들풀처럼 자라 양 볼을 타고 오르고 있었으며, 눈은 빨갛게 피가 져 있었다. 그는 가까이 다가와 말하였다.

"김영…… 잘 지냈소?" 그녀는 고개를 까딱였다. 마츠다는 다시 "도대체 어디로 가는 것이지?" 하면서 머리 위의 나뭇가지와 잎들을 올려다보았다.

"유격전이라고 하였잖아요."

"당신은 이게 맘에 드오? 한번 생각해 봐요. 저편에서, 총소리가 울리고 있지 않소. 저기서는 일본과 조선의 군인들을 죽이고 있단 말이오!……"

그녀는 잠자코 있었다. 마츠다가 말을 이었다. "김영, 밤을 타서…… 몰래 건너가는 것이 어떻겠소? 이게 유일한 기회란 말이요.…… 건너갑시다.……"

"마츠다군, 다시는 그런 말씀 마세요. 이제 전 모든 걸 깨달았어요. 저희 아버지 세대의 얼마나 많은 사람들이 귀국인들의 손에 도살당하였는지를 알게 되었습니다. 이만 양해해 주세요. 도리가 이러한데 우리의 사랑은, 이젠 헤어지는 수밖에요. 조선은, 언젠가는 꼭 돌아가야겠지요. 허나 당신과 함께 돌아가지는 않을 것입니다." 그녀는 불현듯 스프링처럼 튕겨 일어나며 이렇게 말하였다.

또 한 번 포성이 요란히 울렸다. 김영은 고개를 숙이고서, 마츠다 몰래 눈물을 훔쳤다.

"알겠소. 다시 봅시다." 마츠다는 자리를 뜨더니 네댓 걸음 가지 못해 급히 내닫기 시작하였다…….

사람들은 출행 전에 미리 마련하여 두었던, 조금 탈 정도로 볶은 좁쌀을 건량乾糧으로 먹었다. 처음에 그녀는 두 손을 모아 쥐고 주머니에서 좁쌀을 가득 담아내어 입으로 가져갔다. 그러나 마른 음식에 목이 메어 켁켁 기침을 하고 말았다. 그녀는 얼굴이 새빨갛게 상기되어 선전대의 꼬마들에게 가 물을 한 모금 얻어 마셨다. 그중 꼬마 한 명이 야외에서 뜯어온 노란 무 한 뿌리를 그녀에게 건네주었다. 그것을 씹자 상큼한 흙냄새가 입 안 가득 차올라 그녀는 바로 미소를 지었다. 그녀는 고맙다고 인사를 하고나서 그대로 풀밭에 벌렁 드러누웠다. 꼬마는 혀를 날름 내밀면서 "히히 너무 웃겨. 이 조선 여인네 말이야"라고 하였다. 그녀가 지나는 곳마다 군부대의 동지들은 그녀를 가리키며 웃음을 지었다. 그리고는 "저것 좀 봐. 조선 여자란 말이야! 봐봐, 저 조선 여자……"라고 소곤대곤 하였다.

날씨가 캄캄해지면서 비가 내리기 시작하였다. "전방에서 총소리가 멎은 걸 보니 토치카 쟁탈전에서 이겼나봐."

……진창 길 위로, 말들이 꼬리를 흔들며 지나갔다. 작식반의 동지들은 멜대로 가마솥을 지고서 휘청거리면서 지나갔다. 길섶의 들장미들은 가시 돋은 가지로 사람들의 바짓부리를 북북 긁곤 하였으나 사람들은 모두 앞으로 나아갔다. 김영은 비에 옷이 젖어 있었다. 꼬마 하나

가 김영에게 밀짚모자를 건넸다. 그러나 바로 누군가가 어둠 속에서 경고를 보내왔다. "거 누구요? 어서 벗으시오. 목표물이 된단 말이요." 그녀는 하는 수 없이 모자를 벗어 길가에 내던지고 말았다. 비는 갈수록 크게 내렸고 길은 갈수록 질척거리었다. 김영의 옷깃에서는 빗물이 줄줄 흘러내리기 시작하였다. 그렇게 걷고 또 걸었다. 야밤중이 되어서도 여전히 걷고 또 걸었다. 얼마나 고된 여정인가! 매서운 추위가 그녀를 엄습하였고 차디찬 바람이 힘센 손아귀로 비에 젖은 그녀의 옷자락을 뒤에서 잡아당기는 듯하였다. 그녀는 이를 악물고 앞만을 바라보았다. 그러나 눈앞은 한 치 앞도 보이지 않을 정도의 어둠뿐이었다. 점차 익숙해지면서 앞선 이가 진창을 밟는 소리가 들려왔다. 그녀는 바싹 그 뒤를 따랐다. 문득 대오가 한데 몰리고 말았다. 어둠 속에서 작은 소리가 들려오면서 잠깐 소란이 일더니 다시 조용해졌다. 잠시 뒤에 나지막한 말소리가 들려왔다. "강을 건넌다. 강을 건넌다!" "작은…… 도랑이다." 마치 생명의 여정에서 최후의 몸부림을 치듯이 김영은 더욱 어두워지기를, 더욱 캄캄해지기만을 기다렸다. 더욱 캄캄한 어둠이 오고 나서 최후의 찰나에야 비로소 동이 터오는 법이기 때문이었다.……

동틀 무렵. 날빛이 검푸른 가운데, 연홍빛 숲 속에서 새들이 재잘거리는 소리가 들려왔다. 대오는 멈추었다.

김영은 신발 두 짝을 모두 잃고 말았다. 발바닥 예닐곱 곳에 물집이 잡혀 따끔거렸다. 그러나 그녀는 대오에서 떨어지지 않고 쩔뚝거리면서 그들의 뒤를 따르고 있었다. 몹시도 지쳐 있었고 얼굴에도 여러 곳 모래에 긁힌 자국이 나 있었다.

"김영 동무!"

사령원과 우카이는 그녀를 발견하자마자 놀라서 소리를 지르며 달려와 그녀의 손을 잡아 주었다. "너무 수고하였습니다."

그들은 그녀더러 휴식을 취하게 하고 나서 짚신을 한 켤레 가져다주었다. 아직 '신참전사戰士'인 김영은 너무나 기뻐서 벌떡 뛰어 일어났다. 그러나 발바닥의 물집이 바늘로 찌르듯이 아파나 부득불 다시 자리에 주저앉고 말았다. 새벽빛은 더욱 더 담대해져 대지를 염탐하고 있었다. 수림 속의 새들은 지저귐을 멈추고 어디론가 멀리 날아가 버렸다. 붉디붉은 아침 햇살이 빗물에 젖어 창백한 사람들의 얼굴과 실면으로 노랗게 뜬 눈동자 하나하나를 연지처럼 물들이고 있었다. 김영은 새 짚신을 신으면서 속으로 중얼거렸다. "우리는 같은 사람이란 말이야!" 그녀의 두 눈은 우카이의 왼쪽 팔에 달린 수장을 살피고 있었다. 마치도 "절 받아 주시지 않을 거예요?"라고 하는 듯하였다. 사령원은 우카이를 향해 장난기가 어린, 득의양양한 웃음을 던졌다. 우카이는 알았다는 듯이 젖은 수장을 떼어내어 김영의 위팔에 달아주었다. 김영은 오른손을 군모가로 들어 올려 거수경례를 하였다. 비록 발바닥이 쏘는 듯이 아팠지만 이날 종일토록 그녀의 얼굴에서는 자랑찬 미소가 떠날 줄을 몰랐다. 한참은 자신의 수장을 들여다보다가 또 한참은 두 발을 내밀고 짚신을 살펴보면서 그녀는 마냥 웃고 있었다. 이날 저녁, 그녀에게 넉 냥가량 되는 삶은 돼지고기 한 덩이가 차려졌다. 그녀는 꼬마들에게 달려가 그것을 나누어 주었다. 꼬마들이 손으로 밥그릇을 감추며 사양하자, 그녀는 "이것 봐, 난 이젠 너희들이랑 똑같은 거야!"라고 떠들면서 억지로 고기를 그들의 입에 쑤셔 넣어주었다.

행군은 대부분 어두운 밤에 하였고, 낮에는 잠을 잘 때가 많았다. 그러나 총소리가 울리기만 하면 바로 일어나서 길을 다그쳐 걷거나 달려야만 했다.

그렇게 한 달이 지나고 두 달이 지나면서 신참도 고참이 되어갔다. 김영도 의무팀으로 자리를 옮기게 되었다. 그녀는 행군을 할 때는 물론 일에 있어서도 뒤떨어지는 법이 없었다.

6

겨울이 점점 다가오고 있었다. 산속의 나뭇잎들도 노랗게 시들어가고 하늘의 구름들도 아득한 곳에서 무심히 돌다가 이내 사라지곤 하였다.

군부대는 허베이河北[7] 동부 지역의 평원지대에서, 혁명의 씨앗을 뿌리고 나서는 약간의 유격대를 남긴 채, 다시 서부 지역의 산악 지대로 돌아와 휴식 정돈을 하였다. 김영도 그들과 함께 돌아왔다. 그녀는 누이라도 되는 듯이 군부대의 사람들과 너나없이 잘 어울렸다. 동지들도 모두 그녀를 존경하고 사랑하였다. 그녀는 어려움을 잘 견디어 내고 말이 별로 없었으며, 책임적이고 열성적으로 일을 하곤 하였다. 한 번은 전장에서 중대 정치 지도원指導員을 구하기 위하여 넘어지면서 왼팔

7 한국의 도(道)에 해당되는 행정구역으로서, 중국 베이징시 부근의 성(省)이다.

에 부상을 입기도 하였다. 전체 지도원 대회에서 그녀는 모든 이들의 환호를 받으며 가장 영예로운 전사가 되었으며, 이 부대에서 가장 열성적인 이에게만 주어지는 의미심장하고 친절한 칭호인 '동지'로 불리게 되었다. 이 오랜 기간을 겪으며 마츠다는 아주 과묵해지고 눈도 움푹 꺼지고 말았다. 언젠가 우카이가 그에게 말하였다.

"만약 돌아가고 싶다면 당신을 돌려보내도록 하겠소."

마츠다는 잠시 깊은 생각에 잠겼다가 고개를 들며 말하였다. "아닙니다. 돌아가지 않겠습니다. 돌아가면 아마 저를 죽일지도 모릅니다. 이 건…… 도리어 저를 해치는 겁니다. 이 건……." 그는 눈물을 흘렸다.

김영은 재봉반 지도원으로 발령이 나 다시 공급부로 돌아오게 되었다. 그녀는 하얗게 바랜 가을 햇살이 비추는 아침녘에 들어섰다. 오래 헤어져 있던 꼬마들이 파리 떼처럼 몰려들어 그녀를 에워쌌다. 꼬마들은 그녀의 손과 옷깃을 부여잡고 이것저것 물어보았다. 그렇게 그녀는 습기 찬 그 방으로 다시 돌아오게 되었다. 시원한 가을바람 덕분인지 바람벽 징두리에 목화솜같이 자라 있던 곰팡이들이 이미 까맣게 말라붙어 있었다. 그녀는 다시 창문을 향해 자리 잡은 재봉틀 앞에 마주 앉았다. 며칠간 휴식이 있고 나서 군복 3천 벌을 만들라는 임무가 떨어졌다. 전사들이 아침저녁으로 보초를 서는 만큼 솜옷을 입지 않을 수가 없었던 것이다. 산골짜기여서 다른 곳보다 먼저 추워진 데다가 군부대 내에서는 이미 유행성 감기가 돌고 있어서 재봉반은 비상이 걸려 분주해졌다. 하루에 평균 8벌 혹은 9벌의 솜옷을 누구나 만들어야만 했다. 아침부터 저녁까지 목화솜과 잿빛 천조각이 방안 도처에서 날아다니고, 간단없이 재봉틀이 돌아가는 경쾌한 노랫소리가 울려 퍼졌다. "드르륵, 드륵 드륵……."

종소리가 울리고 난 뒤였다. 창밖에서 누군가가 소리쳤다. "김영 동지, 퇴근입니다."

김영은 고개를 끄떡이고 나서 방을 나서려다가 다시 걸음을 멈추었다. 그녀는 좌석 옆의 돗자리 위에 쌓인 솜옷을 헤아려 보았다. 겨우 8벌이었다. 그녀는 내키지가 않았다. 다시 자리로 돌아가 재봉틀 위에서 부지런히 손과 발을 움직였다…….

밤은 깊고 사위는 조용하였다. 김영은 등을 벽에 걸어 두었다. 등에서 연기가 새어나와 벽을 그을고 있었다. 노란 등불 빛이 그녀의 머리와 몸 위로 쏟아져 내리고 있었다. 이 가을의 밤하늘처럼 깊고 고요한 그녀의 서글서글한 눈동자는 빛나고 있었다. 첫사랑에 빠진 사람처럼 뜨거운 정열에 찬 눈동자였다. 그녀는 숙연한 모습으로 결린 잔등을 한동안 펴고 앉았다가 다시 머리를 재봉틀 가까이로 기울였다. 손이 움직이기 시작하였다. "드르륵 드륵 드륵." 재봉틀이 다시 노래를 부르기 시작하였다. 그녀는 이미 8시간의 근무 시간을 두 시간 넘게 초과하고 있었다. 몇 번이고 동지들이 건너와 그녀를 잡아끌며 휴식하라고 권고를 하였으나 그녀는 꿈쩍도 하지 않았다. 짧은 털실 옷을 어깨에 걸친 공급부의 정치위원은 추위에 떨며 램프를 문 밖의 땅 위에 살며시 내려놓더니 그녀가 놀랄세라 조용히 들어섰다. 그는 오랜 혁명 경력이 있는 노전사老戰士였으나 세심한 거동에서 그녀에 대한 무한한 경의를 엿볼 수가 있었다. 그는 재봉틀의 왼편에 서서 허리를 조금 굽히고는 감동 어린 목소리로 그녀를 위로하였다.

"그만 쉽시다, 김영 동지. 내일 또 일을 해야지 않소."

"아닙니다. 이제 소매 하나만 붙이면 끝납니다. 제 자신이 세운 하루 열한 벌의 기록을 깨려고요. 동지!"

그러하였다. 그녀는 웃고 있었다. 그녀는 웃음으로 눈가에 어린 피곤을 감추려고 하였다. 그렇게 말하는 사이에도 재봉틀은 여전히 더더욱 요란한 소리를 내며 돌아갔다. 거꾸러진 그림자를 옆에 쌓여 있는 솜옷 더미 위에 요지부동으로 드리운 채, 정치위원은 조용히 서 있었다. 경쾌한 재봉틀 소리가 마치도 최전방의 기관총 소리처럼 울려 퍼지고 있었다…….

―『김영(金英)』, 충칭 : 동방서사(東方書社), 1944.3